流动的沙滩

潘军 著

开明出版社

图书在版编目（CIP）数据

流动的沙滩 / 潘军著 . -- 北京 : 开明出版社 , 2019.3

ISBN 978-7-5131-4640-1

Ⅰ . ①流… Ⅱ . ①潘… Ⅲ . ①长篇小说－中国－当

代Ⅳ . ① I247.5

中国版本图书馆 CIP 数据核字 (2018) 第 120001 号

责任编辑：卓玥

流动的沙滩

著　　者：潘军

出　　版：开明出版社

　　　　　（北京海淀区西三环北路 25 号　邮编 100089 ）

印　　刷：北京市玖仁伟业印刷有限公司

开　　本：880 × 1230　1/32

印　　张：10.625

字　　数：220 千字

版　　次：2019 年 3 月第 1 版

印　　次：2019 年 3 月第 1 次印刷

定　　价：45.00 元

印刷、装订质量问题，出版社负责调换。联系电话：(010) 88817647

目　录

白色沙龙

一

我头一回见到达宁就断定他是个混蛋。可他说达宁这两个音节若放在英语里就纯粹是"亲爱的""心肝"一类的意思。于是我就唤他"亲爱的混蛋"或者"混蛋的心肝",他坦然接受。

达宁的父亲是位下台养老的高干。究竟高到什么程度连达宁也无法说清。这老人天生怕热,执意要住本城最高点。但是碰上断电或者电梯发毛病时他就极大地表现出思考犯了片面性错误的懊恼。而达宁头痛的是当初设计这房子的人为什么不可以在晾台上装一架轱辘。达宁的母亲由于职业信仰对卫生高度重视,她说我宁可过露天生活也不忍看见家中有煤球一类的杂货。她要求有关部门考虑一下她的生活理想,于是才有了楼顶平台上的那个尖尖的铁屋。但问题依然没有解决。达宁历来以丢三落四显示自己的存在。为此他每周至少要同其妈反目两次。唯一的选择是他与杂物的位置对换。"你放心,"他对老头说,"一断电我就下来把你挽上挽下。"老头就相当感动，把铁屋钥匙掏出并且要求道：

"不许在里面胡来。"

"什么叫胡来？"

老头只挤了一下眼。据后来达宁说这一细微表情使他对老头青春期的童贞产生了极大的怀疑。

那时我在下面一个什么局里当见习干事。有一天，大概就是达宁弄到铁屋那天，他给我挂来了长途。他张口就说我必须马上调过去，因为有了个属于我们的铁屋。我问如何才能过去，他说照顾夫妻关系什么的。"记住，这理由最硬！"他说，"结婚证我替你借。"这事越扯越乱，我就说："达宁。拜拜吧！"这句话碰巧被我的上司听见，立即问我："恋爱了？别瞒，你说达宁可就是亲爱的？宋美龄总是这么喊老蒋的嘛！"我于是以达宁的名义打了调动报告。但是没有批准。上司说："人才难得呀！好不容易才弄到个大学生。你可以把你那位达宁调过来嘛，这地方不比市里差，鱼至少便宜七八毛。"

其实我之所以要调走是因为这地方什么都便宜，连人也便宜七八毛。

后来皇甫正式出任于希的秘书。他把我的能耐放大几十倍介绍给担任重要职务的于希同志。不久一纸调令下达。

我去省城的那天早晨，天气极好。同事们捧着茶杯来送我，他们像平时那样同我讨论奖金与福利问题。这使我极端心花怒放——我巴望自己的去留之于他们像见到一片叶子落下那么自然。我搭的是便车。我的行李先几日办了托运，所以有手去握那些被茶杯温暖了的手。这个程序刚完毕，上司出现了。他丘陵般的体魄极容易区别于其他。上司沉重地走向我，像来认领一具无头尸体似的悲哀流了一脸。他突然提高嗓门说："上面太不像话！尽挖墙脚！这样的人才我们是要用的！"

我到的时候，达宁像个举世无双的剑子手正依照二郎的设计抡着板斧咣咣当当地补开一个窗户什么的。达宁一贯对二郎崇拜得无以复加。二郎是我们班公认的秀才。他那炉火纯青的作弊手段远远超出社会的意识范围。二郎说这些窗户多样而不统一完全符合现代美学原则。皇甫始终对这一串举动保持缄默，只仰脸盯着二郎，想让对方相信他是尊重这美的实践的。第二天我陪达宁去裁玻璃。由于尺寸变化无穷所以那位精瘦的女师傅温柔地骂我们是疯子。达宁说这下长见识了，长了二十五年总算听到了这个评价。后来他又提出买窗帘什么的。我说等学会了胡来再买不迟。他说完全对，窗帘后面一般都是胡来。

有一天皇甫突然说不该把这屋子都涂成白的。虽然干净但看了很伤感，总觉得是走进了太平房似的。达宁说他一生最大的缺陷就是不会走路，有时下班还摸不到家门。"现在好了，"他说，"高高的楼上白云飘，一目了然。"二郎说绝对不是白云而是白旗，窗户和弹孔一样的形状。

"一面弹痕斑斑的白旗。"二郎说。

"难道举手还遭打?" 我说。

二

关于机关达宁有过精辟的描述。他说,是驴粪蛋。起初我对这一描述视为荒唐,等有一天我亲眼瞧见驴那玩意时我才以为达宁是大手笔。

区别机关的大小,内行人知道标志是门的出入是否方便。越不易进的门就越意味着机关的大。我妈说进这个门见我一面不比唐僧上西天取经轻松多少。可是有位朋友曾大为羡慕地对我说,别人进那个门顶顶费事而你们到了门口武警便立刻行礼。我说这是弥天误会,那些武警对我抬抬小臂并非是企图行礼,而是要我出示证件。我哪怕每天出入一百回,他们也照样是证件,证件个没完。我生来记性就坏因此常常忘带证件,于是就常常和钥匙、伞一类东西搁到一堆让别人来认领。但是他们能在零点几秒内识别那些像鸭头似的小车是谁谁谁的。所以皇甫在这方面人格得到了极大的维护。人们一只眼睛看清了于希同志的同一时刻另一只眼睛也瞟到了皇甫。他是我们班唯一的老三届种子,是班长兼学习委员兼三门课代表。我一直坚信:如果将地球割一块交给皇甫,他完全能将它收拾成一件高档工艺品。

我报到那天,皇甫陪我办完一切手续然后领我去见于希同志。临进门时他低声说:"注意点儿。他问你就答,不问不答。"我说这有点像过堂,区别是双方皆为好人。

我首次见到于希同志是大学三年级下学期。他当时好像是个什么部长，被请来向全校师生作关于思想方面的报告，他不带一页稿纸却能讲上两个钟头并且毫不重复。最令人激动的是这位当时年仅四十二岁的高干能把大道理与小道理掺在一起讲。

于希同志明显地大了一圈。他递给我一支香烟。趁他埋头点火时我把过滤嘴抠了。我抽不惯带嘴的烟。

这次谈话大约进行了一刻钟。于希同志的表达能力有增无减。至于谈了些什么我当天下午就记不上来了。

我说过，我记性不行。

我的办公室整齐地摆着六张式样一致、色彩一致、距离一致、方向一致的办公桌。因此第一印象我觉得是进了裁缝铺。很长时间以后我把这个感觉告诉了处长老肖，他连拍大腿说："是这么回事。我们就是干量体裁衣、缝缝补补的。"老肖除掉背有点弯外完全可以去电视台当节目主持人。我正式上班的那天，老肖向我介绍了我们这个机构的职能和作用。那会儿他说："总之，当好首长的参谋、助手和哨兵。"

"哨兵……负责首长的身家性命？"

"不不，那是保卫处、警卫班的任务。我们是及时掌握思想动态。这很重要。"

"你还会写小说吧？"有一次老肖突然问道。

"写着玩。"

"有那么简单？小说不像材料，全凭硬想。作家，多不容易的事。"

其实我写小说纯粹是因为无聊。福克纳看到舍伍德·安德森只消上午写写小说其他时间便喝酒聊天，于是就决定去当个作家什么的。我是白天昏头昏脑而夜里又没有女人吊膀子，所以才提笔玩玩。几年前我弄出一篇大概是关于一个少女领着一条牯狗半夜钻进原始森林的故事，不久我被称作表现异化主题并且手法上深得加西亚·马尔克斯三昧的青年作家轰上文坛。我接受第一位记者采访的前五分钟沉着地坐在抽水马桶上把《百年孤独》的前言部分浏览了一遍，因为那时我还不知道有位写小说的叫加西亚·马尔克斯。

老肖你别以为我是在吊你胃口。你要是写小说就会明白了。我就是为玩而写，想怎么写就怎么写。别的我一概不管。那是评论家的事。他们会一套一套地替你说，直到完全把你说糊涂为止。

我坐的位子是原先皇甫坐的，靠门。于是斜对面文印室里老牌打字机的旋律绕我起伏。听说那里面先后到了三台静电复印机但寿命总和不过半年。那两位姿容妙曼的打字员整天噼里啪啦地对着干，把我整得要死。有一回我闯进去准备大喊大叫，可她们都像情人似的对你微笑。

三

达宁在电台文艺部充记者。所谓文艺部无非是个脏得出奇的磁带仓库。那伙人像耗子似的每天在里面钻八小时。达宁说这完

全是天意所决，他就是鼠年产的崽。这混蛋整天蟒一样地缠着
我。上午我总共接了七个电话就有六个是他的。最后一次电话他
要我晚上去白色沙龙。"不是周末再聚吗？今天才……"我没说
完他就把电话扔了。

　　黄昏时落了小雨。我最见不得这种嗲声嗲气的雨，而诗人总
愿意拿它比作淡淡的惆怅什么的。我想想还是把伞放下了。我讨
厌走路时手里拿个什么玩意，无论是书还是刀。我就喜欢把手插
在裤袋里走。

　　刚上大街，路灯就亮了。起初几分钟灯像烧过头的炭，过后
又是色迷迷的。我顶着这下流的光往前走。一连几家商店正放着
立体声流行歌儿。那几位为人还不算熟知的歌星越唱越放荡。有
一首曲子说是献给老山英雄的，抖得好凶，但我坚信这腔调英雄
听了腿准打软。这条街有一截在拆迁，先竖起来的几幢楼都没个
顶，因为等款子有了还得加高。人不多，汽车却呼啦啦地不断。
城市又残废又疯狂。十字路口新近搞成的人行天桥王八似的趴
着，而晚报上已公布它为本城八景之一。我踏过去就想小便。可
是这条街上公共厕所仅一处，造型美观大方胜过公园的亭阁水
榭。进这空间解大手得掏钱买纸，因此设计者从经济效益出发把
小便池压缩成一条裤带长。那个把关的半老女人完全是个性变态
者，你不买纸她就通过镜子监视你可在作弊。

　　突然断电了。大街像个隧道。当黑暗融化后人声便如潮一般
层层叠叠地在周围涌起。断电是本城特色之一。二郎说这时刻人

最容易丧失理智，我想是这么回事。但狗不。狗总把蠢事放到光
天化日之下，倒蛮坦白。不像我边上的二位，一断电男的就把手
朝女的颈口下塞并且还拿本杂志挡着。火柴烧尽烟还没点着，我
把烟揉了。我想起了她。不过她对我失去兴趣也是很久很久以前
的事了。

雨还在下……

到了场我才知道今天是达宁的生日。

达宁说他有两个生日。他父母记的是阴历八月，他记阳历九
月。"好像拿破仑·波拿巴是九月生的。"他说。

"阿道夫·希特勒也是。"我说。

天晓得是不是。我至少有五六年没过什么生日了。我记性
不行。

二十五支蜡烛插在空啤酒瓶里，烧出一片辉煌。光自下面
来，因此我们脸上都像被削掉几块似的让人一见倾心。我们什么
也不吃，只喝啤酒。我们都能喝。二郎说啤酒是最有效的思想工
作，喝了就嗝气。皇甫说今天是达宁生日，最好拣开心的事谈。
我们就委托皇甫说几句大吉大利的话。皇甫要我说。他认为我是
个出口成章的家伙。但是不知从何时起任何话一经我舌头弹出味
就馊了。这种隆重场面该前排就座的只有皇甫，因为他年长并且
气质也十分对路。皇甫思索许久，终于说："达宁，祝你长寿!"
二郎说不如干脆直呼达宁万岁的好。达宁把手一挥说人固有一

死，或重于泰山或轻于鸿毛。我说生也如此。达宁就说："那么
我生来就轻于鸿毛，死后亦然。"二郎说皇甫正好相反，生死都
挨着泰山，如今已是第三梯队队员了。皇甫听了就不大自在，
说："第三梯队又何足挂齿呢？我的确是庸常之辈。即使有点进
步，也是……""皇甫，"二郎说，"在这地方不必那么歪曲自己。
狗娘养的会拿你的头去讨封！"见二郎有点发毛，我说："还是继
续谈泰山鸿毛吧，这似乎是个哲学问题。"

达宁说既然话题属于哲学范畴就无需再谈，因为哲学这玩意
是专教人使坏的。

后来我们不再说什么。我们围着圆桌坐着。二十五支蜡烛沿着
桌边排开烧出一个发抖的光环，和老耶稣脑门上的那个差不多。

四

那天晚上我撬啤酒瓶没留神使泡沫跑到了二郎脸上。二郎一
动不动像个接受割礼的家伙那么优美地闭着眼。二郎对什么意外
都能做到脸不改色心不乱跳，这我早就领教。当初我们插队的地
方相距不远。有一天我队民兵拿下了邻乡的一个偷山芋的叫二
郎，悬梁一天一夜不吃不喝但口哨吹得激动人心。上午我去二郎
那里，见面他就说啤酒沫子喷到他脸上很不好受。"当时我像是
挨了一耳光，"他说，"女人手打的。"我问是不是因为他的脸给
女人手打惯了的缘故才有这种感觉。他做思考状。

我说过，二郎是个奇才。他可以叫人一日之内三次肯定他也

三次否定他。本来他分配在一家颇有名气的文学杂志社当编辑。这个职业之于他就像钢琴之于肖邦一样的合理。他立志要以刊物为堡垒同文坛败类们血战到底，结果一枪未开他就跑到什么经济研究中心去了。我敢拿头颅担保那时二郎对经济的理解如同阿 Q 对爱情的理解。可是不久社会上就吹风说我省经济学界又升起了一颗代号为二郎的新星。对此我又不觉奇怪，在朦胧诗兴起的年头排在北岛舒婷这一拨人后面的就有个小子叫二郎。我至今弄不清二郎为什么离开那个中心而赴工人文化宫出任首席导演。其实他到职的那天他就开始讨厌这个职业了。他说所谓导演无非是把男人女人随便编排尔后逐一捉弄的意思。大概就在这时期，二郎断然和毕加索私奔了。

二郎的画据说是已经达到了一个很高的档次。我很喜欢也很不懂。但我不得不承认二郎的每一次改行都使他的名气扩大一圈。我不希望二郎以画画为终身职业，因为已经有会这门手艺的机器人了（凡机器人会干的生物人最好就别碰）。二郎说只有做官才是终身职业，可惜又没有做官的机器人。我说这个理想一旦实现那么地球就顷刻报销。世上没有比把以权谋私、腐化堕落一类的码子输入机器人尔后成批生产的事更可怕了。

二郎决定在三十岁诞辰那天举办个人画展。

我不止一次地申明过，我写小说的动机和目的都是为了玩。即使明年的十二月十日我立在斯德哥尔摩音乐厅那个铺着猩红色天鹅绒的台子上去接受一笔被称作诺贝尔文学奖的不义之财，我也会这么讲。但是这种活生生的内心表白总叫一些高雅博学之士理解成作家个性或者文人怪癖。如果我不承认，他们就说是形象大于思维。倒是我的那些同事极有涵养。他们从来不在我面前提小说什么的。仅一回，我来了七百九十八块三毛的稿费，赢得了诸君的几分钟重视。他们无不羡慕我以一块七毛钱之差逃脱了个人所得税。我就以大难不死的表情接受了同志们的祝贺并且深致谢意。

"注意点！"皇甫说，"几个臭钱值得搞个满城风雨么？"

"是收发那小子穷喊出去的！"我说。

"有人说你笔头子硬，但这不是恭维，接下来他们会说你不务正业！"

"我上班从没写过他妈的小说，不信问老肖去。"

"但他们可以认为你不热爱本职工作，否则你不可能写出一批批的小说。他们坚信一心不能二用。"

"我一心不仅可以二用还可以三用甚至四用五用，要算账就逮我娘老子好了！"

"如果业余时间也想想工作那不更好吗？他们会这么说。"

"难道在交配时也想想工作？"

这个城市是以出产一种臭油干子闻名于海内的。有钱也难买口福。无论如何这笔钱得花掉。当然烧掉或者被人扒掉更好。这或许能拍着那几个心底无私天地宽的同志去做个好梦。可惜我也缺钱。我说过这是不义之财。作家无疑是骗子，骗人骗生活还嫌不过瘾还要骗钱，然后去添高档电器或者再结一次婚或者攒够份子设立个基金奖金什么的给自己进阴曹捐一道门槛以示万古流芳。

我的钱历来和手纸放一起，这样方便。

五

每天上班前都要乒乒乱忙一阵。拖地、打开水。我们这个大院大概就缺少个打开水的地方因此必须到外面去。那会儿门就显窄因为一边是进来的各式进口轿车占四分之三另一边是出去打开水的队伍占四分之一。有一回我打开水与皇甫正撞。他刚送于希同志去机场，见到我便下了车接着就伸出手要握。我疑心这家伙有点变态。我们一天至少见十次面，可他还坚持搞这些久别重逢的动作。于是我说："你是不是想同我搞 homosexuality（同性恋）？"他大为震惊，凑到我耳朵边上骂道："狗杂种！"这里的人都叫他"小皇"。

我总想迟到。可是谁叫这屋里偏偏有位老肖呢？自他投身革命，几十年如一日没有请过半天事假，当然更谈不上犯迟到的错误。老肖善坐并且保持着一种姿势，我就惊叹不已。而他一天坐下来居然还能如溜冰般飘逸，就更让我叹为观止了。我难免不产生点懊悔。我在下面的时候从来没有正儿八经地坐过八小时。对面街上有个书店，我天天要钻进去两回胡翻一气。我那个科长对此不以为然。这并非出自他的修养与开明，而是他经常要利用这八小时去买菜或者拉液化气。他每次离开办公室都要把茶杯续上新水然后拿掉盖子让热气不断升腾。再就是随便打开一期《红旗》并在上面搁一支红蓝铅笔。最后一道工序是将抽屉拉出半截。这一切布置好他就大步流星地开路了，下班的前一刻他一边系裤带一边笑容满面地与大伙打招呼。

今天我到的时候办公室还只有老肖。他刚泡好茶，在等报纸看。见我来了他照例说声"早呀"。我就笑了。我说你老肖这么喊很有点问题，你每天比谁都早可你却说别人早呀早的，这岂不是挖苦？"喔……"他立刻欠起身，"你听见别人这么议论过么？"我说没有，但是否也有人这么想过我不敢保证。老肖沉重地坐下来说："谢谢你提醒了我……"

于希同志来到我们办公室，全体起立。他每回来都要谈好久。他不落座大家也就不坐。所以每次我都及时地给腰部找一个支点。

于希同志传达了省委负责同志的指示精神，说是要搞一次调查，看看农民这几年日子过得够哪个档次。"这可是省委负责同志第一次直接给我们下任务呀！"他强调指出。他要求我们拿出第一流的成果。"具体的事待会你们与小皇谈。"他说。他从不谈具体。（我发现官越大就越不谈具体，这叫宏观控制）于希同志断事向来利索。以后的几十分钟他向大家介绍了昨夜的梦境。他说他眼睁睁地看着抽水马桶冒泡，很快大小便泛起漫得一地都是。他说他急得浑身是汗有劲使不出有话讲不了。可是后来在大小便中又突然开出鲜花，越开越多。"这是什么意思呢?"他说，"我百思不得其解。"这是上午的事。

老肖夹着笔记簿准备去找"小皇"。我拦住他。我觉得像老肖这等年纪的人去让皇甫那小子指手画脚一番委实残忍。"我去吧，"我说，"回来就向你汇报。"老肖就犹豫着，但还是同意了。临出门又吩咐我:"好好记!"

当时皇甫正一手按着红色电话机，一手拿着高倍放大镜在研究地图什么的。这俨然决胜于千里之外的混账形象叫我气不知打哪儿喘。我大方地把手递过去。他准备来握的前一秒想起了那天在门口的情形便像碰到女人敏感区似的缩回。

"注意点!"他说。

你他妈的一见我面就是注意点注意点! 你再这么搞我可得起诉了。他说现在这事就够让我注意点。他说于希同志是向处负责人老肖下达任务，所以应该是老肖上这儿来，然后再由老肖向我们几个传达。"这是程序，"他说，"你来，别人会问你算老几?"

"算他爹。"

我随老肖下去。老肖一反常态地把自己打扮成西方议员或者董事长什么的。见我张着嘴看他，他就说:"可别以为我装派头呀。"他说他这料子只能在下面穿。有一次他随于希同志出席北京的一个会议他就穿着现在这料子，结果很多人拿他当于希。当夜他就把料子脱了。

我们在地区只停一天。我本想多住，老肖说还是直接下到县

里好。因为这儿吃包伙，全贴差旅补助还得倒掏二块。"要是随
于希同志下来当然不在乎，"他说，"至少分管书记得出面接待。"

我们就下到县里去了。刚住下，书记县长们就来了并且陪我
们吃饭。菜的数量与质量皆比地区翻倍且每天只需掏五毛钱一斤
粮票。回来过磅，陡增两斤半。那几天老肖的背硬是直了些。

后来我们进山了。那地方到处是山，叫你分不清东南西北，
而且每分钟都能听到鸟叫。我听到鸟叫就想躺下来。插队那会
儿，鸟这东西不晓得飞到哪里去了。我很久没听到鸟叫了。

有一天傍晚我跑到山洼里大喊大叫了一阵。我想听听回声到
底有多响。

老肖也这么做了一回。

我们刚离开起点站时老肖就在考虑调查报告了。他说大的框
架无外是基本情况、存在问题和几点建议。他认为小说与材料的
区别除掉小说是硬想出来的之外，还在于小说是自下而上，而材
料恰恰相反。

调查报告自然由我写。我讨厌写这类东西就像讨厌擦皮鞋、
讨厌排队、讨厌半夜起来小便一样。但我还是写了。按老肖的要
求写了。我知道这材料即使出自马克思之手，老肖也是得改，于
是就花了一个晚上一遍完工，交了出去。老肖倒很宽容，口口声
声称我文字怎么怎么干净条理怎么怎么逻辑性。他只把"不能简
单划一"改成"不搞一刀切"、把"不能流于形式"改成"不搞
花架子"、把"不能浮光掠影"改成"不能走过场"、把"要大

胆而谨慎地探索"改成"要摸着石头过河"。

"意思虽差不多,"他解释说,"但目前上面的提法是这样的。你看呢?"

我笑笑。

六

无论什么装束对于二郎都非常完美。他吃东西的时候你怎么看他都是个罕见的美哉少年。可在抽烟时你只需瞥他一眼就能获得一个标准的流氓印象。我从不同他去伙做　件事。因为从这件事刚刚出现雏形起我就开始上当了。他欠我的情分太多,所以我伺机整他就合乎道德和精神文明。我整他往往都是上帝在暗中替我使劲。那回的啤酒沫子走了个 S 形也还是溅到他脸上去了。但是他后来说的话又让我悲哀。我觉得像二郎这样的白面送去给女人打委实有点儿可惜。这几天我不知怎么回事老想到女人什么的。旅社里那个小姑娘每天来收拾房间我都想在她身上任何一个部位捏捏。我想我该去看看医生。我倒是真去了一回。接待我的医生活像英格丽·褒曼,她的手一触及我的皮肤我就感到身上有几个地方同时发痒。她看过我的舌苔又叫我张嘴发"啊"音节。我的嘴一时张不到她所要求的地步,她就示范给我看。我看到上面一排皓齿中间有片韭菜。我就不感到痒了。我只去了一回。

二郎的作品几乎都冠以"创作第 X 号"。他说之所以这么干主要是受鲁迅的感染。鲁迅得意的诗都叫无题。达宁在这时候就极大地表现出高雅，仰脸注视着手势滔滔的二郎口水淌到颈下也不愿揩。二郎把米勒列宾之流臭得一文不值却让塞尚、凡·高们腰缠万贯。当然他最敬仰的还是毕加索。他说唯有毕加索才算纯种艺术家，因为唯有他把艺术当作谎言。

"你他妈的就晓得在外行面前摆毕加索的威风！其实毕加索是什么，你也不懂。"达宁说。

"能懂的就算不上毕加索了，"二郎说，"谎言本来就是难懂的。"

皇甫欣赏的是二郎作画时的风度。他说那时二郎的头发就像钢琴师的手指，节奏明快美不胜收。这个评价使二郎醉了好几天，以后他作画就完全像个泼妇。二郎很多画都是在白色沙龙里即兴完成的。他创作欲恶性膨胀时就直接把锡管颜料往画布上挤，然后用指甲乱刮。

他就用这种画法完成了《空间》。

有一天我突然想起了她。我记得那是很久以前的事了。是两列擦肩而过的火车，当时我贴着窗口，她也贴着窗口。我们都看到了对方在望着自己。我们都没避开。像事先约好的。我们都没看清楚对方但我以为我们相爱了。

列车匆匆而过。

爱也匆匆而过？

后来我在一个像童话里插图一样的城市里见到了她。我跟着她走了许多路。我终于说：

"还记得吗？那回在火车上……"

"你是……你是谁?"

"火车匆匆而过,你忘了?"

"你到底是谁?"

"你……真的忘了?"

"啪!"

"空间?"

"空间。"

"我看不出这算个什么鸟空间。你说说看。"

"空间本来就是无法解释的。"

可是达宁指着《空间》说它很接近女性生殖器官形状。"就是,蛮像的,"他说,"我在医书上翻到过那东西。"于是二郎就在烟雾里大叫:"知我者,混蛋也!"他说按照老弗洛伊德的理论,任何空间都是女性生殖器官的伟大象征。

大概是因为对《空间》的精辟理解,达宁多次诚恳地要求我写一部爱情启示录。我说这类东西闭眼都能拾到,可他坚持说拾来的东西只启示别人如何胡来。

于是我对他谈了我的罗曼史。

我说我最初严格保持着青年导师般的深沉。我对与我初吻的那个差不多还是孩子的姑娘没有说过一句下流话。我这么做是想让她对我产生一点神秘感,就像夜里总觉得天上要落下什么似的。但是后来她看破了这一层,知道我是个除了会写几块文章外连面条也下不好的男人，就含泪舍我而去。我的第二次恋爱破产的起因是关于孩子的生养问题。她说她生我养各负其责。可我看到邻居那位小伙子由于喜得千金连续十九个晚上不曾合眼，后来被锻炼得像马一样的能站着睡上八小时，我就肌肉发颤。于是我们友好地"拜拜"了。我的第三次恋爱纯属闪电式的新潮风格。她在进登记处时对我说希望婚后我别拿她当妻子待。她说她只想过情人生活，和则合二为一不和则一分为二。这种伟大的辩证法使我在一分钟之后把我们的关系降低了三级。我的第四次恋爱是在我体内荷尔蒙翻倍的时期开始的。她的魅力在于她随便让我乱动，只要我每次都给她献点信物什么的就行。可是上帝拯救了我，一场大火将我烧得只剩下一条短裤。我的第五次恋爱……

"你他妈的到底爱几次了？"

"如果你混蛋有兴趣，我可以再来五次。"

那天晚上我们谈了很久。二郎说中国只有一个虚构的男子汉，叫阿 Q。因为唯独此君一语道破爱情真谛并且敢于跪下来讲。皇甫的意思是，婚姻是笼子，男女都是鸟，没进去的拼命朝里飞，进去了的又拼命朝外飞。我们中间，就皇甫有个沪产老婆和一个虹样的女儿。据说皇甫常常在三更头上精光赤条的被老婆踹到床下。他的过敏性鼻炎由此发端。这么一直谈下来，达宁就忧心忡忡。他说如果只谈恋爱不搞结婚是最好不过的，因为最卓越的女人一旦扒光衣服就与最普通的女人毫无差别。

我回到小旅社时，一伙服务员正挤在走廊上看电视。像是个电视剧什么的。我口渴至极，可这会儿水瓶全体倒悬也休想灌满杯子。于是我跑到洗脸间对着自来水龙头咬了两分钟。那个小服务员见我这样就激动不已，说我好像刚刚在电视里死去的那个海盗。我说我之所以喝冷水是因为房间里没有热水而不是企图扮个海盗来撩拨女孩子家的心弦。她大概还没有走出她那个世界，眼珠亮亮的一口一声海盗海盗。我就说那海盗是演员扮的，没准一卸装那家伙就成了太监。

七

我上厕所解大手总得带本书。我性子急。不这么干我一天至少要解三次大手。我喜欢带爱情小说上这个典型环境来。二郎说我这是在亵渎爱情。皇甫第一次见到这情形就又说："注意点。谁知道你在这里看了多久呢？"他最见不得我上班时手里拿本书游来游去。他说他入党时最主要的意见就是因为手里总捧着与机关业务无关的书，比如《人是机器》什么的。

那么什么是与机关业务有关的书呢？难道是像阿根廷那个叫博尔赫斯的老家伙所说的"沙之书"？一本无头无尾的书。他只记得有一页上刻印着一个面具。他说那本书是无限的如果一旦燃烧起来怕也是无限的。

皇甫的肠胃一直不怎么样。老肖说这是职业病。"当秘书的，十有八九都这样。出外就餐，首长一丢筷子秘书就得放碗；首长一般都饭量小而秘书基本上是大肚罗汉，因此挨饿是常事。这是一。熬夜替首长突击准备讲话稿也是常事，夜里吃不到热的甚至根本就没什么可吃——烟除外，毫不奇怪。这是二。有这两条，你的肠胃即使是不锈钢做的也不顶用。"老肖是当秘书的出身自然讲的是行话。他说他患有十二指肠球部溃疡外带慢性胃炎。

据说于希同志在从医时医道是极好的。尽管曾先后有十九人死于他手，但皆属当时国内不治之症。这一点有众多专家的最后诊断鉴定可考。于希同志的名声几乎都是死于他手的人传播出去的。他们在咽气的前一分钟全都做出最大的努力紧握着于希同志的手并且一律热泪盈眶。他们心里明白于希同志虽没能救活他们的命但依然是恩人——于希同志给了他们减轻死亡前极度痛苦的药吃，给他们打麻醉针。这个美丽的传说致使我多次萌生出死在于希同志手中的崇高理想。

于希同志在到职演说中首先强调指出，今后任何人不许喊他的职务，直呼其名。他说我们的干部无论职务高低都是人民的勤务员。大家就很兴奋，兴奋之余又觉得为难。不过这个顾虑很快就打消了，因为于希同志上班后就逐一促膝谈心。最后他都要问："有什么不好解决的困难吗？有就说，我尽最大努力！"大家心潮澎湃但无人愿谈困难。大家说"谢谢领导关心"。于希同志说："关心人是最大的政治嘛！"可是有一天一个蓬头垢面的妇人闯进他的办公室，劈头就是一句："没良心的！"

我总觉得皇甫的肠胃问题除了职业原因外，还与他时常在半夜精光赤条地被老婆踹到床下罚站有关。他说不排斥这个可能。他说我们互不理解以致周末完事后互相认为自己是失足青年。我说既然到了这个水平不如脱钩的好。"现在不是时候,"他说,"在机关干,最叫人不痛快的就算这类事了。"我说一对不痛快的人硬要睡到一起去炮制痛快似乎也不怎么雅观。他坚持说现在不是时候。

第二天,皇甫病了。不是肠胃病。不知道是什么病,只是每日二十四小时都在发烧。他住进了本市最高级医院中的最低级病房。

他梦中老是断断续续地发出三个音节。

微雨是从昨夜开始的。我没有打伞。我站在屋檐下听雨的声音。雨声很小很小,几乎没有声响。我淋湿了。不知不觉地淋湿了。我一直以为那乳白色的是路,淹了我的脚才知道是水。我身上全是水。我总忘记带伞。我等了很久以为天晴了身上的衣服会干。其实昨夜就下起了微雨。我意识到下雨时我的衣服和身体都已经湿了。雨一直在下。我实在没料到这么好的天气会下雨。气象部门也没料到。当然也有人料到了。他们凭直觉就知道黄昏后会有一场微雨趁人没带伞的时候降下。

不知明天可还会有雨?我总记不起带伞。

于希同志从外地开会回来得知皇甫住院的消息便驱车赶到。当时皇甫正处在头脑发热阶段,于希同志就向我了解病情。"大便可有了?"

"一天三到五次。"

"稀便么?"

"硬的。"

"消化不良吧?"

"他两天没吃。"

于希同志很严肃地看着皇甫,两分钟后他充满信心地说:"问题不大。大便有了,就好。"

"次数是否多了点?"我问。

"他的气力不够,所以一次大便要分几次拉。这在逻辑上是可以成立的。"他说。

八

我一进办公室老肖就迎上来。伸着双手像是要从我手里接过什么。他说小皇的病怕一时难得好,因为至今弄不清是什么病。我说我也弄不清。我还说每时每刻发烧使皇甫的脸色比他健康的时候要好看不少。

"所以,"老肖说,"于希同志打算借你用一阵子。"

我心里大响了一声。我说我还不是组织同志,做这项工作极不合适,因为带"密"的东西太多。

"这没关系的。况且是临时性的。"老肖说。

我说我记性不行。

"于希同志态度很坚决,决定下了怕不好再动。"老肖说。

我没有可说的了,因为下级服从上级,个人服从组织。

后来我到楼顶平台上去了。这儿风大，我冷得像个麻花。我缩在一个背风的角上，眼前正是一片昏黄。那太阳只剩下一个帽檐形状。我就看着它沉入云底，而这时候周围全是混混沌沌的。我最见不得这种辨不清的天色，我想我妈。她老人家生我据说是费了不少工夫。她是不情愿我典当给专人使用的。

"我真没讲过梦话？"

"没有。"

皇甫就又躺下了。他躺在这张床上好几天了。那个专门打针的护士有一次告诉我这是一张很不吉利的床，先后睡过三个人都死了。"他们都很年轻。"她说。她问皇甫可曾结过婚。我说结过并且有了个女儿。我还说皇甫的妻儿回上海去了。皇甫不许通知。那护士感到很不理解同时要求我灵活掌握情况。"万一……得立即拍电报通知病人家属。"她说。她不止一次地讲过皇甫很漂亮。可是她这么一分析就使我魂不守舍，我仿佛觉得已有一只冰冷的手等着我去握。我以后每次进那个病房心就想往皮肤外面跳。皇甫睡得笔直，洁白的被单裹得很紧。我总是先把什么东西碰响，等那个白色的包裹松动一下后我才往前走几步。不过有一回，那是很久以后的事，我揭开被单看见皇甫正拿着小镜子在拔胡子。

我到于希同志这边上班的第一天，我就意识到他的生命概括了我的生命。比如说，他每次上厕所解大手前在我面前把粉红色的卫生纸搓得嘶啦响，我就立即感到直肠和膀胱压迫得无比厉害。我就随他去了。他也很激动。他说他先后配过三位秘书还从未有谁在解手的问题上能同他达到默契的。接着他叹息道："肠胃功能很不理想。"我很觉奇怪。我没想到于希同志也会有这个与职务不相称的缺陷。"这都是吃多了野食的缘故。"他说。我犹豫着，终于憋不住地问他所谓"野食"是否有特定的含义？他狐疑地看我一眼，明白过来就哈哈大笑。"你们文人哪，比猫还敏感。"他说，"我能有那么大的胆么？何况我是快五十岁的人了……"又说一遍文人比猫敏感。他说"野食"即在外吃饭的意思。具体包括三个方面：一是上面来人，他陪别人——比他职务大的人吃饭；二是他下去，别人——比他职务小的人陪他吃饭，三是……（讲到这一点他脸上便布置起有分寸的痛苦与有礼貌的羞涩融在一起的表情）他说他与老婆关系比较紧张，因此很少在家里吃饭。我问他老婆可就是上回打上门来封他领子骂他"没良心的"那位？他说："那是前妻。"我就很迷惑。他很快看出这点，就解释说："因为大孩子，得给生活费，给到十八岁。工资一调，生活费就得浮动。给多了后妻吵，给少了前妻就……你不都看见了吗？所以说我们的法律还不健全。"

皇甫一周要照一遍 X 光、做一回心电图、称一回体重。他不怎么吃东西但体重总是呈上升趋势。半个月下来他长了三斤。但是体温总徘徊在 38℃。大夫说这种情况是极其罕见的。他们在厕所里总是大发牢骚，说这种莫名其妙不轻不重的病拖长了会使他们威望扫地。他们好几次暗示皇甫可以回家休息观察。皇甫明白这意思就把头一歪，呼吸又开始粗短起来。

我也很急。于希同志出席会议太多而且逢会必讲。我甚至一天写过三份讲话稿。于希同志强调不打无把握之仗，因此要求我必须掌握个提前量。如果他星期六讲话，那么他会对我说稿子最迟星期三要拿出来，他得熟悉熟悉。他的确是为了熟悉才这么说。他的记忆力极端健全，五千字的稿子他两天就熟悉到能不带稿子，一字不漏地表达，并且还配有恰到好处的手势。他很少带稿子讲话。我很少不写讲话稿。

我唯一的企盼是皇甫早点儿出院。如果他再不出院我怕也会住院的。他长三斤正好是我丢去的。可是我又不想让那个专门打针的护士失望。我从来没听到过女人夸皇甫漂亮。后来我也觉得皇甫是个漂亮的男人。我怕皇甫一离开医院就会变成乞丐或者灾民。他不住院的时候美学原则是尽可能地让大众一眼就识出他的无能和卑微。

我没把皇甫拔胡子的事说出去。

大家都说我适应力很强。还说我聪明因为我随便当当就像个秘书。他们说能当好于希同志的秘书是很不简单的。于希同志年富力强对各方面都要求严格且讲究质量，何况秘书晋官已成为一种伟大理论正付诸实践，所以秘书不是任何人能当的或者能顶替的。他们都这么说。他们还说了许多。我忘了。我记忆力越来越糟糕。我只觉得立体的累附在身上。我写信告诉我妈说我很累。

她回信说："人本来就不都是猴子变的。多数是牛变的。"二郎说这话很见功底。达宁说照我妈的意思中国人应该是西班牙牛变过来的才对，因为只有西班牙牛不仅勤劳而且勇敢。"中国没有这个种，"二郎说，"中国的牛都是奶牛。"

我又想她了。我相信我是爱过她的。

这些年我一直在找她。

我曾经找到过她可是她把我忘了。

我不相信这是真的。

九

皇甫住院的第三天下午我抽了他一巴掌。我下手很重。除此之外我从来没有打过比我年纪大的人。可是经我一打皇甫的脸色立刻像个健康者。后来他说我这个举动貌似野蛮其实是很文明的。他说他打心眼里谢谢我。也就是这回那个专门打针的护士第一次对我说皇甫很漂亮。

当时我扶着皇甫去上厕所。他坐在马桶上咬牙切齿。他说："奇怪。"我问什么奇怪。他说："怎么于希同志叫别人给他取包裹呢？以前这类事都是我去的……奇怪……"我说这算不上奇怪。他说："天知道那是什么包裹？我明明没有走远，他却叫别人替他取……"我摸摸他的额头，并不烧得厉害，就说这事很正常。

"正常？"他从沉思中抬起脸，"不，不这么简单……"

我就抽了他一巴掌。我下手很重。

天黑得极快。刚过五点外面就灰蒙蒙一片。天这个样子我就支持不住，想离开会场。这个一般性的总结表彰会毫无意思，可于希同志说："不去不礼貌吧?"并没有安排他讲话，他坐在台上抽烟喝茶提提领子，隔一段时间做出个思考状。我写了个条子托会务人员交给他，我得先走。他看看条子又看看表然后侧过身子把目光递给我，等确认我看清了，他便小幅度地做了个吃的动作。这使我记起了昨天是发薪的日子。我能猜到于希同志腮下又有几道指痕。我摇摇头就转身走了。

华灯初上。我并不感到饿，却像乞丐似的乱逛。后来我去理发。那个理发师只需几分钟就让我大吃一惊。我后悔不该同意他把胡子推了。我回到小旅社，迎头遇到小服务员，她倒退三步后嘻嘻地笑。

我也笑笑，没说什么。我不想说什么是怕她上当。她这个年纪的人最容易上当。她读过我的一些小说。凡我含笑写出的章节她都含泪去读。她说我是个心狠手辣的家伙，总是让花好月圆的爱情横生枝节或者让一方突然死去。"你吃醋，"她常说，"你生怕好了人家!"我说是这么回事。我绝不允许任何人跑到我小说里来结婚。

"这才像太监呢!"她说，拍着手走了，小腿甩得很有劲。

有一天半夜里我被人喊醒去接电话，说是医院来的。我以为皇甫时候到了，浑身乱抖半天不敢抓话筒。打电话的是那位专门打针的护士，她说皇甫不见了，不等我做出反应她就开始在电话里小哭，一面哭一面说皇甫很漂亮。我说下落不明的人往往都是漂亮的。她说她很担心。"他不会死，"我说，"因为有人说他很漂亮。"她轻轻地笑了。我答应帮她去寻找皇甫。我说我知道那家伙上哪儿了。

"谢谢你……"她说。

"谢谢你。"我说。

其实对于皇甫无须打针，我告诉她，说他漂亮或者抽他一巴掌就足够他活的了。男人差不多只要这两方面。

我走上大街。

那个黑色的方尖碑正在燃烧。

＋

河面上泊着两只船和半截桥墩。二郎说把这两样东西摆到一起旨在构成一种情势和张力。这张画是很久以前画的，只画了一半。他说再画下去也还是一半。

据说皇甫要动一动。最初我把这意思告诉他时他浑身一颤，脸上泛起印第安人独有的那种迷人的咖啡色。他把我拖到厕所里，问我听谁这么说的。我说好像谁都这么说。

"上帝……怎么会吹这个风呢?"他说。

我说这很自然。你皇甫是首长秘书又是第三梯队不动你这号人动谁?

可是第二天他住院了。

这期间关于皇甫动一动的传说不仅有而且响亮。连我替于希同志打临时工的事也成为皇甫动一动的佐证。我当然痛不欲生，所以我那天夜里找到皇甫就破口大骂他是个狗杂种。我甚至怀疑当初皇甫把我找来是一个预谋。这时候二郎说：

"动一动？这可不是动老婆想动就动！真他妈的动你，压根儿就透不出一丝风，文件下来连鬼也会大吃一惊。现在呢？风一出去人眼就充血了，手就痒痒了，于是就抓笔写关于揭露告发一类的东西，干你这狗娘养的！于是有一天干部处长把你找到暗屋里，把一沓狗屁人民来信一抖再抖，脸上挂出帮不了忙的样子对你说：我们的确想给你动一动呀，可是你看这些反映……你无言以对还得千恩万谢。这叫既当婊子又树牌坊！"

他打了个手势。皇甫说这手势很优美，像暗示谁去把什么东西宰掉。

第二天皇甫出院了。

然而敬爱的于希同志由于解释不清的原因离开了这个被他把持两年零六天的部门。说是明升暗降。欢送会十分隆重。大家回顾了于希同志主持工作期间的光辉历程，把这段时间里积累的对于希同志的感情毫无遗漏地注入麦克风。可是这套扩音设备性能相当低劣，几乎每个人说出的腔调都不像是自己的。不过大家始终保持着声情并茂，连那几盆塑料花也感动得热泪盈眶。

于希同志自然也很激动。他把面前的奶油瓜子挨个仔细嗑完，然后站起来即兴作了他有生以来最为壮美的演讲。他说真正的英雄不是他而是同志们，虽然同志们是在他领导下开展工作的。他说了很多"同志们"。具体说的什么我忘了。但我相信是足以催人泪下的，因为鼻音极重。

这天下午，办公室安民告示：

液化气已到，除领导同志的派车运送外，其余自行处理。敬请原谅。

办公室负责人贴完告示，搓着手说：

"于希同志这罐气如何是好呢？"

河本来是绿的，那天夜里二郎把它改成红色。这之前他做了个后来被皇甫评价很高的手势。达宁说每次二郎碰这幅画手就像中风似的，颜料甩得满地都是。

我陪皇甫去给于希同志送最后一罐液化气。他家门锁着。我们把液化气摆在门口，就走了。那时天气已开始发灰。皇甫估计会有一场微雨。他说微雨很不好对付，打伞嫌麻烦不打伞就会淋湿。我说最好的办法是随它去。

后来皇甫要我帮他收拾收拾。"于希同志离开了，我没有必要再坐原来的位子，"他说，"这是常识。"

当夜皇甫就把桌子搬回了大办公室。我问是否应该同老肖打个招呼？他说老肖会明白的。第二天一早，我看见老肖对着皇甫的桌子沉思，就想去解释两句。这时老肖说小皇的确是成熟了。这意思是说皇甫此举极其明智。老肖同时也替皇甫感到惋惜。

"要是于希同志还在……"他感叹道（这口气像是于希同志谢世已久了），"那么，小皇一定是大有可为前途无量的!"我没吱声，随手抓起一个墨水瓶扔出窗，几秒钟后听到一声响，像孩子梦哭。

"诸位，横在你们面前的是一条河。你们想从它上面跨过去。对岸是一个神奇的世界。于是一个声音在召唤——把我竖立起来吧，你们从我身上踏过去! 这是桥的声音。但是另一个声音也说它会让你们到河那边去，这是船的声音。于是引起了争鸣。桥说它的价值如何之大。船不否定这些，只提出一个问题：遇上地震怎么办呢? 桥不屑地说自己属于当代最先进的设计能抵挡八级地震。那么九级地震呢? 船沉着地问。如果在施工中严格要求，九级地震我或许也能抗过，桥说。船微笑着，说马克思主义历来主张理论联系实际、主张实事求是而不相信什么'或许'，况且还有十级地震哩! 桥说果真如此这座古老而美丽的城市连同它拥在怀里的生命都会变成一堆废墟! 船哈哈大笑，说这是悲观主义论调因为至少它肚里的人还活着……"二郎说到这里也哈哈大笑起来。我们都跟着哈哈大笑。大概就在这个时刻，天亮了。

微雨是从昨夜开始的。我忘了带伞他们也忘了。我们就这么体面地给淋湿了。可是我们都不愿带伞，不愿给头顶上的天打一个黑色的或者其他颜色的补丁。所以我们都淋湿了。我们不想跑，因为前面还是微雨。我们淋湿了就不再相信头上还下着微雨。

其实微雨是昨夜静悄悄地开始的。

十一

都说新首长不久就会到职。似乎已成习惯，凡一任新首长来临之前大家都心律不齐。据传新首长和于希同志不乏相似之处，他们都是男性都长得不丑并且都是学医的出身。其实我们这单位除要求大家自觉避孕外与卫生不发生任何关系，可管事的基本上都是医生。我一生出来就怕医生。世界上最高明的医生无非是把健康人当作病人弄。任何人随便什么时候只要往医生面前一坐，他就会潇洒地给你开处方。好像不这样他就不配叫医生。

在医生眼里除他们之外都是病人。

（她是医生么？）

我找到她时她看我的眼光就像医生看待病人的眼光，后来她打了我一耳光并且大声地喊警察，可是我不相信她是医生，因为她很年轻。

又断电了。

又点蜡烛。

又喝啤酒。

好像啤酒只能在断电的时候喝。"这餐酒是肯定要喝，不这么干就不足以平民愤，"二郎说，"为了皇甫的出院和下台。"

皇甫就做了个大义凛然的表情，举起杯环视一周然后说："大家的情谊……我领了……"迟迟不喝。

二郎把皇甫的酒拿到手，立得笔直地说："愿昨天的小皇含笑于九泉！"说完把酒举过头顶，再一滴滴地洒下。

达宁开始感叹了，说现在不兴考状元，如果有这么回事，那么状元公必属皇甫无疑。"中了状元不仅晋官加爵而且招为东床，皇甫一切问题就都解决了。"他说，敬皇甫的酒。

皇甫只顾喝酒。他喝了几杯我忘了。可他一口气也没嗝出来。后来他一个人走到外面平台上去了。外面很黑。我知道啤酒不会醉人但还是想出去看看。二郎拦住我说："放心，这号种子就是拿枪逼着也不会跳楼。"

那条河本是绿的。

谁把它弄红了？

我以为啤酒是不会醉人的。可是皇甫的确是给啤酒弄醉了。他肠胃不好，不会嗝气。

今天皇甫在走廊上截住我，往厕所里一拖，问我昨夜他是怎么醉的？我说弄不清，因为我也醉了。

"你也醉了？"

"我怎么就不能醉呢？"

"你肯定是在我之后醉的。那你肯定听到了我的胡说。我说什么了？"

"我在你之前醉的。"

"不可能不可能。我记得你说我的领带……像一道伤口……"

"这就说明我已经醉了。"

　　我遇到那个专门打针的护士。她说她去看过皇甫，就一回。
"怎么回事呢？"她问我，"他一出院怎么就……不那么漂亮了？"
我说这可能是错觉所致，或者是皇甫并不漂亮你却以为是漂亮或
者是皇甫本来就漂亮你却以为是不漂亮。她立刻显出悲哀，她说
这两种错觉她都接受不了。"我希望他本来就漂亮我也以为他漂
亮。""这就不是错觉。""可事实是他一出院就不怎么漂亮了。"
"那就只好等他再次住院。"

　　都说新首长快来了。昨天说今天来。今天又说明天会来。事
实上至今没来。

十二

　　临下班前达宁来了电话，说今夜只要我还活着就一定要去白
色沙龙。我问是否因为他马上要死想立下遗嘱什么的才这么看得
起我，他连说"yes"。

　　我到时，皇甫正凝视着手舞足蹈的二郎，脸上像刚杀过人似
的庄严。二郎说黄昏前那个充满绝对雄性的壮观乃他平生登峰造
极的眼福。当时达宁如同杜丘一般金鸡独立于这座十六层大厦的
最边缘，背向苍天面朝父母大喝一声："再来转化，我就滋溜
下去！"

　　我听得没头没脑但绝不怀疑这是虚构。我问达宁究竟是为什
么事企图杀身成仁。

　　"因为提拔。"他说。

我把达宁的事曾讲给一位专门从事三流电影文学创作的朋友听。他听后第一个感觉就是不真实。"不愿被提拔已经是够不真实的了，"他说，"因为不愿被提拔而采取那么动作性强烈的方式予以抗拒，就连鬼也认为是假的。"但是他的创作欲有增无减，没过几天又打上门来。他说他因为冲动只抓住了灵感却把人物纠葛弄糊涂了。他连提几个为什么。

"为什么以前不提拔达宁？"

"因为他老子下了台。"

"为什么又突然提拔达宁？"

"因为他舅舅转业回来马上要当部长。"

十三

这个时期二郎一直在为画展奔波，喜怒无常简直就像发情的母狗。我最难受的是他动不动就把手伸进艺术得不能再艺术的头发窝里，做出卢梭或者伏尔泰一类的表情。二郎的头发如同他的职业一样变幻无穷。他在那个所谓的经济研究中心当差时理的是平头。我第一次见到这个混账发型冷汗顷刻流遍全身。我以为这狗杂种刚从号子里出来。而他说："平头总给人以憨厚朴实之印象，当然这无疑是作弊。"我说拿头去作弊是否显得太大方了？不过作弊之于你二郎只是普通生活手段。他说："不，是普通生存手段。"

二郎的手伸进发窝只显出腕而没有指头。像断肢。好几次他都摆这种姿势，久了就狗一般地喘气。他极少喘气，所以一喘气我就很紧张。我觉得过不了多久会有谁来将二郎绑走。他像大师一样地抖着罗圈腿，仿佛许多光荣都要抖搂出来，再从罗圈腿之间爬过去。

　　皇甫总是夜间去探访于希同志，竖起风衣领子朝阴影里钻。

　　有一回被警卫人员拿下了，以为是刺客，幸亏兜里有个证件什么的才没有往局子里送。警卫人员质问，既然是来看首长的，为何不走大路偏在暗里动？皇甫无言以对只表示下不为例。这件事一直成为皇甫的精神负担，他只对我说了并希望通过我打听打听可曾有其他人知道。"如果让新首长知道，就糟了！"他说。

　　新首长还没来。然而关于他的传说日益增多。几乎每天都有人要发布一两点这方面的新闻。今天上午有人说新首长非常器重人才，根据是他原先的单位落实知识分子政策，成绩辉煌跃居全省前茅。下午又有人进一步证实说："一年之内就有十八名知识分子入党，七名提拔到处以上领导岗位，其中两名是副厅级！"

　　皇甫听了这些就羞答答地笑，好像两名副厅级中有一名是他。可是老肖说这些消息水分太多。"扯淡，"他说，"副厅级得经常委定呢！常识嘛……"于是皇甫就出去了。我问老肖皇甫是否还会当私秘？老肖说这个可能性很小。"当然，小皇的能力是绝对没问题的，"他说，"可是一仆总不能侍二主呀？这也是常识。"

　　有一天我和二郎上街，刚上公共汽车就有人照着二郎的脸抽了一巴掌，非常脆。我想不到女人的手会打出这么响的耳光。

"流氓！"她说。

"我……怎么你了？"二郎说，"我让你先上车，你……"

"手放干净些！"

"我手怎么了？"

"你拽我辫子！你还不撒手？流氓！"

车内有人跟着喊"流氓"，噢声四起。

其实她的辫子夹在车门里。她发现了便红着脸说"对不起"。二郎说了声"别客气"就出其不意地还了她一巴掌——事实是像调情似的摸了一下她脸。于是骄傲和尊严在几秒钟内调换了位置，有人对二郎尖呼一声"好汉！"接着大家又噢噢起来……

二郎跳下车就用劲吐了口痰。

罚款五角。

二郎掏出一块钱照那张皱脸扔过去，又用劲吐了口痰，说："不用找了！"

看见皇甫在厕所门口绕来绕去，我就知道这家伙有什么要紧的话想讲。于是我说如果要讲的话很长就换个地方。我实在忍受不了那个铺满瓷砖的空间里产生的非正常气味。

"换个地方？"他笑笑，"这地方谈心就只能钻厕所！"

我很惊奇。皇甫这么讲话在这个地方似乎还是头回。我怀疑他吃错了什么药。我们就进了厕所。皇甫麻利地坐到马桶上，又指指边上的一只叫我坐下。我说这种勾当就此一回了，下次再干就是他妈的王八！我坐下了，还做出一副若无其事的样子。

"听说了吗？"皇甫说。

"听说什么了？"

"第三梯队取消了。内部已来了通知。"

"喔。"

"我早就有一种预感……看来，下一步……"

"下一步考虑离婚吧。"

很久以前我的一位朋友死了。是在一条很宽很直的公路上给车撞死的。（他很年轻）他也是开车的，都说他开得很好。可是他还是给撞死了。他的身体莫名其妙地给肢解了，有一只手还和方向盘粘在一起，怎么也扳不开。

这是个悲惨的故事。我妈多次叫我把它写出来。我没有写是因为这个故事只有血没有色彩。其实我错了。（血怎么不是色彩呢？）现在我认为可以写的时候又觉得情节（姑且算是情节吧）太单调，无非是叙述了一次普通的车祸。很长时间以后，我发现我又错了。

十四

皇甫告假去上海了。一周前他老婆来了封挂号信，完全的兵临城下口气，似乎暗示：倘若皇甫再不就他们的问题做出决断，那么她会胡弄个孩子出来放在皇甫的名下。但是无论如何也应该感谢她，我想，她成全了自己也成全了皇甫。达宁说其实离婚也应该举行个典礼什么的，理由是当事者如结婚时一样的喘气。二郎感叹的是皇甫的尊严被老婆剥夺了，因为至少从陈世美算起，离婚历来是由男人发起的。

皇甫同老肖谈了。老肖很吃惊，说一点迹象也没察觉到。老肖对这类事很关心。他每年接受来自官方的类似"五好家庭"的表彰，可是我听说他与老婆已分居多年。

老肖告诫皇甫宁可在财产上吃点亏也不要使事情扩大化。"你是组织同志，姿态应该高些。"他说。

"谢谢领导关心。"皇甫说。

我们几个送皇甫上了火车。那个专门打针的护士也来了，站在不大显眼的一根柱子下，认真地看着皇甫。我是通过皇甫的眼睛看见她的。可是皇甫始终不过去同她打招呼。于是我用胳膊碰碰皇甫，说："你是组织同志，姿态应该高些。"皇甫做个不知所措的表情。最后一遍汽笛拉响了，她突然跑过来抱住了皇甫。达宁吓得一跳，在我的背后敲了一下，问究竟皇甫和谁离婚？我没吱声，隔着雾气仔细地去看皇甫吻了她。

后来响起了优美的苏格兰民歌《一路平安》。

我们是在列车行走中相识的。我们的目光相遇可是我们都没有看清对方的面目。

但我认为我是爱上她了。

我的直觉告诉我她是值得我去爱的。

我信直觉。

　　我说过我的记性不行。我记不清在什么地方在什么事情上消磨了一个晚上，结果连末班车的最后时刻也一并忘了。我只好抄近路往回赶。旅社已经关门，我用力地敲。给我开门的是那个小服务员。她责备我不该这么晚才回来。现在的姑娘真有意思，你对她热一点她就企图包揽你的一切。我曾和一位姑娘接过吻，仅一次。第二次准备接吻时她就严肃地批评我不该抽烟，那口气好像我们早已是那么回事了。

　　"我屋里的灯怎么亮了？"

　　"你哥哥来了。"

　　"我哥哥？"

　　"嗯。蛮潇洒的。"

　　我知道我屋里是谁了。还能有谁呢？我倒是等着那狗日的这么晚来找我。这么晚来找我就意味着有求于我。这蛮好。我心里储存已久的类似复仇的兴奋顿时就化开了。我估计他是为钱来的。于是我进门就说钱和手纸都在床头柜里。

　　"钱？"他说，"不。钱买不到介绍信。没有介绍信就没有展厅。狗娘养的单位硬是不出面，说我本末倒置……"

　　"你本来就是不务正业，这不错。"

　　"我说过导演是个缺德的职业！"

　　"你把空间比成女人性器官未必有德。"

　　"那是象征！懂吗？况且别人是看不出来的，只会认为那红兮兮的一团是太阳，黑乎乎的一片是山岗或者天空……好了，我奔走了好长时间，展厅就是落实不了。你他妈的可不能见死不救!"

我问怎么个救法。(我很快活，我还没尝过救人的滋味)他说于希虽然明升暗降但毕竟还是大官。这种屁大的事于希打个招呼不会不起作用。"本来这事该由皇甫出面，可是他回去打离婚了，"他说，"只能指望你了。"说完他深情地看着我。我说试试吧。

可是他得寸进尺，又提出请于希为画展剪彩。"这样，规格就高些。"他说，声音渐平下去。于是我也深情地看着他。

皇甫来了长途，说会谈是在极其友好的气氛中进行的。他要我把这些告诉老肖。我问是否应该通知新华社发消息？他骂我是狗杂种。

不过我倒是把这些对那个专门打针的护士说了。她把嘴拢得很圆轻轻地说了个"喔"。后来她说她想不到皇甫会离婚，因为他一出院就不那么漂亮了。她认为离婚一般都是漂亮人干的。

"也许一离婚他就漂亮了。"我说。

"作者是你和小皇的同学？"

"当然也是朋友。"

"你们不是学中文的吗？怎么有同学搞画画?"

"这不奇怪，正如您由医生变成政治家一样。"

"你看，你们文人这么会联想。我不算什么，不过你那位朋友倒是蛮有才的。"

"比我有才。"

"你们都不错。人才难得呀，所以党中央三令五申地强调要尊重知识、尊重人才。不过，作为个人画展也得有个主办单位才合乎手续，否则不就宏观失控了吗?"

我邀二郎去本城第一流的剧院看来自地球那半边的一个交响乐团的首场演出。自从有了电视，剧院便成了棺材。票很好弄。我想在回肠荡气的旋律中把上午那个霉变的结果告诉二郎，这可能自然些。其实我这么做就意味着把一切都抖搂出来了，还有什么可说的呢?

二郎只字不提画展。他似乎完全沉醉在旋律中。最后一首曲子是老贝多芬的王牌《命运交响曲》。一开始就阴森恐怖、寒气逼人。这时二郎侧过脸对我耳朵说，那"米米米多"根本就不是什么命运之神的叩门声，而是一个老贼的脚步声。

十五

很长一个时期以来我想领个孩子养养。原因之一是我有一笔钱没地方花。当然我喜欢买书，可是买来的书基本上都堆在固定的场子。我懒得看。我记性不行看也白看。我甚至害怕读书——写书的人都希望或者强迫读书的人信服他们所以我害怕。我也逛商店。不过有一回我买了把牙刷只用了三天就光芒四射，只能给马刷了。原因之二是我很愿意为孩子去干点什么，他们是真的需要我。原因之三——恐怕算主要原因了，领来的孩子不属于爱情的结晶所以我会全心全意地去喜欢他（她）。一提爱情我就肉麻。爱情是结婚的借口也是离婚的借口——这话像是谁说过的？

我希望皇甫把女儿夺来，然后给我。皇甫还会结婚也完全会再和别人生一个。这很容易。

那天晚上我们离开剧场后，二郎就雇了辆出租车把展品拖走了。"不能总让弹痕斑斑的白旗覆盖着毕加索的亡灵。"当时他这么说。他说得很轻快，我就觉得是减了刑。我和达宁都出了汗，二郎就说"谢谢"。他对我们说这个极文明的词还是头回。后来他倒着跑到十字路口，仰脸朝上空看了一会儿。他头顶上亮着红灯，不过这时的红灯只作为一个符号。二郎就停在那个地方，招呼出租车开过去。

第二天早上达宁在电话里告诉我，铁屋上又多了个奇怪的窗户。

我在玩具专柜前停下来。我想给那孩子买个玩具。我停下来后才知道玩具这东西很不好买。济公因为抓周抓到了念珠才成为济公的。倘若抓到了刀没准就做了古代东方希特勒。布娃娃太俗。汽车不吉利。（我那朋友！）电子琴呢？二郎说电子琴全来自剽窃。对的。那么……

"有航天飞机吗？"

"没有。"

"怎么会……没有呢？"

"等着你造。"

那个红灯亮了很久。达宁说他按着表计算过，这个城市的红灯都比绿灯亮得久。二郎钻进出租车又伸出一只手做了个"V"，接着就势打了个脆脆的榧子。这以后他就失踪了。有一天黄昏，达宁一脚蹬开我的房门然后说了一串"他妈的"。我立即被传染上。我说：

"什么他妈的？"

"我倒他妈的霉了！"

"倒他妈的什么霉？"

"瞧见他妈的女人屁股了，他妈的！"

达宁说他昨夜找到了失踪的二郎并且瞧见了女人的屁股。"他妈的门缝！"他说，"他妈的灯！"

突然想到"挑战者号"罹难。伟大的克里斯塔·麦考利夫与那个黄白相间的火球融为一体，形成一条扭曲的"Y"形的白烟飘在卡纳维拉尔上空……

可我还是想为孩子买航天飞机。

"完了完了，全他妈的完了！"达宁说，"我现在见到所有的女人都觉得她们光着他妈的屁股！我简直不敢出门了。"

"那就上吊吧。"

"不，我投河。"

他宣布：决定去漂长江。

新首长还是没到职。据说他腹部有个硬疙瘩，组织部门考察时没有掌握这一情况，他没说。等任职通知正式下达后他说了。他说他做过医生能掂量出这个硬疙瘩的轻重，当然不会影响工作的。可是他至今没到职。有人见到他去做了同位素扫描什么的。他住院了。可能还会转院。

这些话我是在厕所里听到的，所以我不大怀疑是杜撰。我也问过老肖，他没说什么，只笑笑。这段时间我们很悠闲，除撕撕牛皮信封用用订书机翻翻报纸外就那么坐着。大家好像都在想下一个电话可能是自己的。电话铃一响，每个人都把头一抬。

皇甫才走几天，可我觉得似乎是离开几年。若不是老肖常在我身边提及"小皇"什么的，我真以为他作古了。下班时，老肖从后面跟上来，把我拉到对面街上说："给小皇挂个长途，问事情可办了。要是没办妥，就叫他停办，立即回来。"他口气蛮急。

"有这必要么？"

"唉，小道消息害死人！"他说，"文件下来了，第三梯队还是要搞的嘛！你看，现在小皇办这种事……多麻烦！我也有责任，工作太粗了……"

"第三梯队不要离婚的？"

达宁请求有关方面批准他加入国家漂江组织，吹了。人家不带他玩。于是他说：

"老子单漂！"

电话拨通，可我把话筒放了。我不希望皇甫将来也去做同位素扫描。他死在那个专门打针的护士怀里很合适。他只能死在那个位置上。

十六

我遇见了二郎。当时他坐在一辆贴着金色菱形标志的超豪华"尼桑"里。在拐弯时减了速所以我们互相发现了。他边上坐着一位很好看的姑娘。车并没有停下来。二郎伸出手向我打了个榧子尔后用中指和食指做了个"V"。我没来得及做任何手势。我记不清我可对他笑了。

我曾经告诉达宁，我想把皇甫的孩子领了——如果能判给他的话。(判?!) 达宁立刻表示出一个极大的惊讶，然后说："除非把皇甫杀了!"

我想给皇甫写信。我要写的当然不只是关于孩子的事。结果是我在灯下白坐了一夜。是的，没什么可说。我们这个年纪的人谁也别想说服谁。我也说服不了自己。我本身就是个存在因此我没有必要去寻找任何颜色的标志提醒别人注意到这个存在。一位著名作家在接见我时曾诚恳地批评我的小说缺乏规范的训练。比方说我从来不去写我的人物是副什么面孔。"这就太过分了!"他说。他不知道我记性生来就孬，稍微复杂点的东西就记不住，况且是人脸。我连我的面孔是个什么样子也不大搞得清，我就只好胡写。可是一位同样著名的理论家却一口咬定这是一种极美的技巧。理由是这么干不仅拓展了欣赏者的视野并且从某种哲学高度看人的确是存在于虚无间。对此，我唯一的态度是沉默。我沉默是因为我实在没什么可说。

据晚报消息，二郎个人画展将如期举行。这次展览是由美协分会、团省委以及市工人文化宫三方面联合主办的。展出地点是在新近竣工的美术宫中央大厅。

"届时将由省委负责同志亲自剪彩。"晚报强调指出。

晚报还羞答答地披露：二郎的婚礼也同时举行。

我几乎是把二郎忘了。我的记忆里关于二郎的内容仅储存着：一个"空间"。一条由绿变红的河。一个榧子。一个"V"。

我记得有一回达宁对我的全部小说作了分析。他首先用电子计算器将小说中的人物作了统计。包括"我"在内一共是七十八个，其中非正常死亡的有三十六个半。那半个死人就是"我"，因为无论怎么看那个"我"至少是个疯子。"怎么死的全是男人？"他很奇怪。我也感到不解。

很久以前我的一位当司机的朋友死了。是在一条很宽很直的公路上给汽车撞死的。其实他的车开得很不错。大家都说这起车祸相当古怪，谁也没想到车祸会发生在那么好的路段上。我的朋友死得很惨，他的尸体一塌糊涂就像没成型的豆腐。他剩下一只完整的手粘在方向盘上，谁也不能把它们分开。

我的朋友是在很久以前死的。他死得不明不白。

皇甫信中说那桩事在孩子身上搁浅了。他要孩子。她不要。

可是孩子要她。她是妈。"孩子几乎每时每刻都在哭着喊妈……"他是这么写的。

这孩子真该我领!

"这回出去,"我对达宁说,"遇到航天飞机什么的,买一个。""航天飞机……你是说玩具?"

"给那孩子买的。"

"女孩玩这个合适吗?"

"我希望这孩子干航天。"

"干吗偏要做宇航员呢?"

"我也搞不清。"

这些日子二郎想必很忙。有几次我和达宁准备去帮他,比方刷墙、搬搬家具什么的,结果都被武警给挡了回来。二郎住在女方那边。熟悉那地方的人称它为"三道岗"。岗是站岗的意思。只有贴着金色菱形标志的小车儿才能进出自如。达宁后来又见到过那位曾经光了屁股做美妙动作的女子,她的腹部已呈现了弧形。据说二郎制造这个弧形完全出于灵感,否则那幢米黄色的小楼不会那么果断地包容他。所以女方十分崇拜二郎,因为以前的几位都是由于迟迟不敢对她下手才败北的。

不知是哪一个晚上我梦见太阳破了。就像一颗鸡蛋黄砸在玻璃上一样,黄黄稠稠的液体优美地流淌着。我记得我一丝不挂地从海里爬起来,望着天幕上那幅绝妙的图案。在我前面奔跑着一个金色的小女孩，正伸出双手等着那同样金色的液体经过她的指缝。我已经被越来越浓重的热浪蒸得晕头转向。我想爬回海里去，可这时海已经完全地沸腾了。我像海参那样蜷伏着，口腔在喷发白色的烟。不过地球整个地红了，而那个小女孩还在奔跑，把双手并着伸向天空……

我醒来时外面正下着无声微雨。

微雨是昨夜开始的。

达宁是半夜启程的。当时天上没有一粒星星所以天地无界限。江水是黑色的，像哮喘病患者呼啦啦地乱响。达宁打扮得像个海盗，眼睛贼亮。他先乘船去上游然后下漂。

他要我把那个铁屋重新刷一遍漆。还刷白色。他坚持认为白色是世界上最纯也最杂的色相。

那时分整个城市在我们背后做着梦。黑色的方尖碑上的那个光点还在跳动。达宁出来时不肯关灯，因为这样他在江上就能瞧见它。船不久便在柔得如面一般的曲子中拉开了步子。我还立在原地，看那船由黑色的岛成为黑色的礁……

后来落下了这一年的第一场雪。

1986 年 10 月 22 日初稿

1987 年 7 月改毕

南方的情绪

一

我搁笔已久。没有写东西的一个原因是气候极端反常。现在我所处的城市每日平均气温 38℃，二十四小时汪在汗里。专家们早就指出：由于太阳黑子……由于太平洋副高压……所以地球出现了温室效应所以天热。我不相信这些高谈阔论。我觉得问题的核心是太阳的堕落。这观点很朴素，因为我观察太阳已经整整三十年。它的堕落是我意料之中的事，一丝不挂也不再能证明它的坦荡与赤诚了。

为了摆脱太阳的纠缠，我决定去一个没有太阳的地方做一次微带冒险色彩的旅行。我蓄谋已久，也深知实施这一计划的难度。但这个计划仿佛一种宗教，放弃是不可能的。

眼下，我要到南方去。具体地说是去一个叫作蓝堡的地方。有位号称老板的人在那里等我。我推测那家伙是个胖子，五短身材但非常有钱。昨天夜里有一个女人把电话打到我家里。

您不是想得到一个避暑的机会么？

起初我以为是哪位朋友的恶作剧，但马上就觉得不对劲：我从未向任何人透露过我的电话号码因为电话总被窃听。

你是哪位？

我奉我们老板之命邀请先生来蓝堡做客，希望您明天就动身。您不会让我们失望吧？

电话到此断了。不像是故意挂断而是常见的那种莫名其妙的中断。这桩事没有让我像接到一个绑票通知那样焦灼然而毕竟要引发我的思考。有人已注意我很久。可能是利用我抑或诱捕尔后谋杀我。报警是必要的但毫无理由。我的名义是去做客。我开始检查每一间屋子，发现有生命和无生命的都安然无恙。这多少让我轻松了一点。我坐到沙发上抽起香烟，回味那个女人甜美的声音。我想这或许是件很好很实惠的事，有人花钱供我享受这至少说明我还有点名气。最让我愉快的是可以把这次行动纳入我那个理想计划，以此为起点应该说是最恰当不过。于是我坐到案前，准备写一篇叫作《南方的情绪》的小说。其实一个悲剧在这之前就拉开了序幕。

二

现在我来到火车站办理购票手续。我要争取软卧。我向朋友的父亲借了高级记者的证件。自从那年秋天发生软卧车厢谋财害命案后，软卧票受到了绝对控制，以维护软席的尊严和安全感。其实问题并没有解决。凶手可能就属于拥有软席权的人。

　　我先去了客运计划室。一个过早谢顶的男人毫无表情地告诉我近三天内的软席票均已售完。我悻悻告退，暗暗为浪费一支万宝路后悔。车站历来是个杂乱无章人声鼎沸小偷驰骋的地方，我没有兴趣久待。太阳此刻已经拔高，所有的人晃动着半个脸打着各自的算盘。我走到斑马线一端，等一辆猩红色的大货车过去。一个穿T恤衫的青年款款朝我走来，他的右手插在牛仔裤口袋里，似乎想掏出什么。此人我并不认识但直觉提醒我这个青年可能与我有关系。于是我对他微笑了一下，他的嘴角也牵动了，买票？我说是的。我说我急需一张去蓝堡的车票，当然最好是卧铺。我没有乘软席的奢望。去蓝堡？那人又笑了笑，露出粉红色的牙床。他把左拳松开，果然就有一张今晚去蓝堡的票并且是软席。我大喜过望，立刻点钱。我故意放慢点钱的速度，借机观察了车票的标记和公戳。不是伪造的。点清票款，我们握了握手。他的手很黏，像是刚摆弄过什么带黄油的机械。我说谢谢。他没说什么，骑上斑马线那端的一辆黑摩托走了。我再次检查了票面，找不出任何不信任的地方，就小心地放到上衣口袋里。列车十八点十分从本站发出，也就是说今天的黄昏我将暂时从这个城市消失。城里最近一个时期正闹鼠疫，丧生的基本上是青年和儿童。这与气候对老人的惩罚构成了死亡的平衡。

　　去蓝堡？这么说我们可以聊上一阵子。你大概是个作家。

　　我很吃惊，不明白她怎么知道我的职业。我总不至于浅薄到向一个在火车上见面不过三分钟的陌生女子抖搂家底的地步吧。

我们的关系充其量不过是坐进了一个包厢。她是下铺我也是，这就十分容易面对面接触。她刚才一摘下草帽我就记住了她的相貌。她属于那种忧郁的美。这种女人有着喜怒无常的天性，善于怀疑和乱发感叹。这种女人不容易到手。不过我觉得遇到这样的旅伴切切不可轻易放过，得设法同她聊聊，等她安顿好了坐定下来再找一个理由比如借水果刀什么的同她搭话。可是她先开了口。她很随便地说了那句话然后把垂到胸前的软软乌发送到肩后，然后平淡地看着我。

我说是的，我写小说。我想白己还有点名气，一些刊物在发表我小说的同时也刊登我的照片。

你不觉得南方是一部非常精彩的小说么？你得先读读南方。

她似笑非笑。

我心里又大吃一惊。这个女人很神秘也很耐人寻味。

我在写《南方的情绪》。

这是个诗的题目。组诗。

我不是诗人。我也不会把这个题目捐给诗。

你是个谨小慎微的男人。不大方。

现在她离开了，到外面的廊道上去欣赏窗外的景致。从我的位置只能看到她的背面。她的身材无疑是上乘的。她穿着印有暗花的白色套裙。是象牙那种白。胸罩的颜色是黑的短裤也是，还有黑色的长筒丝袜和白凉鞋。这种黑白相间对比强烈的装束让我大长见识。她很会打扮，既轻而易举地盖压群芳又引男人们注目。这是个黑白相间的精灵。

南方的
情绪

　　我一丝不苟地注意着她。这时候列车长在她边上停下，让她办理加票手续。她本来是硬卧。列车长是个看上去极其平庸的蠢货，好色自不必说。他大概希望她能说声谢谢，可她没说。她用找回来的零钱买了两罐可乐。她感觉到我已经到了她的身后，便递过来一罐。我们几乎同时将罐子拉开，两下漂亮的声响，所有的人都往这边看。我很自豪。一个高瘦的乘警慢慢垂下放在腰间的手。

　　我们坐下来开始评论外面的世界。我坐的位子同我的床铺方向一致，背对着车头，因此我始终感到这趟车是在飞速后退。我在想象一个叫作蓝堡的地方。如果不误点，明天子夜时分我就到达了目的地。会有人去接站，可能就是给我打电话的那个女人。我心里顿了顿，觉得那个打电话的女人与面前这个谈吐不凡的女人可能是同一个人。她们的音色很相似，如果不经过电话的过滤几乎一模一样。最有力的证据是她们都把蓝堡念成了南堡。再联系我们见面的情景就更为逻辑严密。给我打电话的女人显然对我了如指掌，而面前这个女人不但了解我的身份了解我的去向而且了解我的设想。她们从不同的角度从容地走进了我的小说，这部《南方的情绪》。我不能不感到惊奇。不动声色掩饰不了我内心的慌乱。我茫然观察窗外，天已变得幽蓝深远，只有一粒星星在不起眼的地方作案。列车呼啸着向后退去，宣告一个关于南方的寓言正在杜撰。

三

半夜里发生了一件事。

有人碰醒了我。实际上我不可能睡熟不过是进入了假寐状态。她睡到我的铺位上来并不嫌挤。不觉得热是因为空调的缘故。据列车长介绍，这节车皮刚挂仅跑过一个来回。当时列车长说烧这种空调系统的油特别难弄。她说最好半夜里别停掉，那样会很不舒服。她一直在提醒我进出别忘了关门，否则冷气会跑光。我们心平气和地吻着。我觉得她口腔里有股淡淡的青草味。她的身材十分匀称皮肤很细腻。我们侧卧着，我的右手放在她腰间并且开始用力。她干这事显然很在行而且耐性极好。她闭着眼这我能想象到。我还能想象到外面的过道有脚步响，是脚后跟提起来走动的那种声响，尽管夜间行车的声音空洞而单调，但并不妨碍我的感觉。她呢，自然比我先意识到什么将要发生，便利索地收拾停当接着"哗"地把门拉开。这意外的举动让灯光和列车长同时抛了进来，后者险些栽倒。跟在后面的那个高瘦乘警倒退两步同时敏捷地把手往腰间一按。

很辛苦哇，车长。

不不，你们辛苦。

我很舒服。

看来这空调还不错……不过油快完了。

那么就把门打开好了。

她说完就睡到自己的铺上。空调在列车长一行离开后就关闭了。车厢内立刻闷热起来。以后这门就一直开着，灯光把我们一剖两半。我看没有什么指望了，就昏昏睡去，大概不久就睡熟了。很远的地方有一群狗在乱吠。

这一觉睡得很沉。好像过了几个世纪。我醒来时太阳已西斜。我伸了个懒腰打算到餐车去找点吃的。很快我发现她已经不见了。她的铺位移交给了一个光头汉子，正歪在上面啃一只羊头。他不时把手指上的油往脑门上揩揩，一副悠闲的样子。见我起来了，那人便瞟了我一眼。我不禁一怔：这家伙眼光竟是绿的！

我装出放松的样子提着毛巾牙刷摇摇晃晃地去了盥洗室。我又遇上了列车长。起来了？他很关心地问。我点点头。你应该先上厕所。我想这事用不着你瞎操心。我开始往牙刷上挤牙膏，突然觉得不对头。我的直肠压迫得非常厉害，肛门周围神经变得紧张。我赶紧把牙刷扔到一边，转身钻进厕所，刚蹲下就听见"轰"的一声大响。

我又在想她了。那个神秘的女人径直介入我的生活然后又果断地退出，我认为都是有背景的。我回忆了与她相处的所有细节，觉得事件并不是因为她可能是个文学爱好者所以才委身于作家这么简单。不能看作一次神奇的艳遇。她落落大方地走进我的小说，凭借超人的机智和勇敢帮我杜撰情节以完成这部作品。可是她又中途退出不辞而别，那么关于她的故事在以后的章节里只能用省略的方式来表达。这当然十分遗憾。

不。事情的性质要严重得多。我现在可以说是恍然大悟。我有足够的理由来证明这是一个阴谋。有人设了圈套。他们掌握了我的全部材料并且从很久以前就开始了对我的监视。于是两天前的深夜一个女人给我打电话，说有个叫老板的家伙邀请我去蓝堡做客。怕我刨根究底他们造成电话自然中断的假象来迷惑我。第二天我去买票，在我失望时竟有人向我退票。那个穿 T 恤衫的小伙子毕竟嫩了点，不作任何铺垫就完成了任务。他的右手始终不从裤袋里抽出来，分明是捏着一把手枪以防不测，否则他左手上不会有黄油味。这样，我顺利地按照他们的路线行动了。在这旅游旺季软席居然还空着本身就颇可疑。一对青年男女合宿一室是他们预先的安排。她原来与他们是一伙的！还有那个貌似憨厚的列车长，现在看来他可能是个小头目。他比较老练，借给那个女人办理补票手续之机向她下达任务：让她半夜里和我做爱以制造一起强奸案。她做了但没有喊。列车长看时候已到又没有动静就带着乘警来探听，这时她出乎意料地将门打开，导致了抓奸计划的流产。无疑，她已经成了叛逆分子。她知道不能再在这个狭窄的空间生存下来，于是趁着夜黑风高消失了……

当然，这也不过是一种可能。

四

那汉子始终一语不发，仔细地啃着羊头。现在基本上啃尽了，因此他显得精神饱满。羊看来很小，它的颅骨不过拳头一般大。颅骨的表面很粗糙，依稀可辨出血迹和经络，这是没有煮透的缘故。颅骨的右下方也就是靠近眉弓的地方有一个小指大小的黑洞，显然是枪眼。子弹是从正面射入的。那人满足了食欲便开始拔身体上的毛。凡是有毛的地方他都要触及。每拔一根他都用拇指和食指夹着，反复地搓。他不再看我。但是他的一条粗壮的腿拦在门口，这使我的出入很费事。他并不道歉。

我想我应该点上香烟，去看看窗外。向前飞驰的景物我很陌生。田野很荒芜，连草也没有。这是一片灰色的田野。阳光藏在大山的背后。忽然有了一阵喧嚣。飞扬的尘幕后面一群汉子在追赶一只野兔。这些人一色的短腿但奔跑速度惊人。他们大声吆喝着进行这种司空见惯的围捕表演。那只野兔刚进入青春期，体格健壮以至看不出面部的豁唇。唇的颜色和处女们的乳头一样嫩红。它跑得很快很机灵，它的突围成功在即。就在这时，坐在我对面的那个光头汉子把羊头骨有力地向窗外抛去。接着我听见一声沉闷的枪响，空气里旋即有了腥味。

野兔的脑袋射向天空后才裂开，像一颗熟透的让人踩了一脚的番茄。皮毛变成了无数朵蒲公英飘动着，带血的脑浆呈伞形向四方泼洒。我的胃极不舒服，想去漱口再吃点冰凉的东西。我从那人的腿上跨过去，听见他干咳了一声。我并不想跑。我知道即使冲出这道门也无济于事。自从鬼使神差地离开家门我就没做别的思想准备。我觉得目前我的生命不会有危险，这些人会一帆风顺地把我挟持或者护送到蓝堡，交给一个叫老板的杂种。

我不想再增添烦恼。我站在走道上，不同任何人交谈，默然注视着晃动的窗外。暮色弥漫开来，不久天地浑然一体，彻底暗了。荒原上滚动着两团磷光，那是一匹觅食的饿狼。磷光的倾斜颠动说明它瘸了一条前腿。磷光拢近了，接着尖锐的金属声弧形掠过，这畜生在用牙齿撬动车门。就这样反复了几次，终于听到一声绝望的哀号。下一站是哪里？有人边嘀咕边活动手脚，嘴角停滞着灰色的睡意。他们都睡得很不错，哈欠让人羡慕。我侧身继续注意窗外，磷光消失了。看不见任何起伏的轮廓，荒原是冷漠的。列车仿佛大洋中的一条木船，以孤独作为品质。我觉得时候不早了，就看看表。可是不知从哪一刻起这只表停了。我估计了一个时刻，把指针拨到那儿尔后上弦。我发现秒针开始调头运行。我的手变得冰凉。

在这个漫长的夏夜，我徘徊在从荒原的腹部穿过的列车里，细细品尝着灵魂的错位。一条巨大的生满毛刺的粉红舌头正舂拉在我的喉部。

五

现在我得谈谈蓝堡。从地图上确定它的地理位置显然是徒劳的。这绝对不是因为它的小而在于它纯属虚构。这无疑是座城市。描绘一个城市的面貌对于小说家并非难事。城市的面貌说明不了城市的性质，承认印第安部落和德克萨斯午夜的牛仔也并不意味着纽约和里根的不真实。

子夜，列车正点抵达蓝堡。

月台上空空荡荡，除了两名一动不动的工作人员外没有第三个人。在挺拔的石柱上，悬挂着一个驴头，是新剁下的，颈项横断面还在滴血。这或许是蓝堡的城徽吧，我想。我提起皮箱平静地走下车来，列车长对我有分寸地微笑，然后吹了三声哨子。这哨音在夜间异常刺耳，天空顿时裂开了一条缝。分明是暗号。我走出站门发现广场上停了一辆漂亮的马车。三匹马全是黑色。从马粗重的喘息中我知道这是来接我的，才到一会儿。驾车的是个光膀子的老头，只有一个鼻孔。我沉着地上车，把皮箱搁在两膝上。老头并不回头看我，不动声色地吸着劣等纸烟。这时候从广场的东头跑来一只棕色大狗，老头见到它便浑身一颤，连忙朝空中抖了一鞭子。三匹马同时撒开蹄子瞄着月亮奔去。我从后窗观察到那只大狗撵了很久。

马车走得悄没声息，像走在雪上。但是摇晃得厉害。我渐渐有了倦意，歪在椅背上。此刻月亮就悬于对面的天幕，十分的黄。这色彩在夜间总给人以向往。我的关节放松了，眼皮愈来愈沉。朦胧中，我听见一声猫头鹰的轻啼，还听见一阵细碎的脚步声其中夹着金属的叩击。似乎有一个沙哑的嗓子在问：是第几个？

下榻的地方很不错。我甚至没有一点陌生感。山坡上那个白色建筑物在月光下显得很优雅，我们不妨称它为白色山庄。

我在没人带领的情况下走进了那个巨大的拱门。谁也没有上来制止我或者来一番盘问。我记得接下去是踏了九九八十一级台阶再拐进了一个圆门。这时我看到了金碧辉煌的大厅。正面的墙上有一面很大的镜子和两个面具。地毯是猩红色的。一个女人背对着我在练习哑语。我没有惊动她。我认为我应该顺着 S 形的楼梯往上走，走到第三层然后向右转，在第七个房间也就是最东头的房间门口停住。我下意识地掏出身上的钥匙。当钥匙深入锁孔后我才觉出此举的荒唐，然而一个事实不容怀疑：门开了。这一瞬我的好奇心占了上风，就抬起左臂很方便地碰上了电灯开关。室内明亮起来，灯光的颜色是咸鸭蛋壳那种浅青，纯净而凉爽。

这是一个标准的套间。卧室和客厅都布置得相当考究。床是席梦思而用了棕绷，这非常合我的口味。写字台很大，上置价值连城的文房四宝。显眼的是几个高大的书橱整整占了一面墙。我随便浏览了下，这些书我都不陌生。在一个角落有一台立式的十八英寸彩电，我怀疑其图像的稳定性，因为有一根天线可能没有被螺丝固定住，常常耷拉下来。我发现我的兴趣逐渐浓厚了，我已经认识到这个空间里隐藏着一个偶然和巧合。

不久前我无意碰碎了一只玻璃香烟缸，是结婚时我老婆替我买的。我喜欢它的造型，喜欢去摸它的表面。后来我曾托许多朋友到外地去配但皆空手而归。没有想到面前咖啡色玻璃茶几上就摆着一模一样的一个。来之前我打算添一双拖鞋。我已经在心里物色好了样式只是叫那个匿名电话搅乱了没有买成。现在呢，我从床下找出了一双并且恰好是四十一码。由于时间仓促和精神张皇，我出来时忘了带剃须刀，结果刚才我去洗脸时在镜台上又发现了，和我本人在家里使用的那把胶木柄的毫无差别。够了够了，单凭我自己家门的钥匙能把这千里之外的房间捅开的事实，就足够让我魂不附体了。

我瘫倒在床上。

后半夜下起了大雨，规模比作瓢泼毫不过分。我睁开眼，看到连续三道红色闪电却听不见一声雷鸣。我逐渐听见的是一阵阵起伏不停的脚步声，忽强忽弱。后来这脚步声紧贴着楼房底部响着，节奏变得杂乱而富有弹性。不像是一群人也不像是一群走兽。我不敢开灯，连拖鞋也没穿，怯怯地走到窗边。吸一口长气后我掀起窗帘的一角，一串流动的蓝色火球自楼前晃过，蓝光连成一片我终于没有辨清是些什么东西。但我知道，这是一次雨季的秘密行动。攻击的目标是后山。从报纸上我了解到，有一个青少年科普夏令营十天前开到后山进行采集植物标本的作业。而这个蓝色集团是专门制作动物标本的，历史不下五千年。

我贴着墙立了很久。骚动刚结束东方便呈现了一线乳白。我吃力地看见了山坡上的那株古柏，它的一半身躯已给雷电烧焦，然而额头的绿叶又表明了它身残志坚……

我就这样等到天明。

六

第二天是个极好的天气，天的颜色很蓝，仿佛回忆一部童话。方方正正的太阳像一个窗口，镶嵌着宇宙的缩影。

大概因为无聊，我很烦躁。抽完一盒香烟后我开始用指头敲击肋骨这身体的键盘，敲一支关于母亲的曲子。门便在这时被人从外面推开，我连忙站起来，随手握住了那只分量很沉的玻璃烟缸做出正当防卫的姿态。

进来的是位女郎，长得很可爱，肯定是服务员什么的。她很快察觉到我举止的荒谬就把脑袋歪向一边像小鸟似的对我微笑。见我坐下来，她才笔直走上前。

先生您要什么？

我要什么我什么都不要。你们到底要对我干什么?! 我苦笑着，又觉得把怒火喷到这么美丽的姑娘身上很不礼貌。她还年轻，涉世不深，顶多不过是奉命给我挂了一个电话。我叹了口气。

您是不是想用餐？

不，谢谢。你的老板呢？

我们这儿只有经理。

那就叫经理来。

这姑娘退出去不过五分钟的光景，一个五短身材但精神抖擞的中年男子进了我的房间。这是经理，与我想象中的经理除了耳朵稍小那么一点外没有两样。但我相信以前我并不认识他。我们面对面地坐下来。

先生有什么吩咐？

你是不是老板？

老板？不，我是经理。我父亲是老板。

那你让他来见我。

很遗憾，他无缘结识一位作家。他已过世了……

过世？

家父死于乾隆十七年的一场霍乱。

那么，是谁请我来的？

　　谁？是您自己呀！谁也没强迫您……三天前您亲自来了电话，预订了这套房间。您说您要在这里完成一部叫作《南方的情绪》的小说，需要安静，所以您指定要最东头的……

　　这是捏造！

　　您别激动。您是个有学问有教养的人。我们至今还保留着您的声音。我们是录音电话，我想您不会听不出您自己的嗓子吧。您爱把"住"读成"锯"，您应该是南方人……

　　我无言以对。是的，谁也没有强迫我到这儿来。我用不着去核实那个所谓的录音电话。这个手段并不高明。我现在已经进入了一座迷宫，只能凭运气去摸索，走一步算一步。我还能说什么呢？可是我越发惶恐了。我在想这个空间既陌生又熟悉。我和这里的人不存在语言障碍，这里的生活设施也是我所习惯的。客观上我几乎没有什么不适应的。比如在收看电视时，我可以将那根松动的天线支靠在书柜的侧面以保持图像的稳定。我知道靠近床跟的壁脚上有一个方形多用插座，它主要是用来让我睡前读书，把台灯移过来很方便；再就是接通一座鸿运扇。我不喜欢空调，既耗电又有噪音另外进进出出容易感冒。所有这一切，差不多都是按照我的想象设计布置的。问题出在时间上。面前这个中年男子几分钟前说他的父亲死于乾隆十七年的一场霍乱，这就是说他的年龄不是几十岁而是几百岁！可从他的长相及精神状态上看，他差不多算是童男子。实在不可思议。

七

很久以前有一位瘸腿的行吟诗人到过这里，向老百姓传播所谓的真理。他断言这是块永恒的黄土地，与江河日月同光共辉。于是在诗人热情的感召下，人们积极地篡改出生证、废除时间、染发、装配假牙。一个以青春的名义向历史宣战的运动全面铺开。可是就在这天夜里，播火者诗人却被谋杀，凶手至今逍遥法外。这便形成了一个伟大的悬案。

以上这个故事是那个姑娘告诉我的。她来替我收拾房间，我给她冲了一杯咖啡。我请她坐，我说我总觉得她有点面熟。她笑了。她说很多男人见了她都这么说。我说我讲的是实话并非乱献殷勤。她就做出很感动的样子，沉默不语。这让我失望。我的初衷本是通过她来了解蓝堡的历史而不是同她吊膀子。她固然可爱但丝毫不轻薄。我于是从沙发上站起来，抽着烟在她面前走来走去。她很精明，看出了我对于沉默缺乏应有的耐性，就用小勺子轻轻地敲击杯子。她没碰那杯咖啡。

你应该趁热喝。

谢谢。我不爱喝咖啡。

漂亮的姑娘应该喝咖啡。

不。其实你也不爱喝。

你怎么知道？

因为现在大家都在喝所以你也跟着学喝。

我说是那么回事。我还说其实喝起来味道与板蓝根冲剂没什么两样，后者还能预防甲肝。这样气氛又活跃起来，她笑不露齿。我觉得现在是提问题的好时机。我告诉她我要在这儿住很久，写出一部叫作《南方的情绪》的小说。如果你不介意，我想邀请你扮演角色。她笑而不答。几分钟后，她的神情专注起来，接着她用一种貌似平淡的口吻对我叙述了那段现在大家都已知道的故事。她建议我把这个故事写进我的小说，说是很有意思的。她显然还想对我再说些什么，可是这时一只瘦手从外面伸进门来摇晃了两下，她就歉意地对我笑笑，说经理在叫她。

　　我觉得刚才那只瘦骨嶙峋的手安在经理身上很不和谐。经理长得敦实，皮肤白皙而富有弹性。经理连一根胡子也没有。我怀疑请她离开我的是另一个人，绝对也是一个男人。他是谁？我连忙跑出去，为了掩人耳目我装作去倒烟灰和纸篓。我一直盯到楼梯拐弯处，我向上向下向左向右观察却一无所获。这是个惊人的时间差。我仍不甘心，沿着楼梯往下走。我走得大汗淋淋，由于光线渐弱我的眼球越发酸胀。天气很好光线却如此晦暗。我扭扭颈脖，始才发现一个问题：这楼梯怎么没完没了？它仿佛是在我脚下随时生长出来的，只要我继续往下走就没有个尽头。周围迷迷蒙蒙，寒气逼人。某一个角落在滴水，像出了毛病的抽水马桶。我停住，想靠在楼梯扶手上调整一下呼吸。手的触觉表明这扶手已不再是塑料的而是木质的，并且由扁平变成了圆。我还能感觉到扶手由于油漆剥落产生的毛糙，很扎手。我不明白这是怎么回事。我想再这样追踪下去情况会很糟，就小心地往上退。每退一步楼梯都发出行将断裂的惨叫。这时一只天鹅般大的红蝙蝠向我的眼睛扑来，宽大的翅膀掀起一阵狂风，我脚跟一软，像罐头似的滚了下去……

我醒来时天色已晚，屋里有人出出进进。我躺在沙发上，看见经理正在批评那个姑娘，说为什么不事先把床认真检查一遍？

谁会知道白蚁钻进了床脚呢？她辩解着，有些不以为然。

我从她胳膊弯里看过去，一个年迈的木匠嘴里咬着铁钉正在吱吱呀呀地锯床腿。还有一个小女孩子在拖地，擦痰盂。见我醒了，经理恭敬地走到我面前。很抱歉，没想到中午会发生这件扫兴的事。您睡得很香，可能是做了一个奇怪的梦导致您翻身太重，所以床腿断了。您被抛下来，脑袋又撞上了痰盂……不过一切都过去了，好了，请您多加原谅。您好好休息，不打扰了。

骗局。地道的骗局。那些机关暗道我现在还历历在目，你们竟把恐怖归咎于我的梦魇，实在太卑鄙了。我差点把玻璃烟缸扔到那张光润的脸上，可是力不从心。我连说话都极其困难。再说，我孤军作战势单力薄来一番硬性的反抗只会是自掘坟墓。我又重新躺下。那伙人出去了。那姑娘排在最后一个，她带上房门之前对我递了一个飞吻。我一动不动，心里非常潮湿。我不知道该怎样来评价这个女人。我自然要联想到旅途中的另一个女人。把她们看作一个人会引起逻辑上的混乱，但作为女人她们在本质上是一母所生，都具有叫我无法抵御的魅力。我的弱点是总不愿意把女人想得很坏尤其是漂亮的女人。在这个问题上我与一个叫尼采的老头分庭抗礼。尼采长相丑陋体格略胜侏儒，女人们对他不感兴趣，于是他就憎恨女人并且厌恶为女人们所钟爱的男人。

而叔本华却滑头得多，他终身以童男子自居且又谨慎地珍藏着医治梅毒的偏方。唉，我想得太多了。想多了头就痛。

八

在我浏览所有的关于蓝堡的史志资料后，我开始推敲那个姑娘所叙述的诗人之死。我疑惑有三：既然是行吟诗人就不该病腿；传播真理是职业革命家的使命而诗人只负责宣传爱情；诗人因理想破灭绝望自杀而不是谋杀——人们对爱情缺乏耐性，感兴趣的是不经过爱情铺垫的直接交媾。

我想再找那姑娘谈谈。我悄悄离开了房间。在门口我停了一会儿，没有出现盯梢者。刚移步，一阵柔曼的钢琴旋律仿佛自九天飘落下来，我的眼前豁然出现了一片蔚蓝色。我循声寻去，脚下很光溜令人产生失重感。我的视野渐渐变宽，当一丛白色的蜡烛燃烧起来时，我才知道我已置身于一个大厅的中央。这是一个巨大的白色的殿堂，只有一根极高极粗的柱子，上面现出九条龙的浮雕。没有窗户，没有椅子，也没有服务人员。地上有许多锈痕斑斑的剪刀和一堆白生生的指甲。大柱的背后挂着一副大马的完整骨架，像是一匹公马。旋律在我头顶上盘旋，我仔细巡察，看到左前方的黑色帷幔后面一个背对我的女人正在用脚弹奏一架大型的红色钢琴。她弹得如醉如痴，摇头晃脑。我走近去。

这是什么曲子？

安魂曲。（她的声音苍老得叫我惊诧。）

安谁的魂？

我丈夫。他是个诗人。

原来她就是诗人的遗孀。我慢慢移到她的侧面，想看看她的面孔。她相应地转过脸。天哪……

哦，我正要找你……

我知道。

关于那件事……我认为诗人，也就是你丈夫，可能是自杀。

我知道你会这么讲。谁都这么讲。

我不是信口雌黄，我有理由……

你的理由是站不住脚的。看见那副马骨了吗？

他当然可以骑马游说，但关于这一条意义不大。

你错了。他其实不是诗人。他不宣传爱情。他不过是以爱情作为强奸的借口。他不光是对女人下手……

那么，他感到罪恶累累就……

不，是我杀了他！

说着，她一下跳到键盘上，琴声如雷贯耳。我眼前又掠过一片蔚蓝色，然后是一片猩红。这是地毯。走廊上就我一个人，没有盯梢者。我发现脚下有一根断弦，就拾起来。其实是一根细藤。

我在走廊上荡了几个来回，没有见到我要找的姑娘，只好回到自己屋里。有点儿闷，我走到窗前，并不觉得脖子上有风。现在，太阳躲进了大山的腋下，天空里有一股狐臭味。云很低很硬，正拼命地集合，嘎嘎作响。看来今夜局部地区有雷阵雨。我的太阳穴跳得相当乱，半个脑壳昏沉沉的。我盼望能有一场大雨。

这时有人敲门。

您好点了吗？是她。（她的声音又变过来了，这个精灵！）您午餐还没用呢。她把灵巧的餐车推进房间。

我说我现在没有胃口。

她例行公事地把菜和餐具安排好。菜不复杂，一荤一素一汤。两个火腿面包和一杯啤酒。这让我有些感动。我不便拒绝。我慢慢坐下来，我说我得先抽一支烟。她没看我，像前几次来一样她随便从沙发或者床头柜上捡一本杂志翻翻。过了一会儿她又伏到写字台上去看我的手稿，她不乱动，就看面上的那页。她咯咯地笑起来。

谁会用脚弹钢琴呢？

还能有谁呢？我沉默着，注意她的侧面。她看得很认真。

什么乱七八糟的，不懂不懂！

很好。你不懂就好。你懂我就完了。我知道被害人与杀人犯这两个角色你都不感兴趣。你好像只对我感兴趣。而我不是那个死去的诗人，我是活着的小说家。我们就这么隔着茶几坐着，互不干扰，相安无事。我们就此两清了行吗？

你天天待在屋里不觉得闷吗？

外面太热。

林子里不热。要不，进城玩去。城里在放立体电影。

我对影视不感兴趣。

那你对什么感兴趣？

万宝路或者三五。你呢？你喜欢什么？

老虎。

九

当天夜里我就想潜入蓝堡的腹部。我并不是为了看一场狗屁的立体电影。这座城市对于我似乎永远是一座迷宫，我对它感兴趣。可是谁都清楚蓝堡实际上是个设防的城市，它的上空至今流动着黛色的硝烟。每块砖头随时都会被一个黑洞洞的枪口顶落，每只靴子里随时都会跑出一把匕首。有人嘴角的香烟还在燃烧但灵魂已进入了天国。落在泥沼里的头颅也在努力完成最后一个微笑。所以说我的企图带有极大的危险。况且，我现在是寸步难行。这里的每一棵树都可能成为盯梢者。在通往城里的大道上会突然出现无数的陷阱。我知道这些人平日里都道貌岸然，做出服务热情的样子。其实他们一秒钟也没停止过对我的诱惑和瓦解。他们等待着我自食其果。就像制造列车软卧包厢的强奸案那样做到滴水不漏，他们要让全世界都承认我的问题不是一起冤案，而是罪有应得死有余辜。到目前为止，一切迹象表明我的判断没有偏差。

我很痛苦。我明白自己的处境。我知道这里布满了不可捉摸的机关暗道，一片落叶都是个暗示，防不胜防。他们解决我不过是时间问题，现在，我唯一的选择是逃。我必须设法离开这个山庄。我把希望寄托在那个姑娘身上，我深信她尚存一点良知。我的第一次灾难的避免就得助于一个女人。我觉得对女人不可全信也不可不信。但是，从这天起，那个姑娘再也没有出现。经理说她得了急性肠炎，送到城里治疗去了（经理说这话时一脸无法掩饰的淫笑）。我不相信这是个巧合。他们大概觉察到她和我相处得还不错，大概以为我会借助她逃之夭夭，就断然把我们分开了。

然而我不会坐以待毙。狗急都会跳墙，何况我是人。于是在薄暮时分我借散步的名义开始观察地形。我用牙签剔牙，这种老人喜爱的动作会让人对我放松警惕。我沿台阶而下，不时坐下来从石缝里拔出一根小草观赏。我发现从右边廊道过去有一扇小门，通向养鱼池。那儿的围墙很低，我可以从小树身上搭一脚翻上墙，跳下去就是林子。那是一片茂盛的老林，树木参天几乎透不进一线阳光。我不知道这林子的尽头是什么地方，但这无疑是条理想的出逃之道，我避开了大路就赢得了安全。我很高兴。我把这些都记录在心，反复背诵。我不能把这些写出来，这个时刻是切切不可有蛛丝马迹的。天很快黑了下来，潮湿的风扑面而来。我转身往回走，看见一个光头老汉靠在拱门前的石柱上对我微笑。什么意思？难道……我心里突突地狂跳。这个老头我是第一次遇见，但他却视我为熟人。他盯了我多久？我低下头想从他边上快些走过去，这时他说话了。

先生可是那个作家？

你是谁？

我是个流浪汉，这一带人都晓得我，叫我老 Pan。叫 Pan 老也行。

老 Pan？是老潘还是老盘？或者老庞……我打量着这个看上去很快活的老人，心里陡地一惊：老板！原来此人就是老板……

先生可有闲工夫？

你找我到底要干什么？

闲扯。我有许多话要对你扯。你是作家，专门写书，我讲的事你肯定有兴趣，你很快就会睡不着觉，去再写一本厚厚的书……

你找我就为这个？

就为这个。我不识字，要不我自己动手了。

你是说我们合作？

合作？不，那别人会笑掉牙的。不，不是的。我讲，你写。写出来就全归你的。得了钱，你买只烧鸡买瓶酒给我老汉就行了……

我发现我的感觉有些不对头。我仔细分析他的面部，没有什么异常变化。但我仍然放心不下。我问他是怎么知道我的职业的。他说是这里的服务人员告诉他的。他还说他今天一早就在山庄里转悠，等我出来。他说他晓得我在写书，晓得写书的人在写书时怕人打扰，就耐着性子等。

这是个古怪的老人。无论他找我是因为什么，我都回避不了。我就递给他一支香烟。他摆摆手，说抽不惯纸烟。说着他从脖子后面抽出一根两尺来长的铜烟锅，在烟袋里捣了两下，找火点燃吧嗒吧嗒地吸起来。天色晚了，我请他到我屋子里去。

我倒要听听他能说出些什么让我感兴趣的东西。

十

进门后我吓得倒退两步。他又一次划火柴时从他的右袖管里探出一个青皮蛇头，正对我吐信子！

先生莫怕。他笑着用烟锅击了一下蛇脑壳，蛇便又缩进袖子。从袖子的皱褶看，这条蛇至少有两米，它的尾部在他的脖子上绕了一圈。他坐到我对面漫不经心地把这锅烟吸完，然后说：

它叫小毛，跟我好几十年了。是条响尾蛇，喜欢热闹。我靠它过日子。我玩了一辈子的蛇。天底下玩蛇怕是没有能赶得过我的。这个等会儿再扯。我先说我的事。我是个孤佬可不是个寡汉。我有女人，还不止一个。我年轻时做过些荒唐事。我到底有多大年数，连我也不晓得。我从小就在林子里转悠，吃什么都不碍事。我有劲，曾经一气拧断五只狼的脖子。这不是吹牛。我的第一个女人就是因为这个同我过夜的，她说我有劲。那会子女人喜欢有劲的男人。如今呢，娘们只往有钱的男人怀里钻，又不会生伢，生了也没有奶水。第二年我女人生了一个女伢，白萝卜似的。那年是丙寅年，虎年，我给孩子取名叫虎妹子。她能吃，每顿得吃两个奶子。能吃就好。白天，我带着我女人上山，我打猎她拾柴火。虎妹子放在树墩上，小毛看着她。小毛这狗日的是个神仙种，灵种，它在边上转悠，任何畜生也不敢来动虎妹子。可是有一天，小毛这狗日的……

咬了孩子？

不，你猜不着。你猜得着我就不用找你了。我是说小毛这家伙偷喝了老子的酒，喝醉了，就生了是非。

孩子出事了？

你莫插嘴！是的，出事了。我们下山时看见一只老虎正叼着孩子往山坳里走。孩子还睡得好好的。我女人一下就昏死过去。我想放箭，可细一想这件事有些蹊跷，路上没有一滴血，孩子并没有伤着。要伤就早伤了。我就没有去撵他们。

这……太危险。

危险个卵。虎妹子好端端的。她太好玩了，连老虎也在跟我吃醋。老虎要借我的孩子耍耍，不会伤她一根毫毛。这是虎妹子亲口对我说的，那是几年后，孩子骑在老虎背上对我说的。可是这孩子再也不愿回到我身边来，她只说不愿，不说缘由。倒是那匹老虎扑通对我跪下了……

他说到这儿又开始抽烟。这回是我替他点了火。他很得意地捋捋胡须。我不掩饰我对他的叙述的激动。不过他却能看出我对他袖子里的小毛仍有戒备。这仿佛损害了他的自尊心。小毛，给老子出来！于是小毛嗖地溜出，顺着他的胳膊蹿到头顶上，盘起来，用信子润他额上的皱纹。我怔怔地看着。他显然受到鼓舞，就吹了一声口哨，张开嘴，小毛便又嗖地钻进他的喉咙，通过胃，通过曲折的肠道，最后经过肛门又重新回到主人的脑壳上。完成这一连串动作对于小毛不过两分钟。我算长见识了。

它简直是神！

是的，这狗日的神。信了吧？他似乎还不过瘾，一甩头把小毛抖搂到地上，然后从腰间摸出一把砍刀狠命砍下去，小毛身首两处。我失口叫了声。他却满不在乎地把蛇的两截拾起来，对合着，又吐了口唾沫在衔接处抹抹，然后把它夹在腋下。不足一袋烟工夫，他又吹了声口哨，于是小毛复活了，溜进了他的袖管。

奇迹！我说这是奇迹。我想我是遇见异人了。这个夜晚我过得非常快活。但是，当我意识到这点后我便有些慌乱。是老 Pan 还是老板？这或许是……我慢慢抬起头，老汉不见了。我立刻关上门。这或许又是一个圈套。他们想稳住我，好让我平心静气地在这儿待下去。我仔细回忆关于那条蛇的全部细节。养一条蛇不是奇闻。他虚虚实实地耍了一阵子。吞下去的和斫成两段的可能是食品蛇，用一根染色的香肠作为替身。袖管里有名堂，魔术师都习惯于袖管里耍花招，糊弄一双平常的眼睛很容易，况且我有轻度近视和散光。至于老虎和虎妹子的故事全是瞎编。好一个老Pan！所谓老谋深算指的就是这号人物。我长长嘘了口气。

看来事不宜迟，再等下去会错失良机。明天拂晓前必须行动。其时天色昏昏，风声大作，等他们从睡梦中醒来后，一切都晚了。

就这么干。

半夜里我又听见了断裂声。

十一

上帝在暗中为我使劲。第二天没有太阳，是个阴天，拂晓前又下了细雨。我下了床。实际上我这一夜根本没睡。我贴在门上静听了片刻，没有反常，就脱了鞋溜出了房门。为了防止不测，我没有忘记带着那只玻璃烟缸。我想真到万不得已的时候也只好拼了。

大厅里没有人，灯火通明。那面大镜子反射出强烈的光使我能看清大厅门外五米的地方也同样没有人。我在通过大厅时背上渗出冷汗，似乎有一双鹰眼在黑暗中注视着我。出了大厅门，我隐藏在方柱的阴影里进行了短暂的观察。为了防止追踪，我把脱下的一只鞋扔到漫长的石阶上，制造假象，让他们以为我是从拱门里逃上公路的，他们会在屋里静等着一具血肉模糊的尸体拖回来。那条布满陷阱的大路比雷区还阴险。

现在，我已经把那扇寻常看不见的小门用树桩抵上了。抵得很实在，两三个人想撞开它不是件容易事。我一只脚踩住靠近围墙的小树跃上墙头，林海已在我眼底翻涌。我纵身下墙，踏上了一块光滑的石头便滚下了坡。我并不觉得疼。这时候我向山庄望了最后一眼，它俨然一尊恶煞，不过它现在正做着梦。见鬼去吧！山庄，蓝堡，统统见鬼去吧！我自由了！我记得在布宜诺斯艾利斯死去的一个老人在一本书上写过：隐藏一片绿叶最好的地方是森林。我现在就是这样一片叶子。

我像鱼一样游进了茫茫林海。

林子里湿漉漉的，苔藓像软体动物，踏上去让我生怯。我始终面朝东北角的灰光，这样就不至于绕了一圈又转回来。猫头鹰在很近的地方悲啼，恐怖四伏，我毛骨悚然。现在我又想起昨夜与我交谈的那个玩蛇人。我怀疑他很可能就在离我顶多五步远的地方蹲着，像狐狸那样张开嘴等待乌鸦唱歌等待一块肉掉进食管。还有那条蛇。那条叫作小毛的响尾蛇和它那粉红色的信子。我的呼吸粗了，心好像从左边跳到了右边。我猛地煞住脚闪到一棵树后面。我认为这种突然的行动变化会发现疑点。我静听着，除了猫头鹰的啼叫和树叶沙沙作响外，没有第三种声音。我心放松了些，开始爬行。我觉得这样要安全得多。野兽们可能会把我视为它们的同类。物以类聚，它们不会来伤害我。我每爬一截子总得停下来回头看看，然后向我的前方扔一块石子探探，倘若出现意外我就立即改变方向。

东方比刚才明显地白了一些，我能辨清树的类别。在我的左前方的一棵马尾松上，有两只可爱的松鼠，看样子是夫妻。它们对我这个陌生人表示出微微的惊讶。它们交头接耳，显然是分析我的来路。我对它们笑笑，它们都摇尾致意。可是当我从它们屁股下通过时它们又朝我的脖子上撒了泡尿。我不动气。这种恶作剧对我的恐惧心理是一种良好的纠正。我觉得现在我适应了，就时而把爬行改作小冲锋。我就是这样的变化无常，摆脱了一只老狼的跟踪。那狼早就嗅出了我的气味，一直沉默地盯着我。当它企图发动进攻时我便开始爬行。它大概傻眼了，苍白地叹了口气，调头离开了。我不勇敢但还算机智。东方比刚才更白了，仿佛能见到云的轮廓。我回头看看，山庄已从视野中彻底消逝。我当然很激动。突然，我听见轻微的"啪啪"响，很近，但弄不清声源的方位。

是响尾蛇？

我顿时浑身冰冷。不一会儿就通体湿透。后来才知不是在出冷汗而是天在下凉雨。雨声引起了一场虚惊。雨逐渐大了，我冷得牙齿瑟瑟地响。好在苦海毕竟有边，再过一会儿我就抵达彼岸了。我已看见那条大河，在晨光里持重地颤动着。我嗓子发黏，七窍生烟，就仰起脖子去接冷雨。我觉得仿佛有一把匕首从我的喉管笔直划过。接着我发疯地跑起来，张开双臂，我想狂吼想痛哭想一头栽到老婆怀里。我终于冲出了老林，像中弹似的优美地倒在沙滩上，头部撞上了一个比较硬的东西。我没死。我不过是昏迷了一小会。大雨很快将我泼醒。

我从沙里刨出了一样东西，刚才就是它撞了我的脑袋。我仔细看看，不过是一副断腿的金属眼镜架。这地方哪来这种东西？虽然是一件极普通的东西。普通吗？它难道就只是残废的眼镜架么？两个金属的圆圈圈难道这种暗示还不清楚么！

一次警告。无声的警告。

我实在是太天真了。我的行动早在他们意料之中。我简直就是在他们眼皮子底下行动。这种经验我积累了几十年可是到头来我还是那么天真。我把两个拇指放在这个所谓的眼镜框里，头发慢慢竖立起来。这时分雨却戛然而止。太阳威严地从我面前升起，染红了那条大河。我茫然注视着河面，从上游淌下来的残帆断桅随风呻吟着，一只大鹰正蹲在云端做出伺机攻击的姿态。

这是个血腥的早晨，我孤独地立在河边，把一只玻璃烟缸扔到了水里……

十二

上厕所时我听见经理在门外说，要算账。和谁算账？无疑就
是我了。是不是新账老账一起算？我记得我父亲在世的时候就被
人这么算过一回。他把命赔进去也凑不够份子。按照法律规定，
我有还债的义务。这是旧账。我知道我自己欠他们的新账只会是
越来越多。他们有证据，有证人，我没有任何解释的权利。

经理像是同一个老者谈话。我很想出去看看，可是又觉得面
对面地交涉债务会让双方都有点窘。经理属于那种似是而非的君
子，给人以教养良好的印象。而那个老者，我想象他应该是个须
髯飞霜仙气四溢的哲人模样，谈吐很是讲究。账是要算的。人不
死，债不烂。不过乘人之危也是有失君子风度。依老朽之见，区
区小数目，无伤大业之兴旺，就一笔勾销了吧。

那也太大方了。

不要一味重利而轻义。只要他改邪归正，引以为戒，就行
了。我看这桩事可以暂告一段落，你忙别的去吧。听说城里近来
很热闹，我倒想去见识见识。

他们的声音渐渐弱了下去。从他们谈话的口气看，那老者显
然是经理的父亲，可是经理早就表明，他父亲死于乾隆十七年的
一场霍乱。那么，这老者只能是经理的上司了。会不会就是那个
神秘的大人物老板？这家伙活像一个幽灵，无时无刻不跟踪我，
笼罩着我的生活。这次谈话肯定是针对我的。我企图背叛他们，
他们就向我发出无声的警告。我只好顺着原路回来。像一只无头

苍蝇，绕了一圈又返回原来的位置。我浑身被雨淋透，又被太阳烤干。我的躯体成了一味古怪的中药，皱缩一团。昨天的黄昏我耷拉着脑袋从圆门里穿过，迎面的大镜子提醒我应该好好洗一洗身子，消除疲劳。但是我深知肌肤之苦没什么了不起，纵使砍掉一条臂膀或腿，我也能嚎叫几声挺过去。憔悴的是我的灵魂。在我的心房里，有一把大锯子正在吱吱地替我制造棺材，血液也开始变蓝。

在楼梯上我遇到经理。他得意而且兴奋，像刚看过一对狗的交配场面。他似乎一点也不知道白天里发生了什么事的样子，问我在生活上可有什么不方便的地方。他说山里的天气变化无常，夜晚是否要加一条毛毯？（他说不另外算钱）我说谢谢。我不愿再多说一句。从那时起我就一直躺在床上。我并没有睡意，不过是细细地品味着孤寂。我的每一个关节都松脱了，什么东西正加紧蚕食着我的细胞。当夜幕完全拉开后，那个蓝色的集团又开始行动了。他们擎着火把，像以前一样从这幢楼房前经过，杂乱的脚步声践踏了和平与宁静。他们还是往后山走，有力地走，尖锐的金属声从宇宙的脾脏穿过，地球瞬间患了偏头疼。婴儿从摇篮里摔到地上，母亲立刻用结实的乳房去堵孩子的嘴。于是这一夜间许多嫩红色的生命因窒息而死亡。可是晚报马上跳出来解释，说发生这起惨剧是因为自然灾害，比如地震和龙卷风。于是，母亲们破涕为笑……

先生起来了？

　　我一惊，拎在手上的裤子差点滑落。经理并不尴尬，他大概觉得这些文化人即使光着屁股走来走去也是挺自然的事。罗曼蒂克指的不就是这拨人么？

　　我平静地坐下来。他也坐下了。他的指甲总是修得这么好，像女人的嘴唇那么富有魅力。可是我现在没有办法不讨厌这个毫无男人标志的家伙。我单刀直入。

　　刚才在门外同你讲话的那个人是谁？

　　哦，是我的先生。

　　你们到底要和谁算账？

　　您关心这个？他苦笑着，摸一把脸。我的表弟。他借了我不少钱。说去跑生意，其实在赌，几天前被拘起来了……我不知道您打听这个干什么，写小说？

　　自圆其说。又是自圆其说！我输了。他们随时可以算计我但我怎么也算计不了他们。

　　你们什么时候同我算账？

　　怎么，您打算离开这？是不是我们的工作有哪些不周到的地方？

　　我是说什么时候找我算账。

　　这个嘛，全在于您了……

　　怎么算？

　　怎么算都可以。我们有电脑，不会出现差错的。不过作为主人，我希望我的客人对这儿恋恋不舍……如果您真的要走，我们只好表示遗憾。您看着办吧。

他站起身，牵牵衣摆。临出门时他对我狡黠地笑笑，用手指着我的脸。

您该启用保险刀了！

终于摊牌了。一切昭然若揭。他们愿意放我走了，放我往西天走。他们大概知道我毫无悔改之意便失去耐性，准备完成这最后一道工序。然而纵使我死了他们也会把一切收拾得体体面面。法医会用现代最先进的科学手段来鉴定我的死亡原因，确定死亡性质。凶手由我本人扮演。作案工具是保险刀片，薄得像纸但切开动脉血管易如反掌。在刀片上没有第二个人的指纹。死亡时间是某月某日早晨某时某分，其时人们正在做健美操的第三节或者喝早茶。虽然经理在这之前进入过死者的房间，但这之后他就到蓝堡城出席一个重要会议去了。据服务人员反映，经理走后死者还出来挂过电话。可能是向他的妻子告别。虽然电话没有挂通，但山庄经理的嫌疑已不能成立，很简单，没有作案时间。至此，他杀的可能性全部排除。至于死亡的原因，看来是多方面的。此人是个作家，也许由于职业习惯这种人爱神经过敏，缺乏理智，自杀如同拉屎随时都会发生。这种例子古今中外俯首可拾：屈原、海明威、茨威格、川端康成……再者，死者年仅三十，长得还算可以，自然会得到许多姑娘的青睐，因失恋自杀也是可能的。第三，死者来白色山庄避暑，订了上等的房间一住就是这些日子。但他一直声称是一个叫老板的人邀请他来的，于是拖欠房款，债台高筑。死者出事之前曾同山庄经理就住宿饮食费用磨过牙，他眼看无法偿还债务便一死了之。总之，这是一起普通的自杀案件。

我抚摸着那把剃刀。

十三

这时电话铃响了。我很觉奇怪。我住下这些日子还是第一次听到电话铃响哩。是谁？居然能把电话打到这个屋子里。我迟疑地拿起话筒，立刻嗅到一股淡淡的青草味。我明白了。

是你吗？我说是我。你叫我好找。我说你现在不是找到了吗？她笑了。

你大概生我的气了吧？我不辞而别……

我知道……你处境也很艰难……

什么意思？我不懂你的话。

我是说……这儿不是说话的地方……

怎么了？喂，你说话呀！

你是怎么脱险的？

脱险？天哪，你疯了……

你别笑了，有话快说，现在这儿没有人……

我不过是，怎么说呢，我希望你别忘了我……

我不会忘记你的。

我怀了你的宝贝，我想问你：要还是不要？

真的么？真是这样？就，就一次……喂，喂喂！

断了。是故意挂断的。她恨我。她现在依然从容不迫，没有什么危险。她的意思是从来就没有感到过危险。看来她又改变了自己的信条，重新皈依了那个集团。她怎么会知道我住在这儿呢？显然，是他们告诉她的。他们饶恕了她，要她将功折罪。他们要她制造怀孕的假象，并一口咬定这个孩子是我的精血骨脉。他们要我无条件地接受这个事实。否则，他们就诉诸舆论，让我抬不起头来。他们甚至会让她带着借来的婴儿与我对簿公堂。其时她会泣不成声地说我当初是以童男子的身份勾引了她，说我是找她闹恋爱的。这样，法庭便轻而易举地以重婚罪（虽然没有法律契约）使我锒铛下狱。法官会说：被告，你看这个孩子与你简直是一个模子拓下来的，你还有什么可说的吗？我能说什么呢？于是判决书写道：以上事实，被告供认不讳……我在这屋子里待久了，得出去走走。我很怀念那片林子。

　　那里见不到阳光，空气没有腥味和硫黄味。可是那条路我不能再走了，一副残废的金属眼镜架躺在河滩上，虎视眈眈。我只能像一条丧家犬那样毫无目的地转悠，累了就在屋檐下团起身子歇一会儿。我只能这样。我的灵魂缺氧，随时都有可能脱离我的躯壳，像一片云似的随风飘去。

　　我走出圆门，拾级而下。走到最后一级台阶，我坐下来。我记得那天就在这儿撞上那个玩响尾蛇的老头的。他说他叫老 Pan。我总觉得他就是那个神秘莫测的老板。但是，仔细推敲起来，我又觉得能作"老板"注脚的人很多，列车长、啃羊头的汉子、独鼻孔的马车夫、经理以及那个我闻其音而未见其人的经理的老师，还有那只瘦骨嶙峋的手臂的所有者、背对着我练习哑语的女人和先后同我接触的三个女人（其中一个是第一次给我打电话的），这些人都有可能是老板。

还有一个人也可能扮演老板的角色。

先生又在构思么？

他什么时候来的？这个该死的盯梢者！我没说什么，从石缝里拔了一棵草，放到嘴里。

怎么，您的胡子还没刮？

我继续嚼着草。你以为现在应该是血从门槛上爬出来的时候吧？嗬，连护袖也带上了，裹尸布准备好了吗？我细细地嚼着草，绿汁顺着我的嘴角往下淌。

哦，我懂了。你们文人都爱留胡子，像西方学者一样，蛮有派头的。

你是不是觉得我的剃须刀很漂亮？

不错，是蛮漂亮。

那就送给你吧。

不不，我用不上。我没有什么胡子。我看您是够累了，成天关在屋子里爬格子。我们这儿只有安静，没有热闹。城里倒是很热闹的，如果您想去的话……

你就陪我？

十分抱歉，我最近要接待一个委员会……

什么委员会？

青春调查委员会，是省一级的。

那么，你忙吧。我自己去。

我们可以替您物色一位向导。您希望是什么样的人。

孩子。男孩或者女孩。

这很方便。您打算什么时候动身?

明天。

经理满意地走了。我想,这可能又是一个圈套。他们究竟想达到什么目的呢? 不过,我有我的考虑。我从蓝堡的边缘擦身而过,我记得那个火车站的位置。我相信我有能力摆脱一个孩子的跟踪与监视,不费多少神就能登上北去的火车。我会藏到厕所里。那个列车长现在也未必能认出我了——我发深须长再架卜一副墨镜。我必须逃出去!

现在我躺在床上,凝视着幽蓝的天空。月亮很迟才从山脊上爬出来,给这个夜晚罩上了一层神秘的色彩。我的灵魂在很远的地方,像一个黑色的岛屿随着海洋的波涛漂移着。

十四

那孩子是拂晓时来到我床前的。是个男孩,有着一双乌亮的大眼。我一看就有好感。微亮中,他递给我一样东西。

这是什么?

面具。你得戴上它,这样进城之后会减少许多麻烦。你是生人,得这样。

我迟疑着,我再次审视那孩子的面貌时发现他实际上是一位智者,就照他的意思办了。这是一个极平庸的面具。我戴着它并没觉出多大的难受,除了最初的几秒钟皮肤有点痒外。

　　我们是乘马车前往蓝堡的。这回驾辕的是这个孩子。我不知道他的姓名，问了两次他没回答。车颠上大道后即走得很平稳，可我心里一阵比一阵紧。大概走过了几华里，也就释然了。其实月亮尚未完全隐去，天地浑浑然。

　　我以前怎么没见到过你？我总觉得他来历不凡。

　　我待在山里。

　　经理是你什么人？

　　什么也不是。我以前不认识他。我是昨天夜里在路上被他拦住的。他听说我要去城里……

　　你去城里干什么？

　　玩。城里很好玩的。

　　我点上香烟，观察他的表情变化。现在我的心绪又紊乱了。我从这孩子的话中发现了破绽。经理怎么会知道这孩子要去蓝堡呢？且又是昨天夜里在路上拦住他。这地方人烟稀少，野狼四伏，一个看上去顶多十二三岁的孩子敢半夜里进城？再说，据我掌握的情况，这个没有胡子的经理夜晚从来都是在某个女服务员宿舍里度过的，他怎么可能利用这个黄金时间去为一个破作家寻找向导呢？可是一切都无法挽回了，木已成舟，当血淋淋的太阳钉在广阔的天幕之际，马车驶进了蓝堡的城门。我一眼就看出这是个奇特的城市，比如她的建筑风格，既有飞檐翘角琉璃瓦，又有类似巴黎圣母院那种哥特式的味道。如果这还不足以让人感兴趣，那么就看她的色彩吧——她通体鲜红，找不出一块巴掌大的石灰或者水泥。

下车。没有人检查我。那个持着冷兵器的门卫只在我的肩头轻轻拍了一下，就放行了。这时我回头去招呼那个小孩，他已不见了。我心里挫了一下。我想这孩子的任务已顺利完成，该回去讨赏了。可是，这孩子并没有把我交给任何人，我人身还是自由的，又该怎么解释呢？或许他确实是个智者，我的直觉没有欺骗我。

城市的红色诱惑着我。我不感到孤独。

我走上了大街。这是条没有人行道的大街。街上失落的眼球、耳朵和残缺的乳房表明这里刚刚结束一场内战。这个城市及她拥有的市民们早在很久以前就习惯了红色的刺激。人们对此不以为然，家家户户都点燃了鞭炮。在十字路口，一群老人正在起劲地焚烧着典籍，嘴里机械地嚼着白色的浆汁。他们的老伴全集中到一个高台上用小脚在跳一种节拍很强的舞蹈，像传说中的女巫一样癫狂。而年轻的女人，一律爬到树上盘起腿坐着，用血点着口红。当我从树下走过时，有人甩下来一条月经带。我连忙走到旁边，挨着墙基。从迎面一块破碎的玻璃反射中，我发现一伙老鼠正在我的背后分配半条人腿。我不敢再往前走了，冷汗淋淋。

一只大手按在我的肩上。我猛一回头，看见一个健壮的汉子在对我笑，露出一口黄牙。这无疑是刽子手。那人看了看我的面孔，又背靠背地同我比了个头，觉得彼此差不多，就对我叽哩呱啦地说了一通，还挥了一下小臂，然后像得胜的将军一样昂首阔步地离我而去。我这才意识到，我不懂他们的话。我们之间存在着语言障碍。我还意识到我这个面具的力量。然而不管怎样，这个地方我是一分钟也待不下去了。我得赶快去火车站。

也就在这时，太阳分裂了。于是城市被一剖两半。我恰恰处在阴阳交界的地段。我知道这是个是非之地，几分钟后这里会成为一场新的战争的前沿。双方都将在这里压兵布阵。我连忙逃开了。果然，不等我看清火车站的标志，一声巨响从天而落。我隐藏到一条小巷里。这儿地势很高，因此我从双方首领或者酋长的手势中能明白这场战争的宗旨是争夺对太阳的被照耀权。实际上策划这场战争的正是太阳。于是，城市又一次被刷得通红……

（多少年后，有人在剥落的油漆后面发现了许多破碎的指甲，在暴露的混凝土里找到了不少牙床和踝关节。）

十五

我是连夜赶回山庄的。所谓将计就计不过是我的单相思和幼稚。我不知道自什么时候起列车运行时刻表修改了，并且，取消了北行的班次。那时，蓝堡正表演着红色的战争游戏，全城戒严。我进退维谷。幸好智者又出现了。

你钻到哪里去了？

厕所。他下意识地提提裤腰。我一出来你就没影了。我只好等。

赶快离开这！

看你急的，我得先填马料。好玩吗？

太……好玩了……

你没买几件旅游纪念品?

有什么可买的……除非人头……

你喝酒了?

我没喝酒!

可你醉了。

醉? 天哪, 我醉了……我醉了……我……醉……了……

就这样我们给那三匹黑马拖走了。它们是第二次把我拖回去。我突然想起我抵达蓝堡的那个晚上, 广场上出现了一只大狗。独鼻孔车夫一见那狗就连忙甩了一空鞭子。后来大狗撵了我们很久。我似乎意识到这里面有一种联系, 与我的命运有关。可是这回我并没有发现它, 那只比狼还高的狗。

你在看什么?

找一条狗。

什么狗?

棕色的, 比狼还大的狗……

哦, 它死了。

死了?

它是条疯狗。

疯狗?

可能是吧, 反正它死了。这里永远不会有狗了, 灭种了。

怎么回事? 灭种……

上面通知有一条疯狗窜进了城, 为了防止狂犬病, 所以要采取措施。可是谁也认不出哪条狗就是疯狗，干脆逢狗就打……

"啪!"——它的半片颅骨飞去了子弹头还嵌在眼球里脑浆像拌了红辣椒面的豆腐顺着棕色的皮毛往下淌，它还没有完全断气，四条腿痉挛着有力地蹬地，为自己挠出了一个浅坑，最后一秒钟它顶着半个脑袋立了起来，接着像石头般歪倒，眼球凸出但失去了光泽。"啪啪!"

这马跑得挺快，别打了! 我嗓子很黏。

我肚子饿了。他把鞭子夹在腋窝里。

今夜没有月亮。

你是从哪儿来的客人?

北边来的老客。

你得登记去。你怎么能占别人的房间呢?

这是我的房间。我不是住了好些日子了吗?

这是一位作家的房间，他进城玩去了。

我就是那个作家。我刚从城里回来……怎么，不是你经理一手安排的么?

不错，但我安排的是那个作家，不是你。我根本就不认识你!

什么?!

我给你半小时收拾，先去登记处办手续，否则我们不予接待!

经理拂袖而去。我很迷惑，用手去摸胡子。可是胡子竟没有了，下巴、两腮和唇的上方都异样地光滑，我这才知道经理没有过失。我进了卫生间，通过镜子来欣赏脸上的面具。这是一张少年老成的脸孔，仿佛永远在微笑，给人以亲切感。这副面具简直就是专门替我制作的，从发际线开始天衣无缝地盖住了我的脸。但是我不愿意继续戴它，道理很浅显，这毕竟不是我真实的面目。我便动手摘取它。然而，一个触目惊心的事实暴露了：我无从下手。就是说我不知道从哪里下手来摘取它。我先后从下巴、上额、左右腮帮的位置来撕扯，都没有成功。而且我不感到疼痛。我发急了，开始莽撞起来。我用保险刀片贴着发际线切下，沿着它划了　道弧，结果除了嗅到一股新鲜的橡胶味之外别无所获。我慌了，浑身战栗不止，而镜子里那张所谓的脸仍然在微笑着。我一拳挥上去，镜子碎了，那张脸也碎了，微笑流了一卫生间……

经理他们闻声而至，见状大怒，指责我无理取闹，并威胁说，如果我再不收敛，立即将我扭送到派出所。

我颓然坐下，直勾勾地看着滴血的手背。经理在问旁边的人，一面镜子值多少钱？那人说这镜子是意大利进口的，国内配不到。

那就罚款五十块。

这个人怎么打发？

他想住这就先让他住吧。等那个作家从城里回来再挪。要不，这房子空了也是空了……奇怪，那作家怎么还没回来，不会溜之大吉吧？

跑了和尚跑不了庙。我们找他的单位！想赖账，没那么便宜!

我始终缄口。不管是假戏真做还是真戏假做，我都能识破他们的阴谋。总之，他们不择手段绞尽脑汁挖空心思地以他们的方式解决了一个作家。解决了我。从此，地球上再也找不到这个我了。我倒要看看他们下一步怎么干。

十六

大约是第八天头上，晚报上正式以头版头条的位置披露了一个作家失踪之谜的消息。这篇消息很长，文笔老辣，无疑出自那个所谓的青春调查委员会之手。他们在我改头换面的前一天住进了白色山庄。但我一直没有与他们碰过面。

消息共分两大部分。第一部分简略叙述了我到白色山庄来避暑写作的经过以及其间发生的几件事（指我拒绝承认预订房间、与女服务员亲密接触、和玩蛇老汉关门交谈以及半夜跑进大森林天亮又跑回来）。他们把这几件事联系起来，逐一分析，从而得出了我是个精神病患者或梦游症患者的结论，以此作为第二部分即我的失踪之谜的大前提和背景材料。

第二部分占全文篇幅的四分之三。是这样写的：

综上所述，我们不难看出此君的失踪乃意料之中事。就目下掌握的材料及警方的侦察看，这桩失踪案不外是如下几种可能：

1. 隐居。此君生性孤僻，极不合群，喜欢天马行空，独往独来。据单位领导反映，此君从来不与他人切磋世间问题，不参与工调和物价的大讨论，也不与人玩牌掷骰子。其妻也说，他很少陪她逛街串门。这种孤独癖文学史上并不少见，如晋之陶潜，梦寐以求桃花源境作逍遥游。所以，此君可能于某夜由山庄起步，继而潜入野山老林，离群索居。他曾半夜翻墙入林之事可视为前兆。

2. 越境。据同行介绍，此君历来视孔孟老庄如粪土，对传统文化之精粹态度轻慢，却疯狂喜爱恩格斯、柏拉图、尼采、叔本华和萨特。在大学读书时，外国文学成绩名列榜首，对托尔斯泰、福楼拜、乔伊斯、海明威、卡夫卡，以及罗布格里耶、玛格丽特·杜拉斯的著作推崇备至。从而养成扬洋抑中的病态心理。他曾要求出洋深造，由于经济担保人无从落实，此计划已流产。但不能就此否认他的心愿已灭。从蓝堡及山庄的地理位置看，这里与国境线直线距离不过几百公里，故越境的可能不能排除。

3. 自杀。如果以上的分析成立，作为一个精神病患者或梦游症患者，自杀的可能性就很大，尽管迄今警方没有发现尸体。自杀的方式很多，理由也很多，这里不作赘述。至于自杀的引发点，初步调查结果表明：或许应归咎于一个噩梦。此君从梦中醒来魂不附体，从而割断了时间与肉体的联系。

消息最后表示，有关方面将成立专门的班子插手此案，做进一步调查。

这样一来，山庄成了新闻中心。来自海内外的记者和侦探都纷纷拥来调查、采访。经理作为失踪的作家最后一位朋友，在摆脱警方短暂的怀疑之后，俨然成为某个部落的酋长或西部片的影星整日受到拥戴。对此，他很高兴。不过，在记者们散去后他又不时嘀咕，说他整整亏了七百块钱。那个作家看看小说写得差不多了，就悄悄溜走了。经理表示要引以为戒，于是对我这个"新客"采取了先交押金后住房的措施。我已丧失解释权，只好交纳五百块的现金。经理大概看我脸上永远挂着亲切的微笑，只收了三百。他说到最后结账时多退少补，并且不另收我的伙食费。

我在这间屋子里住安稳了，每夜都睡得很好。我渐渐意识到，不久前我作为作家的经历似乎很遥远，似乎发生在另一个人身上。我不过是作为旁观者，存在于那个荒诞不经的故事之中。我现在起居十分方便，健康状态也十分好，我简直弄不清是在别的地方还是在我自己的家里，一切都那么顺手。

经理也经常来看我，说关于那面镜子的事就算一风吹过了。

我真不敢相信你这样成天笑眯眯的人居然还有那么大的脾气！那天你喝醉了吧？

我没说什么。我知道我的表情还是微笑。我注视这个曾自称父亲死于乾隆十七年那场霍乱的人，觉得很有趣。我们的交谈似乎也很投机。他离开时把上次作为损坏镜子罚款的五十块钱退还给我。我也很不好意思，就只收了二十五块，另一份我塞到他内衣口袋里去了。我们握手言和。此刻电视里正在做"誉满全球"

一类的商业广告，我想今夜是不会有那部关于少林豪杰夺国宝的连续剧了，很是失望，就合衣上床去翻一本通俗杂志，那中间一篇叫作《美女蛇与童男子》的很合我的胃口。这时，讨厌的电话铃响了。

哪位？

是我。

你是谁？

你说我是谁?!

我渐渐嗅到了一股淡淡的青草味。我似乎在努力回忆着什么……

你还活着？

对，我活着。怎么……

晚报上讲你死了。

那，那不是我……

是你！是你是你是你！

沉默。电话没挂。过了一会儿她又说话了，声音有点沙哑。

那孩子我流掉了……

十七

第二天一早我就离开了山庄。那个女人的电话把我的心绪彻底搞乱了。记忆的恢复对于我来说是件极端残酷的事。我为我还真实地存在着悲哀。我又一次击碎了一面镜子。

这是个阴沉沉的日子，四野很静。只有那片林子暗示着生

机。我进了林子。我的裤管被露水打湿了，胳膊也出现了几道血
痕。我不知道要往哪里走，也不再留心谁会跟踪我。我就这么随
便地走着，笔直地走着，遇到浅水洼我也照样踩过去。水冰冷彻
骨。我走得很不费事，有轻若飞鸿之感。

朋友！

一个女人在对面喊我。这声音在黎明的林子里是那样的清脆
和悦耳。我停在一汪泉水面前。但从清澈的泉水面上，我渐渐看
清了她的容貌。我怔怔地抬起头，她一丝不挂地骑着一匹老虎婷
婷向我走来。我们隔泉相望。那老虎见到生人便努力做了一个前
扑的姿态，但并没有真的扑过来。

你，你很漂亮，很美……

你也是很好看的，如果你洗把脸的话。

我当然要洗脸，这么好的泉水。我蹲下来把脸浸到温暖的泉
水里，舒服极了。我仔细地洗过脸，然后迫不及待地抽起烟来。
等这支烟抽完，水面恢复了原有的宁静，我蓦地一惊——我分明
看到了一张有胡子的脸。我立即抬起手来摸下巴，以证明水里的
脸不是幻象。不是。不是不是。面具给彻底洗净了。

该死的小王八蛋！

别怪孩子。他是听大人使唤的。

谁？

老板。

老板是谁？

你说呢？

　　我不想再去说这说那。我蹚过泉水，把她拥在怀里……

　　很长时间过去后，在南方流传着这么一个故事：在一个黎明，一个一丝不挂的女人和一个同样一丝不挂的男人骑着一头老虎，从林子里穿过，进入了大山的怀抱……

蓝　堡

诸神处罚西西弗不停地把一块巨石推上山顶，而石头由
于自身的重量又滚下山去。诸神认为再也没有比进行这种无
效无望的劳动更为严厉的惩罚了。

——加缪《西西弗神话》

蓝堡于一个早春的黎明轰然坍塌已是近二十年前的故事。实
际上不过是作家记忆里的一片云霓。当时的情景是：在经过漫长
的呻吟后，一场无端的大雨悲伤地走向结束。蓝堡亦因此变得敏
捷。(很多年后，它以优雅的方式在历史的侧面流淌) 这个夜晚
后来发生的事都很暧昧。那时分正是习惯雨后操演性爱者安然入
睡的最佳时机。所以关于蓝堡的传说日后人们总是做出似是而非
的叙述，是很自然的事。但谁也不否认我们梦中刻下的那道瘢痕
最先起源于一个女人苍白的呼叫。大约在女人的声音被时间割断
的那一刻，沉闷的巨响仿佛以最后雷鸣的姿态宣告了蓝堡的覆
灭。使这个雨霁的黎明充满忧悒，然而太阳照样升起。

那个女人死了。

一位民间摄影师首先从废墟里发现一截葱白般的手指。但是后来的事实表明，这个衣着整洁的女人并非殒于非命。在她白皙修长微带皱褶的颈项上系有一条黑白相间的细绳。令人惊讶的是，死者面容丝毫没有出现错位和破损——最近的一块砖距离其后耳部仅三公分。这个女人似乎正逍遥梦乡。于是在不远的一个秋日黄昏里，作家受到了一种难以捉摸的启示。由此作家决定写作一部叫作《蓝堡》的小说。可信的说法是，这项劳动纯属作家自作多情的想入非非。

一

在我的私人相册里有一张黑白照片：一个少年站在很强壮的枣树上嘲笑春天。作为背景的正是出现于今天传说中的蓝堡。

关于蓝堡，我曾在我的两部中篇——《南方的情绪》和《省略》里向读者简单地介绍了这座虚构的城池。但那个蓝堡显然不是这个蓝堡。

蓝堡业已浓缩为一座造型与结构都无比奇特的建筑。它并不是蓝色而是烟灰色也许最早是蓝色。它似乎也不配叫堡实际上不过是幢两层的楼房。墙脚布满的青苔和瓦楞间的蒿草是这部历史的提示。这座建筑所有部件的式样与规格都不相同，因此看起来仿佛是七拼八凑的，但又十分和谐。与房子紧密相连的是很好的庭院。少年占据的这棵枣树是院子唯一的符号。这是一株连理共生的植物，陌生人第一眼印象会以为是两株。在以后很多的日子里，枣树多姿的投影与少年相伴。

这个少年是我。这张照片出自那位民间摄影师之手。其时他是青年。我们是老朋友。我们是蓝堡的居民，因此我们将责无旁贷地双双走进这部关于蓝堡的小说。

这张褪去本色的照片使我想到几天前正午的一个梦幻。我在一片好端端的林子里散步，脚下踩着了一件软乎乎的东西。我拾起来才看清是一只鲜红的手掌。可是守林人告诉我，这不过是秋天的一片枫叶。"枫叶总是这样，"守林人说，"先红起来，然后死去。"我并不惊慌失措，我觉得我不是在同一个老人谈话，而是同上帝。但他显然不是上帝。他说，他住在蓝堡。我说蓝堡已经不存在了。他说，谁知道呢？

我于是从沉醉达半年之久的桌上长城中突围出来。在经过整整一个夏季的梦中游历后，于三天前的黄昏由省城返回故里。其时天空正被无声的微雨均匀分割。我预感到，在今后这些日子里我的全部经验将无一不充满潮湿。

二

所罗门说："世上没有新的事物。"所罗门接着又说："所有的新鲜事都不过是遗忘了的事而已。"对于我这种天生记忆力很糟的人，回忆是件痛苦的事。我只能想象或者通过别人的回忆来想象。因此我的劳动也可以看作——用一位朋友的话来说，是打捞水中的想象。

蓝堡的遗址业已辟为实验小学操场的东南一隅。唯有一截枣树的根部保留着，显得异样突出。使我联想到一个婴儿留得过长的脐带最后蒂落的结果。一位女教师热情地向我解释，留着它是基于便利集合的考虑。"天晴的日子，我喜欢站到这上面吹哨子。"这位美丽年轻的姑娘来自北方某省，但我觉得很面善，也让人想到日光和水。以后的交谈并没有使我放弃这个浪漫的念头。她自称在师范学校读书时就在一本大型文学期刊上将我小说及印在封二的生活照一并"拜读"。"但我不知道你原来是这儿的人！"她说，现出一个生动的惊讶。她又说，那时，你很帅。这之后她的目光停滞在我身上这件浅灰色的风衣上。被这样的姑娘"早就认识"自然令我愉快。我问起她的生活情况，这地方是不是还可以？她没有直接回答，而是向我列举了此地一串有悖文明的行为规范并逐一批判。这种可爱的好高骛远让我有兴趣把谈话继续下去。可是暮色已开始从我的衣袖上消退。我想我该走了。

"这儿的天好像黑得特别快。"她说。

"夜里真怕！"

她又说，每个音节都像是锉出来的。

是不是因为蓝堡的传说呢？我告诉她，其实不过是一个由事故演变而成的故事。可是她似乎很不明白我说的是哪一茬子事。这个外省人对蓝堡的历史可能一无所知。我便有些疑惑。我注意到她的双唇转瞬失去了鲜艳，恐惧的阴影像面膜一样罩在她的脸部。

"怕什么呢？"我笑着问（我关心这点）。

也许她觉得是在一个男人的注视下，所以在短暂的迟疑后，她的音调得到较好的恢复。我请她讲得随便一些，慢一些。

最初的一次是在去年的四月，桃花才开，是个周末的晚上。那夜月光很好，而且天气已明显地转暖了。我搬进这间单人宿舍，就是离树墩不远的那间。本来是双人的，因为另一位结婚，迁到男方那边去了。我当然很高兴，连夜布置。白天我到后面的那条河的对岸采了许多桃花。那儿的桃花真好。我把它插在瓶子里，放窗台上。开窗的时候我看见走廊上有一只很大的猫，黑色的，走来走去，但一声不吭。

"后来呢?"

"后来我出去倒水，发现那只猫已经站到枣树墩上去了，很神气的样子。我没当回事。我回到房间，觉得蛮不错，就躺在床上准备听音乐。这时候我好像听见外面有人轻声说话，叽叽咕咕，有时还夹着逗笑，搔你胳肢窝似的……我坐起来听，是一男一女，就在操场的南端。我以为是谈恋爱的。后来越听越觉得不对劲，那声音很苍老。"

"老人也恋爱。"

"不!"她严肃地说，"我又出来看过，月光下什么也没有，连那只猫也不见了!"

对于女教师叙述的这个类似南方民间鬼狐传说的经历，在最初的几分钟里我有些不以为然。但她明确地指出这一至少可理解为虚幻的景象"就在操场的南端"，我的情绪变得像披在身上的风衣一样灰暗。我惊诧这一主客观天衣无缝的对应吻合。"过去"仿佛已经调过头向我款款走来。在放下姑娘纤弱冰凉的手后，我的思路开始变得清晰。我记得我家迁入蓝堡的当夜，我的外祖母脸色始终很忧悒。她像屋子里那只猫一样在庭院转悠了很久。月光透过枣树的枝叶把她略微佝偻的身影染得斑斑驳驳。后来她在门拐角对外祖父低声说，这屋……有那东西压着！她的语气毫不迟疑。外祖父便响亮地咳嗽起来。这个晚上，一只杜鹃遥远的悲啼把我从梦中惊醒。

女教师的叙述很自然地让我想到二十一年前外祖母的那句禅机玄语。我突然觉得这两个处于生命不同阶段的女人很可能说着同一问题的两个侧面。于是在晚饭后，我经过足够的铺垫把那桩旧事重新提起，希望年逾古稀的老人在她神志尚未完全恍惚时向我提供一种间接的经验。然而老人对那个属于从前的夜晚发生的事情始终缄口不语，而是划动双臂打了一个漫长的哈欠。

三

当年与蓝堡同时死去的女人叫余怡芹。

大约在四年前，我收到了一份匿名邮件——汇集长江中下游地区已故女词人作品的小册子。这本叫作《临江词》的铅印读物来自民间，属于"内部交流，只收工本费"的性质。当时我并不在意，将它闲置一旁。有一天，我为了寻找一份手稿又与它相遇，就手随便翻了一下。很自然地发现了余怡芹这个名字。这本《临江词》收纳余怡芹的作品并不多，仅九首。其中两阕如梦令，两阕蝶恋花，三阕声声慢，一阕雨霖铃和一阕烛影摇红。然而编纂者明显采取了众星捧月的方式让余怡芹独领了风骚。我仔细研究了她的作品。这些作品产生的年代不详。但从其所抒发的缱绻情怀与相思之苦，可以想象出它们是作者待字闺中或新婚燕尔时期的产物。也不难看出作者因袭了婉约派尤其是李易安的词风，得其三昧。

基于这一点，我同意民间关于"余二小姐"是这一带的才女之说。但是我怀疑才女同时又是佳人的观点。在我的印象里，余怡芹的容貌不算出众，不过属于那种"一白遮三丑"的女人。而且她的白似乎也不够纯正，是终日不晒阳光的那种惨白，白得莫名其妙。

那年的秋天，枣树结的枣很少，与茂盛的枝干显得很不相称。我至今不知道那株漂亮的树属于谁家的。我猜测是最早的蓝堡主人种下的，但那时候，约定俗成归沈家所有，因为我们搬进去是很久以后的事。沈先生是位非常洁净的男人，拿香烟的手指没有烟斑好像特别长。他看上去才进中年，有着读书人应有的斯文仪表和小心持重的举止。他每天像鸟一样的早出晚归。因此他家的门上白天都亮着一把很别致的铜锁。一只健壮的黑雌猫在门前逡巡使这个家庭显得无比静谧。这天早晨沈先生在院子里碰见我，让我去把枣摘了。我说这枣还不到尝的时候，还得等十来天。他说，现在吃正好，营养成分高。

我爬上树摘枣时看见沈家的猫跃到窗台上。我从小就爱看猫吃东西的模样，便想把第一颗枣送到猫口，就拣接近窗台的枝丫往下滑。并想顺便看看屋里的样子。我没进过沈家。忽然，自黄锈斑斑的铁窗棂间伸出一只瘦白的手，接着出现了一张同样瘦白并且已经不年轻的女人面孔，我吃了一惊。

她平静地看着我，然后轻声说："我饿。"

我怯怯地把一捧枣放到她手中。我碰着了她的皮肤就像碰上了一件镀镍的东西。

"我饿……"她又说。我把所有的枣全都给了她。但她没有当我的面尝一颗。

我想她必定是沈先生的女人。我好像这回才知道沈家原来还待着这么一个女人。"沈先生干嘛天天把她锁在屋里?"我问外祖母。

"她有病。"外祖母很不情愿地说，"病多年了。"

这天夜里我听见沈家发出乒乒乓乓的声响，其中还夹有沈家女人的呜咽。我很想知道发生了什么事，就悄悄挪到他家门前。突然，静卧在门槛上的那只大猫一跃而起，向我逼来。我逃了。

以后我又觉得，沈家有点声响是很好的。沈家实在太冷清了，连猫也不叫。

直到沈家女人死了，我才知道她叫余怡芹。那时我毕竟还是个孩子。我在阅读《临江词》时，由于编者对余怡芹的特殊安排，认为从事这项劳作的人非沈先生莫属。那九首词让我想起古典戏曲中一些生离死别的场面。短暂的欢乐与无尽的相思让我见到了一个"衣带渐宽终不悔"的余怡芹。

但是后来的事让我坠入迷魂之谷。

四

四年前秋天的一个傍晚，我在沿江一座古老城市的轮船码头意外地遇上了暮气很沉的沈先生。我自然要提到《临江词》并且对余怡芹的作品表示几句恭维。可是沈先生竟然对此颇感惊讶，像一个孩子似的把脑袋歪到一边。这个年迈的男人此刻仿佛夕阳一样的忧伤，逝去的悲哀重新布于他清癯的面颊，给人以沧桑感。"她填过词？"他喃喃地咬着字，"不会吧……"我觉得有歉意，但更多的是疑惑。年龄的悬殊让我放弃了对他的劝慰，而是邀他进了江边一家私营的小酒楼。我们在楼上临江的窗边落座，要了几样当地风味的冷菜和一瓶低度郎酒。不多时，月亮升起，薄如纱绡的雾气弥漫江面，彼岸的世界因此显得虚无缥缈。

人生如梦。我这辈子实际上是一次漫长的梦游。但一开始就不轻松。

四十多年前我在这座城市的国立大学外文院读书。教我的基本上都是美国人——我至今英语会话还不是地道的伦敦腔。那场战争后来让美国人感到了厌倦。我的导师罗纳德·凯恩教授希望我能够随他离开这片硝烟弥漫的土地，去大洋那边的新奥尔良继续学业。我答应了。我们准备在中国过完圣诞节就启程。这样，到了十二月二十三日，也就是圣诞节的前两天，我上了一趟街。"其实那天我是没有任何理由好逛街的，"沈先生说，"我的行李办了托运，该忙的都忙了，我很累。中午，我喝了点家乡的米酒，然后就上床睡下了……"

"怎么想起来又去了街上？"

"财迷心窍吧！"他说，脸上现出微红，"当然我不是真的因为贪财。我那时比你现在还年轻。我需要刺激，于是决定去应验一下。"

"应验什么？"

"梦。刚才的梦。我不是睡着了吗？这个梦让我非常兴奋地醒过来。好像是一位老人伏在我耳边这样对我说：你必须马上到城南的那家古旧书店去。你将在那里获得一件意想不到的宝贝。你看，简直是又浪漫又荒唐！"沈先生把面前的酒一饮而尽，接着又斟满。

后来的事其实也很简单。我走出那家古旧书店——自然两手空空——就觉得街面和以前不大一样，仿佛刚才那一会儿被谁调整过。也许是雪的缘故。雪使一切简化了。很快，我意识到有人在跟着我。是一个女人——女孩吧，不过十六七岁的样子，像中学生或者师范生。开始我以为是我的同路人。直到她跟着我走了相当长的一截，才引起我重视。我觉得很有趣。有几次我故意突然停下来，或者绕一个弯子再走。但是恶作剧并没有使她露出手脚无措的尴尬。她可以说是不乱方寸，并且很善于掩饰。比如说停下来的时候，她会自然地弯下腰去把鞋子擦擦，或把鞋带系结实。她就这样逍遥自在地跟着我。

出了南门，路上已没有其他行人了，这时候天色也开始转暗。那是个很安静的雪天，四野茫茫，仿佛整个世界都凝结了。因此我们前后错落有致的脚踏在雪地上格外响，像谁在林子里锯木头。这声音让我心虚。越往前我就感到脚下这条路不是原来的样子，陌生的标志是一座独孔的石拱桥和桥那边的小巷。"显然，我迷路了。我自己把自己给弄糊涂了！最后，我不得不停下来——那是条死巷。"

沈先生又喝了口酒。他的脸色已变得复杂，目光也有些呆滞。呆滞中又蕴含着几分虚幻与寂寞。停顿许久，他自嘲地笑了笑，似乎又把心绪调理得很好。于是他后来的说话节奏明显加快并且抑扬顿挫把握得适度有致。

我猛地转过身向她逼近，小姐，你是什么人？为什么盯我的梢？可是等我看清楚她的那张洁净娟秀的面容时，我的火气顿时消除了一半。我甚至还觉得这张脸一点也不陌生。（后来我想起来，她和我初恋的那个苏州姑娘长得有点像，特别是在笑的时候。那个我称作梅的姑娘因病几年前去世了。）她很平静。这种平静使我很快适应了我们奇异的相遇。我问她是不是很冷。她摇摇头。我饿，她这样说。说得我也饿了。但是现在根本弄不到吃的。这条巷子大概是日本人占领时期焚烧过的，看得出很久以前就没有人烟。而且迷途难返，其时城门已经关闭了……

"你们只能在一起过夜了。"

"是的。我领她进了一间比较完整尚可避风的屋子，烧起一堆火。实在找不到吃的，我让她别再提'饿'。她说她已经不饿了……"沈先生摘下眼镜，用手帕仔细拭过，再戴上。"这个晚上后来我们结合了。"

一切都显得平静、自然。她没有表示害怕当然也就不会拒绝。尽管我们彼此都是第一次真正地了解与自己不同性别的人，但一点也不慌乱。我们仿佛这之前就是多年的夫妻似的，对对方的身体毫不陌生。她是处女。她要求垫一块她的手帕。一块白手帕。第二天醒来的时候，我惊讶地发现手帕上的血组成了一朵梅花……

"现在看起来，这一切好像事先被什么人精心编排过，"在分手时沈先生这样说，"那个人就是上帝！"

五

在决定写这部小说之前，我曾不止一次地想过当年沈先生"踏雪寻梅"的经历。每一次回忆都使我萌生新的玄想。这个充满魅惑的故事显然缺乏我们习惯认为的那种真实性。在不久前的一次学术会议上，我邂逅了一位浑身散发礼仪之气的狄更斯和萨克雷的研究专家。他正巧是沈先生大学时的同窗。他用接近调侃的口吻向我介绍了沈先生年轻时候的情况，认为那是一个"除了读书几乎没有任何嗜好的正经读书人"，并且有着"难以想象的内向性格"。"后来听到他结婚了，大家都很吃惊，"专家说，"有人说沈能想到结婚就意味着公鸡也可以考虑怀孕。当然这不过是善意的玩笑。"这位专家的见解与沈先生由于"需要刺激"而顶风冒雪去应验梦中许诺的行为简直是南辕北辙。也许只仅仅是一种表白。那么这种近乎自我吹嘘的表白意义何在呢？

我这次回来有意取道那座旧城并作逗留。我沿着沈先生过去的足迹走了一遍，脑中复制着四十几年前的奇迹。从地理位置看，当年的国立大学坐落在城的北郊。由那儿至位于腹地的古旧书店（现名中华古籍书店），徒步至少需要两个小时，而且那是个雪天，不可能更快了。书店通往城南大门的仅一条道，我看不出会有什么弯子好绕的。但这条道，据当地的老人介绍，以前是由碎石块铺成的，坡势又多，很不好走；一般要四五十分钟的样子。其时那场漫长的战争正处于最后的决战阶段，这座城市为首当其冲的江防要塞，戒备森严，每天下午五时关闭城门。依照这样的时间推算，这对雪地鸳鸯就是插翅也很难飞出城去！第二天，我又去了那家书店。我向一位年岁较大的职员打听书店的改革情况。他说这个店最早是私营的，但不仅仅是卖古旧书刊，也出售或代销古董与字画，有一个时期还设过赌局。"也许老板因为这个破了产，才吞鸦片死了，"他说，"这都是听我父亲说的，他如今死了。"我又问，当年是不是有一个姓沈的大学生常来这儿？他笑着摇摇头，表示记不清楚。他说，那时候，我还小。这家书店的斜对面有一座残缺的功德牌坊，是为乾隆年间一位从事宫廷编修的翰林树的。我注意到它的顶端筑有一个空巢。天空上时有鸟群掠过，可是它们不肯落在这儿。是不是因为这儿太喧闹了抑或很多树都被砍了缺乏自然的和谐与保护？既然如此，又何必筑起这么一座名存实亡的空中楼阁呢？

　　这天晚上我又想起了余怡芹。即使现在，一个十六岁的少女孤身跟踪一个素昧平生的男人并最终委身于他，也似乎是不可思议的。余怡芹其人仿佛和其名给人留下的印象一样，属于典型的小家碧玉。《临江词》中关于她有以下一段文字介绍：

……作者出身书香之门。其父为商贾，但爱武习文，尤工词律。'七·七'后，举家流寓南方。翌年父死，家境遂败。嗣后随其兄余百川（字孟海，已故现代画家）浪踪江湖，以鬻字卖画为生，饱受风霜。故作品情调感伤，悲欢交织。作者幼得之于父笔墨启蒙，后受之于兄丹青感悟，从而形成情景相融、语言清丽之风格。

这位编纂者难免有些夸大其词。余怡芹算不上一位作家，一位名流。她的作品印成铅字的仅限于这九首词，不过小 32 开本的其中一页，况且还属非正式出版物。我曾经翻阅过一批关于这一带文化的史志资料，也毫无新的发现。倒是她的兄长余百川留下的痕迹颇多，似乎有"江南一怪"之说。这位余孟海先生在他才华充分展露之际却毅然投笔从戎，在一位姓张的将军手下任职，不久便死于一次意外的海上爆炸事故。显然，《临江词》的编纂者对余怡芹及余氏一家是非常了解的。而且，我敢断言，那个人对余怡芹有山盟海誓般的挚爱。沈先生对这一行为的矢口否认，意味着另一个人的存在——一个可能隐姓埋名的男人。

作为小说家，我不习惯那种推论。我愿意用怀疑的眼光去打量一切。我所付出的努力仍然是不屈不挠地追求真实性——你怀疑的一切都可能更加真实。

六

第一次同那位年轻的女教师交谈时，我就觉察到她有一个下意识的动作：抚摸脖子。她的脖子比她的其他皮肤更白一点，很光润，还有两道浅浅的弧。所以这个动作很讨人喜欢。不过当时我没有因此而分心。重新关注这一细节是在今天的黄昏。

我觉得有必要同她再详细地谈一次。让她把"很怕"的事在我轻松的表情下尽量说完整些。我还作了这样的考虑，如果觉得方便的话，我愿意陪她至深夜——这当然已不仅限于调查的需要了。对她这样的天真烂漫的姑娘我生来就有好感。但是我太冒失了。她的房门虚掩着，我竟忘了咳嗽一声就闯了进去。她正好在换裤子，刚穿到膝处，见一个男人悄然而入便很吃惊，红着脸把裤子刷地扯到腰，接着转过身去。我没说一句道歉的话。这种局面越解释越尴尬。可是我脑子里嗡了一下，我顺着她的手势发现她的脖子上套着一根黑白相间的小绳子。这根权作裤带使用的绳子霎时在我脑中形成了不祥的预感。我当即决定放弃原来的计划，全力进行青年男女间的那种"随便聊"。看来，她很老练。初次见面时那种外省人孤傲专横的目光和天性导致的腼腆一并摘去。我们俨然是老朋友了。这很好。

"你的口音听起来像是北方人。"她说。

"我是在北方读的大学。"我说。其实是在南方，没必要破坏她的自信。

"是在 A 城吗？"

"对。"

"你是 B 大的?"

"你看像么?"

她自以为判断准确而显得眉飞色舞。然后她开始冲咖啡。"B
大离我们学校不远她说,"附近有一家印尼人开的咖啡屋。"

"好像是新加坡人。"

"是印尼人。我常去那。你应该也去过的。"

"不多,就两三次。我讨厌马来人种,不伦不类,我宁愿喜
欢黑人。"

我这时站起来把风衣脱下。我想借这个大幅度的动作缓冲一
下,再问下去我招架不住。她接过风衣先看了看牌子。我感觉到
她又准备说些什么,于是抢先一步,"你觉得写小说有趣吗?"我
说,进入这片天空我便身轻如燕。"其实我写小说完全是偶然。"
我从一本书上了解到作家舍伍德·安德森只消上午写小说,其他
时间便用去喝酒聊天。我觉得这种生活非常适合于我。后来我又
发现威廉·福克纳与我所见略同,我就决定先把自己当作家了。
我不写诗。我写小说。我从美国人舍伍德·安德森那里知道,小
说是可以随便来写的。另一个美国人欧内斯特·海明威让我懂得
可以把自己知道的东西省略不写。最早告诉我小说里也照样可以
自相矛盾的是阿根廷人豪尔赫·路易斯·博尔赫斯。这个年迈的
人临终前提醒我注意为自己和朋友进行写作。

她对这些不感兴趣我能看得出来。但她的脸上晴朗了。这样
就好。我在她面前走来走去。

"你的手干嘛总放在口袋里?"她说。

"习惯吧。"我说。我意识到这是一个大胆的暗示。我把手抽出来，碰碎了一只杯子，是她的那只。"我赔你。"我笑着说。

"你可是个不够大方的男人。"她说。

我在离开的时候告诉她，我还会来。我请了创作假。"我要利用这个秋天来完成一部中篇。也许会把你写进去。"

"那不是我。虚构只能产生化身，"她突然笑了一下，"这里的人总在虚构我。"

我看着她。我关心这个意思。

"常有人在街上把我拦住。问我是不是谁家谁家的几姑娘。看来我和这地方还真有缘分!"她做了个优雅的手势。

"有没有人问你是沈家姑娘的?"

"没有。干嘛偏要姓沈呢?"

七

沈家没有孩子。沈先生虽是入赘女婿可是对余二小姐很好。他们都是知书达理的人，平日里总是形影不离，像那棵枣树……

那阵子余家门庭冷清了。余老板看不出是个要死的人，说走也就走了。以后这门面就靠余大少爷独支着。每天日头刚落，蓝堡的门就关上了。蓝堡不是余老板手上营造的。上辈人说，早先这里住着一位留过洋的举人。但也不是举人造的。举人到这地方放漕，就地纳了一房妾，买下了蓝堡。有一天，举人的船在江心翻了，船上的人无一生还。蓝堡转到余老板手上已不蓝了。余老板死时，余家兄妹都还未成年。日子很清苦。余大少爷后来把屋子当了一半，领着余二小姐去走江湖，一年回不来两趟。过了几年，听说余大少爷吃了行武饭，在什么人手下当副官，余二小姐放在城里念书。再后来，报上说余大少爷在海上给炸死了。

到了这年的春上，余二小姐领着一位姓沈的先生回来圆房。当天还办了酒。余二小姐喝醉了，又是哭又是笑的。边上人看了没有不可怜的。那年秋天，树上的枣结得特别多。大伙都说这是个好兆：枣子枣子，早得贵子。果然不多时，余二小姐产下了一个男孩……

"那孩子呢?"

"死了。是个讨债鬼，都快五岁了，还是被阎王爷招去了。"外祖母叹道。她阴郁地看着窗外的月亮。月光凝结了她皱褶纵横的面容，使我想起浅川里一块被泥沙的水销蚀的青石。

那孩子是淹死的，就在蓝堡河里。那会儿正闹桃花汛，这河通着江。常有外江的船来跑生意。那天是个阴天。我去河边洗衣时还看见那孩子在船上玩，和一个穿灰长衫戴黑礼帽的男人逗着八哥。到了傍晚，我才听说孩子失了脚。"也是命里要死，"祖母回忆道，"偏偏那会儿船上人都到祠堂听戏去了。后来还是那只八哥对着水里不停地叫'西（死）！西（死)！'，才叫人起了疑……那孩子或许被冲到江里去了。要不，怎么连尸首也寻不到?"

这以后，余二小姐就再也怀不上了。也不再出户。好像一下子换了个模样。"可怜的人前世没修好。那孩子要在的话，恐怕和那个照相的年纪差不多。"外祖母说。

八

　　摄影师是同夏天一道来的。这个年轻的漂泊者自称到此地寻找一位亲戚。到了之后才知道他要找的人已去世两年。"我来一趟不容易。"他说，"这儿也蛮好。反正我是赤条条的没什么好牵挂的。我像蒲公英一样，随便吹到哪儿都能活。"他的洒脱与幽默使你初次见面就会对他产生好感。蓝堡别致的造型吸引了这位艺术家。他愿意出高于普通民房一半的租金住进这百年老屋。他被安排到沈家隔壁的一个单间。另外他在楼上的过道尽头占下了一大截，用纤维板隔成了简陋的暗室。他是个精力充沛的天才。他白天一般都背着相机外出揽活。更多的夜晚他用于艺术创作。很多年后。我在不少报刊上看到这些风格怪异的作品，很自然地想到了产生它们的时代以及艺术家在那个时代的生活。但我的全部感受最终都化为一条红色短裤。

　　蓝堡在我记忆里从来就没有年轻的女人。因此摄影师每天一回来就只穿一条红色的紧身短裤。这使他的身体看起来像马一样健壮。这匹备有红色鞍鞯的骏马使阴冷潮湿的草原崭露生机，蓝堡仿佛被搬出去晒了一回，变得干燥明亮。但是那只大黑猫好像异常仇视这个不速之客，在年轻人到来的当天便在他的大腿上留下了一道很深的血弧。"古怪的小婊子！"摄影师后来总背着沈家人这么说，"总有一天老子得打死你！"

　　那年的夏天特别热，日长如年。几乎所有的晚上我都是在院子里度过的。我躺在竹床上，望着布景一样的枣树，数着头上的星粒。摄影师这时候正挥汗如雨地在暗室工作。等结束了就提着毛巾去蓝堡河洗澡。我有时也陪他去，看他用各种姿势游泳。他游得相当好。他说蓝堡河和他家乡的一条河看上去样子有点像，只是浅一些。"我不喜欢浅水。"他说，"老人都说浅水里会遇到麻烦事。"他又说他从小就不光着身子下河洗澡，家里人让他穿红短裤，说可以避邪。可是有一天他慌张地告诉我，他的红短裤不见了。"我明明放在埠头上。肥皂还好好的……"他说得很认真。这个晚上摄影师很沮丧。他没有像以往那样点上一支烟到院子里和大伙聊上一会儿。从河边回来他就将房门插上了。到了后半夜，突然听到他在屋里喊：

"谁撒沙？"

乘凉的人都惊醒了。沈先生和我的外祖父先进了屋，用手电四处照射。我也想跟着去看看，但是给外祖母一把拽住了。我觉得这一天发生的事都很奇怪。楼上没有人，谁撒沙？然而摄影师不承认是幻觉。过了好些日子他还说眼睛里仍然像有沙子在折磨。

对摄影师的调查是我计划中的事。这位艺术家在蓝堡坍塌的第二年同当地的一位曲艺演员组成了家庭，以后有了两个女孩。但是不久前，他的妻子因患突发性心肌梗塞死去了。我于是在日落之前驱车赶往他的住处。在离城郊公路不远的一幢暗红色平房的正中门框间，摄影师单薄的身影在夕阳余晖里摇晃。这个中年人仿佛已被掏空，人整个的小了一圈。丧妻的悲伤在他过于早衰

的双颊静静流淌。他好像预先知道我要来似的，因此一见面便省
去客套的寒暄，而是把我引进他的卧室。

这是一间朝北的房子，光线很暗，也感到阴冷。其实他现在
住得很宽敞，完全可以挪到南边的屋子去。他很快打消了我的疑
虑。他说："我的眼睛好像同阳光相克似的，见久了就难受。"我
认为这可能是职业导致的眼疾，所谓职业病。我建议他趁早去看
医生。他说也不知看过多少次了，所有的结论都"正常"。"昨天
我又去了医院。医生给我开了些普通眼药水。我一出门就把处方
揉了。"他说，过去的幽默又重现于脸上，但很快消失，之后他
的神情显得十分沉重，"我知道我这双眼睛迟早会报销的。"接着
他向我说起了昨天下午的事：

在回来的路上，我看见一位衣着体面的老头在公路边徘徊。
他好像在等什么人，走几步，停下看看，再走几步。"开始我并
没有在意，"摄影师回忆说，"等我从他面前走过，我突然发现他
有一口很漂亮的银须。我还从来没有真的见过这样的胡子，让人
又敬又畏，非常有吸引力。"我当时想到的只不过是为他拍照。
我觉得只要揿一下快门就使一张肖像杰作诞生了。那时光线不是
很强，我的眼睛也比较好受。这种光线能使肖像拍得富有层次。
我就过去同他搭话，问几点了。他说他的表早停了，戴在手上的
不过是一种时间道具。这种谈吐口气使我把他看作一个高深莫测
的游方道士，一位智者。我仔细观察他。我感到他的眼光十分古
怪，正面觉得和善，侧面又觉得凶恶。我更不愿意放弃这个机会
了。我提出了我的要求，但老人婉辞谢绝了。他冷静地说：你不

必这样。你应该重挑一件事做。我意识到他话里有话。我向他说起了我的眼睛，我说我弄不明白这其中的奥秘。他听完这些只是轻轻叹了口气。直到离开的时候才丢下一句话：

你见的东西太多了。

九

"他说得也许不错，"摄影师说，"我见的东西是太多了，而且都是些奇怪的东西。我小时候就见过长三个奶子的女人，见过蜈蚣交配，见过死了七天又从棺材里爬起来的老人。自从住进蓝堡——你大概就是来找我掏那屋子里的事吧？我想是的，你是该写写蓝堡。"

我递给他一支烟。他用力吸着，目光像捕捉一件不够清晰的入镜对象似的专注。往事如烟，他的表情让我相信他在努力地回忆，并试图把纷乱的头绪尽可能理顺当。我请他谈得随便一些，话题也不一定只限于蓝堡。我不是来向他采访的，而是同他聊天。他表示有数，用略带浑浊的音调进行叙述——

蓝堡在我眼里始终是一座不规矩的建筑。像先后经过几只手修改过。我曾经查阅过一些中外建筑资料，可以肯定地说，没有任何一种建筑风格能够看作蓝堡的起源。正因为这种不同凡响，我愿意多交房租住进去。不规矩使蓝堡成为一个杰作。我喜欢不规矩的东西。我的处女作叫《鸟》——实际上画面里出现的是一支古代的断箭和一只钉在墙上的烂苹果，这些都笼罩于鸟翅巨大呼啸的投影之中。我想表现那种不规矩的欲望之火。我拍这张片子不过十七岁。谁看了谁都说我是个怪胎。我或许就是个怪胎吧。我身世很苦。父母在我很小的时候就离异了，可能现在都已不在世上。我是在一家裱字店长大的。我到这地方之前那家老板——我叫他叔叔的，也死了。

"你真是来投亲的?"

"也可以这么讲吧，"他说，"我那叔叔死后大约半个月的样子，收到了一封给他的信。发信人没有写地址，只标着'内详'，我就拆了。那信上提到我，说我已经长大了，不能像猫一样总待在家里吃闲饭。大概就这个意思。写信的人署名'昆兄'。我想这位'昆兄'也许是我的最后一位亲人，于是就按邮戳的指示到了这儿。可是一了解，这地方叫'昆'的人至少有几百个。那天我在蓝堡河边站了很久，心里很恓惶。如果后来不是蓝堡的吸引，我可能会离开的。那时我对你们说，我这位亲戚死了。我觉得这样省事，你说呢?"

"你接着说。"

他站起来踱了一会儿，把刚才自动熄了的香烟重新点上。他说:

那屋子不规矩。每间房的面积可能都不一样，楼上与楼下的结构也不同，互相错开又互相联系。你也许会有我同样的感觉，你进入其中很难辨出东南西北。你甚至会认为太阳是从南边升起的。我那个小暗房下面是沈家的卧室。因此我常在夜间工作时听到下面的动静。那女的——开始我还不知道她有病——总是嘀咕着'饿'，沈先生好像从不理会。我就有点奇怪。有一天晚上，很晚了，我正准备洗手下楼，又听见那女人说'饿'，说得有点儿瘆人。与以往不同的是，沈先生这回火气挺大地骂了她。骂什么我没听清楚，反正是骂了，要不那女人不会哭的。那晚的月亮十分好，星星都隐去了。我关了灯，沈家的灯光从楼板缝隙中穿射过来。这楼板也老了，我脚下的那块还有一个松动的疖疤，掏起便露出一个牛眼大的洞。（我平时用胶布把这活疖封好，以免暗房露光）我仔细听着楼下的动静，担心事情会闹大。那女人还在呜咽，奇怪的是这呜咽中又夹杂着几声怪笑。我就小心地伏下身去，将活疖拿开——那女人被绑在檀木椅子上。沈先生用老人挠痒的那种小竹耙在她浑身上下慢悠悠地挠。女人像中风似的摇晃不止，唾沫顺着嘴角溢出。我糊涂了，不明白是什么意思。像这样整治女人……

大约过了一刻钟的光景，事完了。那女人仿佛刚活过来，大口地喘着气。她好像也不哭了，眼睛直勾勾地看着男人。沈先生把预先熬好的中药倒在碗里，一口气喝下去。那药一定是很苦的，他的脸部不停地抽动着。喝完药，沈先生大概感到热了，就开始脱衣了，一件件地脱，脱光。然后他从枕头下面拿出一根非常细又非常挺的小鞭子，塞到女人手里；他安静地躺到竹床上，让女人抽他。女人显然不是头一回干这种事了，就抽；沈先生一边翻滚一边吩咐：重些，再重些。女人的手放重了，一鞭下去便显出一条浅痕。这样抽了好几十下，沈先生开始呻吟起来，但我敢肯定，他不感到痛苦。甚至他会觉得异常的舒服——这是我很长时间之后才悟出来的。突然，他又一下跳起来，照着女人的脸打了一耳光：你怎么对我的脸抽？他把"脸"咬得很重。女人手中的鞭子滑落到地上，扑通对男人跪下了……

以后女人就睡了。沈先生显然在竭力让自己平静下来，关了灯，默默地吸着烟。他茫然看着浑身的鞭痕，叹息着。那只大黑猫妖精一样地跳到主人大腿上，侧卧着，尽情享受主人的爱抚。慢慢地，沈先生的手又落到自己脸上，用力搓擦着。月光倾泻在他身上，使他看起来像一尊粗糙的雕塑作品。我注意到，他的眼角很亮。

"这实在是一个可怜的男人。"摄影师这样总结道。

十

对于一件发生在几十年前的旧事，记忆中至今尚未筛去的，我都有责任把它们理解为精华。时间使事物的表现变得粗糙，同时又使本质的部分得到更为清晰的显示。

这位摄影师最大的失误是忽视了我的存在。我是蓝堡的最小窥视者。关于沈先生，至今仍有一些衰老的女人在黄昏滴雨的屋檐下说他是"那手功夫真到家"的"好小伙子"。这种性爱暗示是对从前辉煌的床第经验的深切缅怀。我还记得沈先生有一天夜里被两个穿白衣的男人带走，过了好几天才回来，言语极少。他对我说他"出差了"。后来他又说他"犯了生活错误"。四年前，我在江边与沈先生分手后，不久收到他的一封信。"我这辈子对女人太贪得无厌了，"他这样写道，"我又没有办法不这样。女人是一口大酒缸，让你沉，让你醉。我于是便烂进这缸里，就是谁给我一把梯子我也无法爬出来……"沈先生遣用这个"烂"字实在妙不可言，使我仿佛看到一个单薄的男人和一群肥硕的女人狎戏的情景。我不知道他是在检讨自己还是在歌颂自己。

然而摄影师为何要捏造——如果确属捏造的话——这一攻讦性情节呢？

我很迷惘。

歌德说，如果你第一个纽扣没有扣眼，你就无法扣上整件衣服。为了不至于使这部叫作《蓝堡》的小说黄掉，我只好返回开始的阶段，陪沈先生重温旧梦。

"人世间许多事情是说不清的，"沈先生以这种哲人郑重的语气叙述，"余怡芹为什么如此执着地跟踪我以致向我献身，我和你一样感到茫然。事情虽然过去了很久，可每次一想起来，我就感到不安宁。甚至魂不附体——这是你们作家惯用的夸张表达。那天晚上，我已对你说过，后来发生的一切都是那么自然，连本能的羞耻心都丧失了。天很冷，我们不可能一丝不挂。我在抚摸她之前先把手放在腋下焐了会儿，她对我微笑着。我这时想到了我以前的恋人……这些日子我还想过，觉得自己当时已经不知不觉地把二者统一起来了。如果不是上帝用微笑把两个女人造得那么相似，我或许没有接近她的勇气，至少不会占有她。我想这大概是上帝对我的一种怜悯，一种补偿。我向她跪下来，我说给我吧。她连忙把我扶起，含着泪说：'我只给你！'我们紧紧拥抱。这时候她从怀里拿出了一方手帕，几乎泣不成声地说：'我一直带着它。我知道有一天会用上的……'"

沈先生拭了拭眼镜。然后从随身携带的棕色小皮箱里拿出一只精巧的首饰盒,打开,里面正是余怡芹的那方真丝白手帕,我看见了一朵浅褐色的梅花。

"这朵梅花让我震惊,"他说,"我那位已故的恋人就叫'梅'。多么难以理喻啊!这朵以处女为代价的梅花抚慰着我滴血的心灵——和一个病人相依为命几十年,是很艰难的。但我不后悔……"

"她是什么时候病的?"

"我至今也不完全明白,究竟是她有病,还是我把她当作了病人?"沈先生思索着说,"很多人认为她是因为我们的孩子夭折才病的。实际上,我觉得这之前她就有点异样,说话爱重复,眼神有时非常专注。孩子的死不过是雪上加霜。可是,我们的日常生活,包括性生活,都很正常。她以后的不孕,据妇科检查是因为产后处理不慎导致输卵管堵塞。她为此痛苦了很长时间,也出现了短暂的性冷漠。孩子丧生前她还工作过,是一位很好的教员。现在看来让她退职是一个失误。如果她继续工作下去,也许会使她恢复得好一些。"

最后,我又提了《临江词》。我认为这位编纂者是余怡芹生前的好友,但我没有明确指出这位好友的性别。沈先生摇摇头,说:"她向来是孤芳自赏的,很厌倦社交。如果真是她的朋友来做这件事,我想会自动找上门来。"他的意思是可以把这件事看作民间的一种文化积累劳动。他说,搜集者会运用意想不到的手段。

十一

昨天夜里我又听见了那声音。南风把他们的交谈刮到了我的窗下。这个季节怎么突然刮起南风呢？他们的声音很窄，像是经过了时间的过滤。我发现以前错了，他们的声音并不苍老。浑浊是因为太激动，或者是疲劳的缘故——那男的好像是从很远的地方赶来的，声音和呼吸一样短促。可他又很固执地告诉她：我没有走远。我其实一直在你周围转悠着，只是你看不见。女的悲伤地说：你骗我。那不是你。我要你。我在河面一直等你等到月亮升得很高很高的时候，你还不来；我饿了，就先走了。男的说你真不该这样！女的哭诉着：你太虚伪了。我知道你有意躲着我。你不来就是想让我早早地走。你就是这样想的。男的叹了口气，说这样也好，反正我离你很近了。我这不是赶来了吗？

"后来怎么样？"

"后来我大概睡着了。"

这位女教师在回忆以上这一梦幻般的经历过程中，神情与其叙述的内容达到丝丝入扣的呼应，使她尚存稚气的面孔上平添了一层"过来人"的忧愁。在我看来她似乎已经不是"目击者"，而是在下意识地倾诉自己的情怀。换一种说法，她在利用别人的舞台来演出自己的剧目。但是我又觉得她为过去的传说做出了现在的注释。我望着脚下静静流淌的蓝堡河，它和历史一样的曲折，又和生命一样的运动。这是一条永远不会枯涸的欲望之河。现在，月亮伴随着姑娘的叙述已经悄然升到了我们的头上。然而它浸在河里的映象依然是零零碎碎的，像一堆瓷器的碎片。它仿佛正以沉默而零碎的方式撰写一个新的寓言。

月光与水的交织，使我想起一个叫月光湖的遥远之地。很久以前的许多黄昏和夜晚，一个男子同一位姑娘在那很好的水面上度过了一截欢乐的光景。月亮自始至终目睹了那场惊天地泣鬼神的爱情游戏，使他们的胴体变成浅蓝色。"月亮涂给皮肤的颜色是永远不会褪去的。"姑娘后来这样说。那年秋天，姑娘奇迹般地失踪了。她像一只长满羽毛的鸟儿一样从此飞出了作家的生活。她的生命业已融入了作家的阴影之中，在月亮出现的好日子里与我做伴。多少年过去了，我孤独地肩着脑袋四处寻找着她的踪迹。人们在雨季开始的时候，总能看到一个习惯沿着河边行走的流浪汉。那就是我。

"月亮真好……"

"是的，真好。"

"那天晚上的月亮也是这样好……"

"是的，一样的好……哪天？"

这段对话一开始就让我迷惑。这位至多让我觉得面善的姑娘与我过去的经验没有任何联系。我们实在没有什么过去好谈没有"那晚"。我现在认识到我们到河边散步显然是一次错误。河边是个十分危险的地点。我经历的九次生命赌博有七次是在河边发生的。眼下我面临第十次。我不喜欢"十"。这个数字带有完整和终结的意思。我印象中的"十"是一张寂寞的单人床，最先享用它的是一个叫作耶稣的洋人。而且我如今也非常害怕月亮。在这种阒然无声弥漫着氤氲之气的恶劣的环境里年轻人很难保证不干傻事。以后的结果表明我预先的判断不失正确。

十二

我很疲倦。大梦初醒，我汗涔涔地从被窝里爬出来。心脏跳得似乎有点不对，从左边跳到了右边。由此我想到我的第一次性经验。永生难忘的第一次是以世界为对象进行的。在那无比痛快的瞬间天空飞起一道彩虹，以后是岩浆熔铸为钟乳石再溶化为水——彻骨冰凉！那是很久很久以前的事了。（那时我多么有用多么骄傲）那一次我赢了。我输得最惨的是第十次。

后来的事发生在天才的诱惑与无畏的暗示水乳交融的时代里。发生在永垂不朽的爱河边。发生在一件浅灰色的风衣上。

"你这件风衣是怎么得到的？"她突然问。我没有说买的。既然她这样问就意味着我的风衣应该有点来头。"我现在记不起来了，"我留有余地，"真的。我记性不好。"她立即流露出失望的表情，哀怨的秋波正好给我一个提示。我说："好像是谁送的。也许是位姑娘……"我望着洁白的月亮，觉得谎言实在可以变成真理。我听见她轻轻嘘了口气。"也许是吧。"她说那姑娘大概和我一样地喜欢这件风衣。她希望一个令她满意的男人穿着它，经常在她眼前走来走去……难道不可能吗？"

我点点头。我说于是有一天那姑娘去商店买下了这件风衣，然后通过很好的方式，比如说邮寄，送给了一位在她看来蛮不错的小伙子。她不认他。她可能在街上与他摩肩而过。后来她在一本破刊物上偶然发现了一个作家。她觉得他们是同一个男人。她便按图索骥。她甚至可以杜撰一个男人的名字和地址。她相信天底下总会有一个男人能够收到她的礼物。"他收到了，也穿了，非常合身。他也非常喜欢，"我说，"可他至今不知道寄件的人是谁。他猜应该是位姑娘。在以后的日子里，他把这位空气一样的姑娘珍藏在心中，作为情人。他想给他寄礼物的姑娘也会这样想的。"

"不，那时她还小，才十七岁，"她摇着头并且笑着说，"她只有一个愿望：让他穿上，给她看。哪怕一眼。她就是为了常能看他一眼才咬着牙把大把的钱填进那家印尼人开的咖啡屋的。隔着茶色的玻璃，她看见他穿着风衣从落叶纷飞的路上走来。他爱把手放在口袋里。她总是看着他潇洒地走进天空……后来她流泪了，她觉得很开心。

"有一天，他走进了这家咖啡屋……他那时穷愁潦倒。他几乎不上这类场所来。也许他穿上这件风衣产生了某种预感才小心推开玻璃门的。屋内能见度很低，橙黄色的灯光让他想起古典悲剧作品。他找了一个较偏的位置坐下来，看着外面渐渐升高的月亮。那夜月光如水。

"她只能看到他的背影。她有几次都想换到离他侧面很近的座位上去。她甚至还这么想过。他会突然回过头来注意她，然后用电影上常见的那种英国人的口气说：小姐，能请您喝咖啡吗？这个可笑的念头让她的心跳得像一匹小鹿，"她说，"背影也许更好。现在她更相信了这一点。"

....

所谓走火入魔指的就是昨晚的事。

现在，我醒了。我醒来的第一件事是靠在床上抽烟。烟味很苦是过度虚脱带来的判断。我注意到我的写字台上有一片很斜的橘红色阳光。（是最初的一片还是最末的一片？）接下来我自然要回到我的小说中去。由于昨夜的失败使我省去了露骨刻画的篇幅。思绪中断，于是另起一行。

我想还是回到沈先生身上去。作为今天健在的蓝堡的最早居住者，作为余怡芹同床共枕（排除摄影师的干扰）几十载的爱人，他无疑是这部小说的主角。但是实际上他已没有什么好谈。昨天晚上我在河边的体验让我做出这一结论。我所惊讶的是，我与这位尊敬的长辈恰好站在一座桥的两端，彼此观望；他走过来，我走过去。共同点是我们都没有了退路。桥很窄。这或许重要或许不重要。

我在不能写下去的情况下，通常的做法是去户外活动。我出门的时候看见年迈的外祖母正倚着走廊的柱子晒太阳。此刻阳光落在她的身体半侧，因此使老人处于阴影的另一半暗示出从前的清秀。一群黑色的小鸟扇面展开从空中无声掠过。我听见老人喃喃地说：

"如今的鸟好像都不会叫了。"

十三

我这辈子见到最好的鸟是那只八哥。那才叫活的鸟。它每年春上随外江的船队来蓝堡河，桃花谢尽了才漂走。那是个懂得讨好女人的杂种。女人一来，它就"哧哧哧"地在你面前飞来飞去，有时就落到你眼前的璋头上，色迷迷地盯你，同你嚼舌。"已（你）好已（你）好"。我也回它你好。我问它吃了吗？它说"漆（吃）了"。你要问它住哪，它就昂着头说："已（你）——全（床）——上——"鬼东西还讨便宜咧！我就把棒槌一拍：杂种！它就腾地飞去了，落到戴灰长衫的先生肩上。这时候要是余二小姐在总会拉住我的膀子，生怕我真的把棒槌撂过去。过了一会儿，那鸟又来到余二小姐头顶上打转，叫着"美银（人）！美银（人）！"你看，多有灵性的东西！

自从沈家少爷遭难，那方的船队就再也不来这儿歇脚了。据说那鸟后来也被主人撵走了，不知落到了哪块野地方，或许死了。岸上人那天都咒这杂种。说你这杂种勾女人的魂还嫌不够又去勾孩子的魂！说来也怪，沈家少爷向来很乖的，平日里一个人在院子里玩球。那天下午，那只八哥飞到了枣树上……人们在河边骂了一夜，船上的人吓得缩在舱里不敢出来。那个穿灰长衫的先生——大概是老板吧，托手下人给沈家送了一笔款子，自己连夜先逃走了。"命里定下的事是赖不掉的，"外祖母叹道，"要不，沈家不会断后，余家也算有了半条根……"

"余家少爷也没有后代？"

"连婚都没结上，就去了，"外祖母说，"听余二小姐从前跟我说，她哥哥死的时候不过二十四岁。每回一提起余大少爷，余二小姐就哭得撕心裂肺的。她说她哥哥命最苦。那几年走江湖尽遭阔人冷眼。好不容易熬到日子像样了些，他又回不来了……"

关于余百川之死，当时的报界是作为"爆炸"性新闻披露于世的。因为其时余百川虽然在军界谋事，但实际上人们一直把他看作一位前途无量的青年艺术家。几年前我去了解《临江词》的过程中，凡涉及余百川的资料我都录以备忘。我印象最深的是《时报》。这家以长江中下游地区报魁自居的四开八版的报纸，在头版头条的位置上，以《百川归海》为题对这一悲惨事件作了大致如下的报道：

　　10月23日晨6时许，一艘机帆船划破茫茫雾障，昂然向大海驶去。在船首桅杆下立着一位年轻英俊的少校。他静静地吸着烟，仿佛向浩瀚的海面投去了深情一瞥。他在引导这次航行。但他绝没有料到，这艘乘风破浪的帆船会把他载到生命的极点。

　　爆炸发生在这艘载有烈性TNT火药的船驶出海湾后的40分钟。其时一轮红日正从海面冉冉升出，而一位天才却业已成为火中凤凰！据幸存者后来介绍：爆炸纯属一次意外事故，可能因为火药触及明火所致。船上官兵除四人劫后余生外，余下17人全部遇难。其中包括负责这次航行的少校副官余百川君。

　　……

据我所知，这位余百川君生前的名气并不算大。知晓他的人仅限于江南。正是由于他过早的悲惨殉国，使他死后百倍于生前地光荣起来，从而跻身名人之林。对死人的慷慨是我们这个古老民族的优良品德之一。在新近修订出版的《名人大辞典》里，余百川的条目也因此而拉得很长。

"你可见过余百川?"我问外祖母。

"你是说余大少爷? 见过，"外祖母说，"有模有式的人才。我那会儿在你外祖父戏班子里卖茶水。一有新角儿来串，他们就让我去给余大少爷送帖子。他是个很好的票友，能拉会唱。当时蓝堡的楼上是余大少爷的书房，他白天都在上面写写画画。我知道读书人讲究清静，每回上去总是悬着脚跟。有一回……"

外祖母的眼神再现了从前的机智善变，好像决心要掩饰什么令人难堪的东西。也许因为事情过于陈旧当事人也早已化为尘埃，所以她的迟疑像一阵风似的吹过。那是在春节后的第四天，她说，南京的一名红角来此地作"飞行演出"，唱全本的《孟丽君》。我一早就去蓝堡给余家送帖子。我轻轻地上了楼，余大少爷书房里还亮着灯。我看见余大少爷在屏风后面玩鸟儿似的玩着一只绣花鞋。一边玩着一边像是同另一个低声说着什么。我很奇怪，就把脚放重了些。余大少爷连忙闪出来，我看见他的脸一下变白了，转身就把那鞋藏到袖管里……"我后来有意摸到屏风后面看了，并没有另一个人。我倒背上出了凉汗，"外祖母眨眨眼说，"我便慌着下楼了。在楼口我看见余二小姐正懒懒地从自己房里出来，头上斜别了一把梳子。我同她打了个招呼就走出了大门。不久，余家兄妹出门谋生。临行前，他们花了不少工夫把那棵枣树修剪了一下。"

我在外祖母边上踱着步。此刻阳光正不懈地把我的身影努力拉长。时间总是在人们的漫不经心中悄然流逝。日落日出作为生活中最普通的景观，谁也不想多看上一眼。这中间的千变万化常常被我们省略。凭借词典去了解世界显然是可笑的方式。我们今天在翻动历史教科书时的感觉，仿佛邻里间礼节性的相互走动。等那扇门在你身后关闭了你才意识到自己两手空空。我们对屋子里发生的事一无所知。于是上帝安排小说家去撩开窗帘的一角，针对被省略的部分，去捕风捉影，继之请这些人作天马行空的表达。

至此，我的这部关于一座老房子的小说似乎可以宣布结束了。蓝堡差不多已被掏空。我不想推卸责任。我承认许多细节都是经不住推敲的。再就是，有些人物都是在能见度极糟的环境里只露了一下脸甚至根本就不肯露脸便随风而逝，因此我仍无法看清他们的面目。我本人也没看清。尽管如此我们想宣布结束。我洗手不干了。然而后来发生的事无一不证明我是个自命不凡的小说家。

十四

一想起后来发生的事我就感到恐怖。这些天我脑子里总旋转着那女人的影子，赶都赶不走。我不想再见到她。我怕见她。这该死的眼睛又开始疼了……

你肯定还记得我在河边丢失了一条红短裤吧。就是这天中午。我回来的时候你们都在午睡。在门口我遇到沈先生，他大概出去办点事，手里拿着一把遮阳伞。那天太阳很毒。我想起前些日子看见的事，心里觉得这个男人又可怜又可笑。我没有回自己屋子，先去了暗房，准备把上午拍的胶卷冲出来。那天楼上还串风，忙好了我就在楼板上铺了凉席，倒头便睡。我有点乏了。我想当时我睡得很香。过了会——到底过了多久我不清楚，我隐隐约约地感到自己和一个漂亮的女人在做那件事，当然是在梦里。我好像还是头回做这种梦。摄影师重新续上一支烟，说："当然，你会说一场春梦犯不着大惊小怪。我当时也这么想，可是很快我发现了……"

"发现什么了？"

"一条小绳子，"摄影师说，"黑白交织的绳子。我立即认出这是那女人的东西。有一次她出来上厕所，我看见她将衣服时腰边露出了一截绳头。她的裤带。我害怕了。刚才发生的事似梦非梦像瘟疫一样包围着我，我觉得自己快要窒息了。我悄悄走下楼，特意看了看沈家，那门上分明有锁，从里面是无法打开的。我就更吃惊了，这女人是怎么摸到我身边的？直到现在，我还是弄不明白。那条绳子实际上已成了一条蛇，经常在后半夜爬进我梦里……"

"那绳子还在？"

"我后来把它从楼板那个小洞里扔了下去。我还往里看了一会儿。那女人伏在床上用被子蒙着头。从被子不断起伏上我猜她可能在哭。绳子一落地就被那只黑猫叼走了。这小婊子好像知道家中出了事，昂着头打量着楼板，"摄影师回忆说，"这天晚上我去河里洗澡，先在水中把红短裤脱下使劲搓了几把，腥味很重。然后光着身子在边上随便游了一会儿。白天的事压迫着我的神经，一想就恶心。我过来拿肥皂时才发现红短裤没了。在埠头周围我摸了好久也没摸到。我想坏了这下闯下大祸了……到了下半夜，楼上有什么东西往我房子里撒沙子。绝对不是什么错觉。大概从那时候起，我的眼睛倒霉了。很突然，说难受就难受。就像锅一样，看起来好好的但随时都会出现一个小洞。"这位中年人这一刻显得对自己的前途忧心忡忡。任何光荣与梦想都被灰暗的情绪所淹没。我这次的来访实际上带有辞行的意思。我觉得我的小说大致可以完成了。剩下的工作不过是调整个别词句尔后有兴趣就抄一遍。这些简单的活我可以带回省城去干。当然，我的主要用意是想告诉艺术家，他的某种判断属于神经质的异想天开。我指的是沈先生。我不认为这是一个双重残废的男人，他或许在玩一种别具情调的游戏。我要说服摄影师撤销固有的结论。最有力的证据是沈曾致使女人受孕并生育。"那孩子连走路的姿势都像是沈家的种。"我旁引了外祖母的观点。

"也许吧！"摄影师说，"也许姓沈的和你我一样有用。"阴沉的表情和轻慢的语气很不协调。他一边说着一边从一本很旧的相册里找出一张同样很旧的放大照片，扔给我。看看吧，他说，好好看看。

这不过是一张普通的照片，而且曝光明显不够。是俯拍的，构图十分平庸，但内容颇有新奇之感。从窗口射入的光线把沈先生刻画得非常高雅。他正对着镜子观察着，两手绷着一条棉线放在脸颊上"锯"。而且两根小指头都微翘着。这叫"开脸"。南方乡间至今还留有这种习俗。女子出嫁，须改换发式，再用棉线就着脂粉来去净脸和脖子上的汗毛。我记得外祖母曾经替一位远房的表姐开过脸，还唱着一支"开脸歌"：新媳妇，过了门，开脸才是婆家人。一开金，二开银，三开儿女走成群。

我放下照片，不想再说什么。

十五

在这部小说开头的部分里，我运用司空见惯的老掉牙的倒叙手法，先展示了蓝堡及余怡芹的生命结局。好像这样做是基于功利的考虑。制造悬念增加可读性。实际当时的情况一点也不复杂。那座老房子要拆，为了使可爱的下一代有更广阔的活动场所。这当然是非常好非常必要的目标。因此我们在春天到来的时刻纷纷迁出，期待以后的鸟语花香。但是沈家女人坚决不搬。"这是我的天堂，也是我的地狱。"她冷静地解释着。这句话在当时至少没有引起足够的重视。大家把它理解为正常人的遁词或者非正常人的呓语。主管部门准备等沈先生出差回来后再作交涉。

于是悲剧就不可避免地发生了，应验了女人的预言。余怡芹或许意识到自己劫数已到，又不允许任何外来的力量来摧毁自己，就实行了自我消除。

闻讯匆匆赶回的沈先生在经过长时间的悲怆后，做出另一种分析。他认为这个悲剧不存在长久的酝酿阶段，而是更年期突发的恶果。"上周，她刚刚断经，"沈说，"她无法忍受这个事实。"

作为最早的目击者，摄影师对那个雨霁的黎明记忆犹新。"那女人的呼叫使我惊醒，"他说，"好像还是'我饿'，拖音很长。"后来他诧异的是她为何偏要选择那条小绳子结束自己，而且这根似乎能被他拽断的绳子竟然会把一个活生生的人挂起来。摄影师因此怀疑自缢的不是余怡芹的肉身，而是她的魂灵。"我不相信她轻若鸿毛！"在这位鬼才的艺术家看来，现实中的余怡芹"很久以前就死去了"。

这场飞来之灾仿佛是我的外祖母意料之中的事。她对当时发生的一切只是感到悲伤和持久的沉默。二十年后针对这段尘封的历史，她依旧重复从前的谶语：

这屋有那东西压着。

蓝堡和余怡芹几乎在同一时刻毁灭，最先起源于作家本人梦中的一念之差。因此我们只好认为是上帝的一次巧妙安排。这就像死后的余怡芹面容丝毫没有受到损坏一样，我们不妨看作是苍天对一个女人的博大宽容与深厚怜悯。苍天有眼，只是你不觉得。

这样，我就可以考虑启程了。我决定很快离开的另一个原因是我受不了那位女教师的循循善诱。我不想再参加爱情剧目的编排与演出——我不想败在女人手里以致像海明威那样把属于自己的大半个脑袋用猎枪处理掉。我还年轻我应该走正路我还要去实现远大抱负还要享受下一个世纪的实惠。但我不能不辞而别干了就逃。我可以对蓝堡河边的那个月夜沉默。我也不会再选择黄昏去找她，这样大家都放松。然而后来的事让我惊讶无比以致现在还心有余悸。我并没有见到她。一位脾气很好的校工告诉我，她去找一件东西去了，去多天了。"好像是一件风衣，"校工说，"她说那件风衣不是她的，但上面有她的东西。"我这才想起来我的风衣在河边遗失了。顿时我有了卷入一宗命案的惶恐，便于今天早晨匆匆搭上开往省城的头班车。在车上，我遇上了沈先生。这或许是我们的最后一面——他要迁回原籍。"这地方，总让我不安。"他深有感触地说。

我和沈先生是在中途分手的。他在这个叫作韵关的小站下车，换乘开往蒲口方向的长途汽车再在那儿上轮船。那一段路面我曾经走过，是极好的。停车的时间很短暂，我们握手道别。他这一刻有些激动，好像有许多话要急于吐出来。他问我是否可以将那首《临江词》送给他。我说可以。"我或许能想起是谁做了这件事。"他说。我心里一热。我料定沈先生心中对此事早就有数，可能限于某种心理障碍使他守口为瓶。我期待着。天色这时候起了变化，很快飘起了雨丝。我想起几十天前返回故里的相似情景，觉得冥冥之中仿佛有一种特殊的力量在起着支配一切的作用。车又开动了。我从汽车的后窗望着逐渐缩小的沈先生，恻隐之心油然而生使我的胃很不舒服。等他完全被织进雨幕后我才转过头来，默默地为这个步入黄昏的男人祈祷。

傍晚我回到自己家中，泡了个澡就躺下了。连日来的奔波和冥想使我觉得自己的身体成了一截被白蚁蛀空的木头，随便敲击哪个部位都会发出空洞的声响。但我又想起可能还在雨中漂泊的沈先生。想把《临江词》尽快给他寄去。我发现我们彼此都疏忽了一个不该疏忽的枝节：地址不明。我开始怀疑沈先生此次旅行的真实目的。他是否果真叶落归根？他的根又在哪里？他也许没有根。他与那块令他不安的土地结下不解之缘。他实际上是一个逃亡者。

第二天下午，我去附近的一个风景点散步。两位比试着太极拳的老人随意交谈使我产生了眩晕。

"老了。再比试也还是老了。"

"那是。昨天从韵关开往蒲口的客车，下坡时被一棵突然倒下的树碰了。其他的人全都好好的，独独送了一个老头的终……"

"据说是一个孤老头……"

十六

两年后的清明，我回到故乡替外祖母作周年祭。据当时的医院鉴定，老人死于脑溢血。而我家里人告诉我，外祖母是感到了什么东西的压迫才走的。老人走得十分安详。她说：该我上路了。这句话使我在清明这一天沉浸在无比宁静之中。也让我想到了余怡芹。这个可怜女人的坟前实在太冷清了。我于是去邀摄影师一道到余怡芹坟上看看，顺便给她烧去几张纸。

摄影师还是倚在门框上，看上去好像对我很冷漠。等我走近我才知道不幸的事已经发生了。我不禁捉住了他的双手。

"是你……"他说，口气倒很平静，"现在好了。这结果也许不坏。"

"那次你来过不久，我又遇到了他。我好像一转身就发现了他。他刚撒完尿，正系着裤子。他的皮带很宽，显得有分量，一看就知道年代很久了。他这回没有避我。也许是在等我。当时天色很晚了，我想把他请到屋子里去喝两杯，他摇了摇头。我说您老上次留下的话我记住了。您无疑是对的。我现在只想问问先生，我这双眼睛是不是还能保得住？他不言语。我就给他跪下了。他扶我的时候打了个趔趄，像去扶一团空气，我连忙把他拽住。接着我吃了一惊，我看清了他的眼睛……我想大概和你现在看我的情形一样，"摄影师仍不失幽默地说，"我听见他叹了口气。他转身向西走去了。从他的脚步上我能看出他对这一带非常熟悉。走了几步，他又停下来，回过头对我说：你的脚迈的不是地方……"

…………

作家于黄昏前出现在蓝堡河畔。他发现，那株早已被伐去的枣树根须由地下延伸到了这儿，并且萌发了几点嫩绿。站在这个位置上，可以看见彼岸的一块很好的坡地上余怡芹的墓冢。远处一片怒放的桃花实际上已成为它的背景。

坟是青青的而且是永不寂寞的。作家最后的目光被置于墓碑前的一炷安乐香全部吸引。

一只黑色的小鸟优美地从这片天空飞过。

1989 年 12 月 21 日夜合肥

三月一日

一

　　三月一日发生的车祸当晚的电视新闻里就介绍了。汽车左前轮的位置上，那个穿夹克衫一脸是血的家伙就是我。从画面上看我似乎没救了，一条膀子垂在担架下面晃来晃去让人很不舒服。我被送进本市最好的急救中心。一小时后，我的家属和亲友开始陆续到达。虽然在路上他们已做好了思想准备，甚至还替我买了一套牌子很硬的西装，但一到现场还是显得有些手忙脚乱。他们在手术室外面流了很多眼泪，又吐了很多痰，据说场面很感人，可惜我没有看到。我至少昏迷了七十二小时。后来我苏醒了，医生都说这是一个奇迹。我妻子小心地问医生，我身上是不是少了什么？医生就表情庄严地回答说，左眼保住的可能性很小。我妻子要求不实行眼球摘除，因为那样将会使大家感到别扭。形同虚设也是可以的，她这样总结道。

　　这样，实际上我已失去了左眼，我用手捂起右眼时，世界完全黑了。但从镜子里所见,我的两眼在形状与光泽上毫无区别。这多少给我带来了一些安慰。我认为可以像从前那样,毫不拘束地同大家交往,照样可以谈论文学、绘画和室内乐这些高雅的话题。我很激动,因为我自觉是死而复生,对一滴水都怀有极大的兴趣。房子、书籍、时髦的家用电器以及像妻子这样的美女,仿佛都是上帝所赐。我有一种坐享其成的感觉,一生下来就拥有了这些。我妻子说,现在我的脾气好多了,以至看起来像另一个人。她当然无法体会我的心情。也许,我的记忆力是有些衰退了,但对"前辈子"的某些大事的片断,我还是能想起来的。不过我隐隐地感到,那些事好像不是发生在我身上,而是另一个人替我做了。那个人的长相,除了左眼功能健全,与我毫无二致。他的姓名、性别和年龄也都与我一样。我们抽同一个牌子的香烟,用黑墨水为晚报写稿,以传统的姿势做爱,但我们还是不像一个人。意识到这一点,我难免有些忧伤。有人替我活过了三十六年,而我才刚刚出生。我知道这是一个复杂的问题,应该由海德格尔那样的人去思考。有一天我对着镜子刷牙,不知不觉地流泪了。然后我又发现,我的左眼失去了第二个功能:不能流泪。我的脸上只有一行泪珠,稍稍离开一点,镜子里就产生了一种滑稽效果。

现代外科手术的发展明显超过了传统的修补业。我不知道我的伤口是怎样缝合的,除了头顶左部有一个蜈蚣样的疤痕(不久被重新生长的头发所掩盖),看不出一点破绽。据说在我头颅的内部至少缝合了三处,脑血管和脑神经网络可能做了重新的搭配与调整。总之，这是一个成功的手术。掌刀的医生此刻正握着钢笔，流畅地将它做成了论文。可是对于我呢？车祸发生的当天，认识我的人基本上都认可了我将死亡的事实。现在我突然又回到了他们中间，他们似乎就很不习惯了。今天我去上班，在楼梯上碰到打字员小郭，她准备去打开水。我招呼她，这个可爱的姑娘像鸟一样跳到一旁，吃惊地看着我。几个月前，她和我之间还有点浪漫故事；车祸的电视报道如果她看了，我猜她当时一定会很伤心。我对她笑着点点头，想着那天傍晚在文印室里的事，觉得她不应该吃惊。

　　经过很长的走廊，我看见右侧各处室的人都往外面瞧，有的还欠了欠身，但没有一个人迎出来。左侧的情况我不清楚，我也没有扭过头去观察，猜想和右侧差不多。大家发现了走廊上一个似曾相识的形影，却怀疑着一个难以置信的事实。我的办公室在走廊尽头，隔壁是厕所，孔副厅长一边擦手一边走出来。这位前列腺患者对我迟疑地伸出手：哦哦，来了，好了？我说好了。我以为他会多说几句，因为他平时很健谈，但他没再说点什么，只是拍了拍我的肩，就走过去了。我在办公室门口站了会儿。我在想，是先咳嗽后推门还是先推门后咳嗽？正犹豫着，门从里面拉开来，处长老吴与我差点相撞，他大叫道：我的天！你，你这么快，就好了？老吴一叫，处里的其他四个说说笑笑的人都回过头来。他们同样感到意外，过后就显得有些尴尬，好像目击了一件不该见到的事。我也很尴尬，两只手交叉地放在肚子上。从前我喜欢把它们插在裤袋里，是很随便的、近似吊儿郎当的样子。我

像个初来乍到者，腼腆地同大家依次握手，再依次散烟。这个仪
式做完，一切又平静了。我希望有人挑起关于车祸的话题，这样
能使气氛活跃一些。他们本来在说笑，因为我的不期而至，才弄
得这样不自然。我真觉得抱歉，可我不过是暂时离开了这屋子一
段时间，我并没有做错什么。

　　我的办公桌本来放在靠窗的位置上。现在那个地方坐着老
罗，这个看上去总没有洗脸的男人。我的办公桌已放到了门边
上，而且桌面上堆着当月的各种报纸和热水瓶。这个调整意思很
明显，大家都认为我必死无疑。这可能是那个现场采访的扛摄像
机的家伙造成的后果，他采用的角度和镜位都非常哗众取宠，血
淋淋的特写和俯拍让人触目惊心。当时连我妻子都以为我是没救
了，其他人谁还会相信我能捡回一条命呢？所以说，对此我非常
理解。让我不安的是，我没有像大家相信的那样真正死去，从这
个意义上看，我显然是让大家失望了。而且我非但没有死，竟然
迅速而神奇地好了起来，以致从外表看不到一点伤痕。大家无法
正视这个事实，哪怕是一只瓷瓶摔碎了，经过能工巧匠的整修，
痕迹总该有一点的，何况是人呢？

　　现在我要回过头说说三月一日车祸发生的事。我们这个城市
街道非常狭窄，这是历史遗留问题。据说第一任市长在规划城市
的街道时，用腿走了二十步，以此确定了宽度。但此人是一个矮
子。我曾经估算过，十二步的宽度为 8.4 米，给了汽车；再腾出
四步给了自行车；余下的四步也就是 2.8 米，是人行的地方，每

边只有 1.4 米。如果一个胖子在前面走着，你只能侧身通过。三月一日是个晴天。下午我接到一个电话，是个耳熟的女声，但我当时想不起来她是谁。她说有事相商，一些话需要"当面谈"。我们约定一小时后在第七街尽头的一个小茶楼见面，不见不散。我仍然想不起来这个女人，但感觉到我们之间应该有种联系。电话里还谈到"炊烟""风筝"这些字眼，可是缺少逻辑性，听起来有些颠三倒四。我认真听着，试图尽快想起对方是何许人，但电话突然中断了，之后是一串忙音。她也没再拨过来。我等了半小时，就带着这点疑惑离开了办公室，那时也该下班了。这些年我过着比较规律的生活，像鱼一样不声不响。我已结婚六年，但没有孩子。问题出在哪一方面至今还是个悬案。我和我妻子看起来都是很健康的，相处也说得过去。我们都不好意思叫对方去医院做有关生育能力的检查。另一原因是，我们都不觉得非要孩子不可。妻子说，孩子不过是表示生命延续的"一种标识"。就是说使生命得以延续的标识还很多。一句笑话也能使人不朽，她说，难道不是吗？她讲的或许不错，我爷爷已死了近二十年，他的模样我早忘记了，但我还记得他在北京天桥看马连良演出时，一个喷嚏挣断了牛皮裤带的事。这个细节还是别人告诉我的，正是它使爷爷活在我记忆里。我想倘若将来我死了，大家决不会因为我经常主动打开水而记住我的。致使我不朽的一定是三月一日车祸。大家会说，我们都以为他死了，没料到他会活过来，而且看不出身上丢掉了什么。那天下午我突然有些激动，努力去想电话里那个女声。我把这些年与自己有过交往的女性都排了队，还是不能确定。那个人是了解我的，因为她问我："你现在还穿带条的衬衫吗？"这种语气指示着两个问题。第一，我曾经喜欢过带条的衬衫；第二，我现在可能不穿带条的衬衫。这说明给我打电话的女人一直在某个地方关注着我。三月的天气已经转凉，衬衫一般人是看不见的，至于露出来的领子完全有可能是假的。那么，就是说那个女人能了解到我的夹克衫、羊毛衫下面的内容。我想我应该有些激动。对于像我这样无足轻重的男人，来自任何异性的问候都是幸福。六年前我妻子嫁给我，直到今天我还觉得是一次施舍。现在我去赴另一个不明身份的女人约会，我不觉得有什么障碍。我没作非分的设想，只想去看看那人是谁。我从一条巷子斜插过去，往西拐便是第七街了，我想先到一步。这时候，我突然听见背后一个声音在叫"月亮"——这是我的乳名，连我自己都差点忘了。叫"月亮"的也是一个女声，但不像是电话里的，似乎夹着我老家的方言口音。我不能不感到亲切，便急忙刹住车。我捏的是前闸，所以一下就倒了。后来的事电视台的记者已做过了介绍，大家都看得很明白，这的确是一次普通的交通事故。有点玄奥的是突然背后有个女人叫"月亮"。但以我妻子的看法，这也没什么。她说，一定是某个女人在推销"月亮"——一种新型的香皂。

二

按照今天劳动人事部门的政策，对我这样的人，工龄的计算自插队当知青的那一年开始。就是说，我已有二十年的工龄。这是颇让人感到荣耀的。三十六岁，就有了二十年工龄，这样的资格并不多见。如果没有三月一日车祸，我可能会得到重用，甚至当上副处长。据小郭透露，厅长办公会曾研究过我的提拔问题，这一定不会错，会议纪要是经她手打的。一九八二年我大学毕业分配到机关，坐的就是靠门口的那把椅子。十一年后我又回到了原地。这个轨迹很像一只苍蝇。我自觉是个老实人。处里有六个同志，除了处长老吴，开水是轮着打，而我一周总打三到四次。后来降到两次，因为我怕别人说我靠打开水去竞争副处长。我是学中文的，写材料的活难不倒我。除此之外，我还向晚报投稿，以此证明我笔头子还不错。但我也不多投，适可而止，所得稿酬也都用于买瓜子香烟，与同志们有福共享。大家都蛮喜欢我，曾经争着要给我介绍对象。处里唯一的女同志沈群一天说我不够洒脱，第二天我就换上了带条的衬衫，并常常把两只手插在裤袋里。沈群现在大约将近四十岁，我不知道该怎么称呼她。继续喊她小沈显得虚假，但决不能改口称老沈。我决定叫她沈大姐，可是后来我才知道这样也不妥。后来的事我暂时不说。

我回到原先的位置上。老罗有点不好意思，他说我以为你还要休养一个时期，就……我再换过来？他看看我，又看看老吴。处长弯腰用一块红绸子掸皮鞋，掸完皮鞋又拨电话。老罗的语气是不想换过来，他希望处长表态说算了，别挪来挪去的，哪儿坐还不一样？偏偏老吴要掸皮鞋打电话。剩下就由我说了。我还能说什么呢？老罗是去年底刚从别的处调来的，大家都私下认为这个动作有背景，只有老吴不说。坐在老罗后面的是白玉才，从前是给厅长开小车的。后来上了电大，成为拥有大专学历的干部身份，送到了我们处。这是个无所不知口若悬河的男人，并且认为普天下的美女都会对他有好感。他的话最多，往往把一些挨不上边的事扯到一块。他说一九五〇年麦克阿瑟指挥的仁川登陆，险些把中国人民志愿军包了饺子，彭德怀气得喝下了一斤酒。大家听得津津有味。其实仁川登陆那会儿，志愿军还没过江。大家究竟是心里不明白还是明白不愿点破，我就不得而知了。白玉才爱说就由他说好了。可是那天我来上班时，他竟一句话没有，脸涨得通红。我想一定是他最先宣布了我的死亡消息，他是司机出身，谈车祸是他的专利。处里年纪最小的是王林，九十年代的大学生，至今未婚。以前总是他同我争着去打开水，如今呢，他每周只打一次。王林平时不爱说笑，但也不扫别人兴，他没事就看报纸，逢到有用的，便拿小刀裁下来。白玉才可能看不惯这个小爱好。每次卖过期的报纸，处里照例要去街对面小馆子里吃一顿。这时白玉才便说，小王得少喝一杯酒，那报纸要是不挖掉一些，会多卖几个钱。王林说：我正是因为不喝酒，所以才挖点儿报纸。王林果真不怎么喝酒。能喝的是沈群。她可以一点不喝，也可以一次喝很多。沈群喝酒不拉不扯，叫喝就喝。有一次我同她出差到县里，席上三个男人都把杯子对着她，结果她没事，他们都倒了。我就觉得奇怪，沈群哪来这样的海量？沈群说她自己也不清楚，酒喝下去并不感到有什么特别的不适，只是多上几趟厕所。我们处在厅机关是个小处。这个提法不准确，依照老吴的说法，应该是职位少、任务多、责任重。大与小是相对的，老吴说，中南海陷在北京市里头，你能说中南海比北京市小吗？自从去年冬天老吴由副处长提为处长，他的语气总含有任重道远的味道。

今天我来办公室，在门口听见白玉才对老罗说：多出一个人，这屋子就觉得更小了。老罗微笑着，用手理理鬓角。我怎么是"多出一个人"呢？我进这间屋时，白玉才还在驾驶班。我没抢着进去，先去了厕所。我又遇见了孔副厅长。他大概在思考着什么问题，没留心过来的人。孔副厅长每天八小时至少要上四十趟厕所，平均每小时五趟。他前列腺的毛病有好几年了，每年都南来北往地治疗，仍不见好。但谁也不会怀疑他还是不是副厅长。我不过出了次车祸，不过脱离了机关几个月，而且恢复得非常好，却成了多出的一个人。

这个星期我几乎没干什么事。我翻了一下记事本，那上面只记着唯一的一件正经事：星期四上午，听厅长报告。这件事，大家都一样在做。厅会议室能容纳两百人，每次开会都坐不满。这样大家便很容易发现我，发现了就对我点头示意。厅长是新调来的，不认识我。大家往我这边看，厅长就有些奇怪，也看过来，一脸的狐疑。孔副厅长对他耳语了一阵，他就走近同我握手，说一直没时间去医院看你，今天这会能坚持吗？我说能坚持。我又说错了，这意思表明我还是个病人。我想再说几句，可厅长已放下了我的手，转过身对大家宣布现在开会。我已好久没开会了。今天的会是讲城市文明建设的，内容和报纸上讲的差不多。但作为会议，它对我产生了吸引力。我参加了这个会，说明我还是本厅的一名工作人员。我还拿笔做记录。沈群拐了我一下，低声说：大家都不记，你记什么？等散了会，她又说：你怎么越看越像个新来的？

我把沈群的话说给妻子，后者说没错，女人的感觉一般都准。我想起她也说过我"像另一个人"。我出院的那天晚上自然想同她做爱。我的手刚放到她身上，她就挪到一边。你别碰我，她说，我一点都不习惯。我问是不是真这样？她说是，继之建议道：你最好住到北边屋子去。等我慢慢习惯了，你再过来。她的语气是诚恳的。而且她又胆小，躺在一个从死神身边偷跑回来的人怀里，不能不害怕。我妻子算得上美女，我能娶上她是很大的福气。车祸前我们基本上一周做爱两次，每次时间都不长。但我很满足。我甚至有一种占便宜吃豆腐的感觉。我怎么能让她胆战心惊寝不安席呢？我接受了她的建议，住到了朝北的小屋子。这屋子原是给小孩预备的，一直空着。触景生情是我这种人的薄弱环节，我难免要想小孩。如果一结婚就怀孕，这孩子已经上幼儿园了。我曾经私下给这个孩子取名叫太阳，因为我小时候叫月亮。这个名字可能会受到知情人的嘲笑，他们会认为把关系弄反了，应该是我叫太阳才正确。他们认为是先有太阳后有月亮。我觉得不该是这个样子。我认为月亮温温吞吞的，象征着衰老。而太阳呢，是像歌中唱的那样，"每天都是新的"。十六岁那年我就完全成熟了，如果那时候我结婚，某个女人第二年为我生个儿子，那么我儿子现在将近二十岁。如果我儿子也在十六岁时结婚，那么我孙子可能已有三岁。我很自然地做着爷爷，因此我应该衰老。

这个晚上我住进朝北的小屋子有点孤独。这也是衰老的征兆。我这种孤独不是知识型文化型的。"感时花溅泪，恨别鸟惊心"，那种优美的孤独与忧伤不属于我。我的孤独是"古道、西风、瘦马"型的，但我自觉又不是一个"断肠人"。我甚至有功成名就、衣锦还乡的感觉。这样一想，我就产生了写回忆录的欲望，有一种沧桑感。多少年后——我喜欢加西亚·马尔克斯这种忧郁的叙述。对于我，此刻就是"多少年后"。这个回首远眺的视角，能让我看见四岁那年打碎邻居尿壶的事。整个事情发生的过程和周围的环境，甚至尿壶的釉色和纹饰，我都看得清清楚楚。然而越往后，越靠近现在的事居然越显模糊。比如三月一日的车祸，我只是记得确实有这么回事，在城市的第七街岔路口一个穿夹克衫的男子给车撞倒，差点没命了。但那个倒霉蛋不像是我。我顶多只承认他穿的那种夹克衫我也有一件。这也是个奇怪的问题，我不知道在医学上能否找到答案。我想这样未尝不好，发生在眼前的事简单地就过去了，我不会往心里去。大家都说我有涵养，遇事冷静，宽宏大量，我想这是事实。他们处在"现在"，而我提前到了"多少年后"。他们在发展，而我已经总结。他们都是太阳，我一个人是月亮——虽然这是我被遗忘的乳名，拾起来却非常贴切。其实三月一日我死于车祸也没什么，因为我总觉得自己不止活了三十六岁，而是三百六十岁，太够了。

我在黑暗中似睡非睡地躺了很久。后来月亮出来了，我便去上卫生间。路过妻子的卧室，我不禁有了点生理上的冲动。我觉得在月光下观察一个女人的身体是件很幸福的事。我就轻轻推开门，想看看她、摸摸她。可是我发现，妻子不在床上。第二天我问她，昨天夜里去哪了？她说没去哪，就在后晾台上吹风。我问是不是分开睡不习惯？她说不是。她说已经习惯了一个人睡。我问这样算不算浪费青春？她说难道在一起睡就不算浪费青春吗？我想她的话也对。做爱就像花钱一样，花一张少一张。

三

一九五七年我出生时，阿尔贝·加缪获诺贝尔文学奖。到了我三岁时，他已死于车祸。获奖和车祸使这个法国酒窖工的儿子成了不起的人。如果阿尔贝·加缪没有获奖，或者只获奖而不死于车祸，他都没有今天这样的知名度。阿尔贝·加缪只活了四十九年，算得上英年早逝。不过他再活四十九年又怎么样呢？他会成为一个喜欢跃跃欲试而又无所作为的糟老头子。

三月一日我没有死于车祸，侥幸地活了下来。从此我成了一个新人。这个人每天准时上班，坐在靠门口的桌前，做些装订文件、拿报纸、整理档案之类的事情。回到家里，依旧像从前那样做菜做饭，看电视体育节目，然后洗脸洗脚住到朝北的屋子，躺在床上想写回忆录。这就是我近期的生活。我的时间一下显得很多，这让我感到自己像一只松了箍的水桶。我就给几位要好的朋友打电话，可是对方不是不在就是占线。他们都很忙。我妻子的呼机平均九分钟响一次。她这样对我说时，我就很羡慕。车祸之前她还没有呼机，后来做股票有了赚头，就配了这东西。发明呼机的家伙，我一直认为很了起。那么多的人，一下就能把你拨弄出来。那天夜里我发现妻子不在床上，很有些着急，却忘了给她打呼机。今天妻子正在洗澡，呼机响了，我就替她回。我问谁打呼机？对方没出声，电话给挂掉了。我觉得这事有点怪，后来就对她说了。这有什么怪的，她一边擦头发一边说，肯定是别人打错了。我问是不是经常有人打错？她说经常。

妻子洗好澡，换上新买的裙装。她对自己腋下喷了点香水，又把头发吹干，盘成另一种式样。她晚上得出去办点事。以前出门，她都要让我审视一下她的仪表，问是不是很舒服。往往在那个时候，我就会说：你不穿衣服更舒服。她就过来掐我，说我狗嘴吐不出象牙。那个瞬间的调情至今让我神往。今天妻子有些匆忙，她把呼机别在裙带上就出门了。这个样子感觉不好，我本想纠正，可她已经下楼了。这个晚上我独自在家，很无聊。电视来回搜了几遍，搜不出什么好看的。我就拿出扑克替自己算命。算了三次，我能活到八十九岁。我吓了一跳。我从来没想到自己会活这么久。八十九这个数字确实太大了。到了十一点，妻子还没有回来，我便给她打呼机。她没回。（后来我问起这件事，她说呼机没电了。）

我已经预见，手术可能使我的脑血管和脑神经网络做了重新的调整。这个事实不久便显现，但外人是无法感觉的。我妻子外出的那天夜里，后来我回到北屋，慢慢地就睡了。我已经连续好些日子睡不好，所以一睡进去就很香。我做了一个梦，这个梦不怎么吉利。我梦见我妻子和一个很英俊的男人在葡萄架下接吻。当然，这是个梦，但我还是给吓醒了。我醒来的时候天已微白，很远的地方传来单调的鸡啼。我还是不踏实，就轻轻走进了她的卧室。她在床上，放松的睡姿很迷人。但她张着嘴的感觉不太好，而且还微笑着。我替她理理被子，发现她身上什么也没穿。我就顺势摸了一下她的乳房。她身体扭了一下，然后说了一句很清晰的梦话：我想吃葡萄。我很吃惊，因为我的梦境也与葡萄有关。我不知所措地捂着右眼和额头，这时奇迹出现了——我那"形同虚设"的左眼居然能看见她的梦境。没错，环境就是那个葡萄架，连藤蔓的形状也与我梦中所见一样。还是那个男人，穿着黄色的质地很不错的 T 恤。他果真就摘下了一串葡萄，还用手绢擦了擦，剥了皮，像喂鸟似的送到她嘴里。我放下捂着右眼的手，梦境倏然消失，但面前我妻子的嘴巴在动。她在吃梦中的那颗葡萄。

我有些明白了。其实我刚才并没有做梦，而是走进了她的梦境。或者说，是我的左眼看见了她的梦。我又试着捂起右眼，那梦只剩下了一点轮廓，色彩全退了，他们好像又接吻了一次，然后这梦就像水银泼到桌子上一样，成为晶莹的颗粒。我想这是天亮了的缘故，到了梦醒时分。我退出卧室，去了晾台。天完全亮了，晨风吹在脸上很舒服。我又捂起右眼，世界是黑的。现在我知道了，这只不同寻常的左眼只能窥视梦境。虽然所见的第一个梦让我有点沮丧，我还是感到兴奋。梦不是现实。法律和道德也不会对任何越轨的梦境加以制裁。梦是幻想，幻想应该是大胆而奇异的，应该色彩纷呈。我妻子的梦境很像一帧情人卡，色彩明快，构图简约。从欣赏的角度看，我认为是杰作，散发着古典浪漫主义的情调。当然，倘若梦中给她喂葡萄的那个男人是我，就更好了。

她起床了。去卫生间忙了一会儿，她一边呃嘴一边梳头。我突然产生了一种恶作剧的心理，专心地看着她呃嘴。她说：我嘴里好酸。说完又呃。我就问是不是做梦吃什么酸的东西刺激了腮腺？她看着我，若有所思的样子。我又问，是不是葡萄？她的脸一下就红了，接着生气地说：为什么偏要是葡萄呢？为什么，因为我看见了。我当然不会同她解释，就笑着走开了。

第二天晚上，我又看见了她的梦。她穿得有些暴露，在大街上跑。大街上没有人，几辆汽车似乎是冻在那儿，就她在跑。街道两旁的建筑像布景一样，风经过时便晃晃悠悠的。她跌了一跤，鞋也跑丢了一只。然后她跑到一个很大很堂皇的楼前，那儿有很多的人，都往门厅里挤。门厅里到处亮着红色的电子显示屏，写满了阿拉伯数字，闪烁着。这是证券公司的交易所，从气氛上看，今天股市的行情很糟糕。我妻子拼命往里挤，可是挤不进去。她张着嘴在喊，我听不见，但口形给我的感觉是一句粗话。她挥着手臂，身体往上跳，想飞起来。后来她哇的一下哭了——我听见了，这哭声进入了现实，是从她卧室里传出来的。现实的哭声在半夜听起来有点恐怖。我就跑进她的屋，打开灯。她在床上翻动着，还哭，我扶着她坐起来，叫醒了她。我拍着她的背，她醒得有些勉强，两肩时而抽动一下。我做梦了，她抽泣着说，是个噩梦。我就问：是不是股票跌了？她点点头，突然惊讶地看着我，你怎么知道？我说这几天电视上都讲股市行情变化莫测，自然要往这上面猜。猜？她的表情有点怪，你怎么一猜一个准呢？你倒真该去做股票。这话的意思我明白，是讲前一个晚上梦里吃葡萄的事。她平静了，不再说。我也不说，又回到我的北屋。离开的时候我看见她在揉右膝盖。我想刚才梦里的那一跤可能跌得不轻。

妻子出差了，所以午饭我在机关食堂吃。天渐渐暖起来，下午的上班时间后推了半小时，吃过午饭，去办公室翻翻报纸，还可以小睡一会儿。我没有午睡习惯，自出过车祸，按医嘱必须增加休息时间。路过文印室，我看见小郭正在喝一种养容的口服液。小郭是机关公认的最漂亮的姑娘，是从部队文工团下来的。小郭的眉眼很像我从前的一个相好，而嘴巴又像我现在的妻子。可能是这点缘故，我比较喜欢接近她。老吴曾提醒过我，叫我要适度保持距离。老吴不说我心里倒没事，一说反倒有些不自在了。那时我正向着副处长的位置努力，需要严以律己。所以凡与文印室打交道的事，我都支给王林和白玉才。这个变化，小郭注意到了。有一次我们在食堂吃饭，坐一张桌子。她问我怎么不去文印室了，是不是听见了什么闲话？我说没什么闲话，只是怕其他人不平衡。她就笑了，说你这人挺好，文章写得也好。吃过饭，她让我去文印室坐会儿。我说不去了，中午得加班赶一个材料。她又说：你下班后来，我有东西给你看。这让我内心很高兴，也很好奇。那时我觉得，一个男人能得到一个漂亮姑娘的亲近是一种承认。所以下班时我仍伏在桌上写写画画。沈群问我怎么还不走？我说把最后一段写完，免得思路断了。沈群就说脑子里的事能断得了吗？沈群说话总是东一句西一句的，不过这句话像是敲到点上了。我没看她，仍埋头在写。窗外不久便有些灰了，楼里突然变得很安静。我单调的脚步声在走廊上响着，心里有种异样的感觉。小郭在等我，在笑。小郭说你穿带条的衬衫很好看，是你爱人给你买的吗？我说不是，是我妈买的。小郭就说你妈眼光很好。然后她从抽屉里拿出一个硬面的本子，递到我手上。我打开本子，看见都是我发表在晚报上的小文章，整齐地剪贴在上面，四周还用彩笔画着边框，很郑重的样子。我有点受宠若惊也有点自豪。小郭说喜欢吗？我说喜欢。小郭说等她结婚了或者等我离婚了，就把它送给我。说着她显出伤心而无奈的样子。我觉得事情弄严重了，有点上纲上线的意思，不知该说点什么，就叹了口气。我把本子还给她，想听她再说几句缠绵的话，可她没说，把头靠到了我肩上。我们后来是不是还有情节，我已记不清了。但我们的故事截至三月一日却是事实。小郭不会再把我的文章贴到那个漂亮的本子上了。这个故事没头没脑，来去却很自由。现在我经过文印室的门口放慢了脚步，还有意咳嗽了两声，她也没回过头来。她喝完口服液，把小瓶子扔到纸篓里。瓶子没有碎，但我仍有点心疼。

老罗中午也没回去，说家里来了农村亲戚进城看病，乱得很。自从换过座位，他总避着我，现在避不开了便说些天南海北的事。他说从前曾想当一名兽医，为乡亲们看看牲口；后来又想当一名外科医生，因为他很欣赏电影里外科医生做手术的样子，动不动就把额头伸给护士擦汗。总之，他清清嗓子说，我这人不适应待机关，你说呢？我不好说，就给他杯子续了点水。老罗想欠身又不想站起来，问我身体恢复得怎么样。我说还可以。老罗又问会不会有后遗症？我说现在看不出来。然后我们就没词了，都躺到桌子上，用椅子架脚开始午休。窗外有孩子打球，很吵。我同老罗原是最谈得来的。他是老三届，古文底子非常好，而且也喜欢看杂书。所以谈到一些冷僻的事，比如"眼靠"和"手靠"，别人都插不上嘴。老罗调过来有一度情绪不高，可能与厅里对我的考察有关。现在这事过去了，所以窗外再吵，躺在桌子上他也能睡进去。这真是福分。桌子很硬，我睡不着。走廊的另一端橐橐橐橐地响着小郭高跟鞋的声音，让我觉得欢快。我合着眼，想着那个傍晚发生的事，不禁生出些惆怅来。我很想做一个梦，在梦中把我们的关系向前发展一点。我的意念就朝这个方向努力着。不久我就见到了一片蓝天，我相信这是梦里的天空，城里现在是找不到这样的蓝天的。我翻了个身，蓝天便消失了。我隐约听见了老罗在打呼，节拍悠长，像拉风箱一样。但老罗不是在乡间的厨房里，而是坐在一个很宽敞很明亮的办公室里。那里只摆着一张桌子，很大，上面置着精致的文房四宝和红蓝铅笔。桌子的一端放着整齐的文件，还有市面上正时髦的一种磁化保温杯。老罗衣着清洁，脸也很清洁，在看一份材料。这时门开了，小郭走进来，递给老罗一条白毛巾。老罗擦擦脸，看也没看就把用过的毛巾扔给了小郭，后者便退下了。过了一会儿，门又开了，进来的是处长老吴。老罗似乎没发觉，老吴就站在门边，身体直直的像个军人。老罗抬头发觉了，就对老吴招招手，意思是让他过去老吴双手送上一份材料，站在桌子边上，身体还是直直的。老罗把身体往大皮椅上靠了靠，然后拿起红蓝铅笔，用红的那端在材料上画了个圆圈。突然听见一个锐利的声音，我吓得坐起来，阳光直扎眼。另一张桌子上的老罗也被惊醒，他反应敏捷，嘴角的口水来不及揩就对着窗外吼道：球能朝玻璃上踢吗？滚！我走近窗口，看见楼下几个男孩抱着足球逃了。玻璃破了一块，我把碎片拾到废纸篓里。老罗余气未消地吸着烟，说刚睡着就被外面这群调皮鬼弄醒了。他还是没揩嘴角的口水，却从笔筒里找出一支红铅笔，在废纸上画着圆圈。见我凑过来，老罗便将这画下的圈改成了一朵花。

我出去倒碎玻璃，看见孔副厅长送沈群出办公室。沈群眼红红的，像刚哭过。孔副厅长对她说：再看看吧，凡事多朝好的方面想。我想可能是沈群家里闹了乱。但我又觉得家里的事不要搬到机关里来。孔副厅长分管我们处，但并不分管我们家。孔副厅长是个儒雅持重的人，有学问，善言辞，厅里上下都很尊重他。但他也照样在家里吃不开，否则他前后两个老婆不会都同他离婚。

四

　　今天厅里发生了一件大事：财务室被盗。保险柜里五万多块现金是本月大家的工资，没来得及发就给弄走了。公安局来了好几个人，还牵着一条杂毛警犬，把包括厅长在内的人都嗅了一遍。警犬嗅我时我有些紧张，厅长在边上说：大家别怕，警犬的鼻子是有科学性的。嗅到沈群，她哇的一下哭了。警犬也吓了一跳，喉咙里拉锯一样响。沈群边哭边说：我哭没有别的意思。颠来倒去就这么一句话，好在警犬已移向了老吴。老吴像体检那样敞开衬衫，双手叉着腰一呼一吸。接着是老罗和王林，两人都很放松。最后轮到白玉才，他坐在椅子上似乎懒得起来，眼睛始终看着报纸，很不屑的样子。这个程序做完后是依次按手印，十个指头都按。然后，办案人员牵着狗离开了。白玉才把茶杯重重一放，说这他妈是侮辱人格！老吴拍拍他说：不能这么讲，嗅过了，按过了，大家不都轻松了？上飞机还搜身呢，工作需要嘛。据说让警犬来嗅是厅长的意思，他刚到职不久就遇到这桩倒霉事，不能不急。以后的几天里，厅长大会小会都要讲到这宗失窃案。据公安部门分析，不排除内部人员作案的可能性，于是厅长就要求大家积极配合。机关里起了变化，大家的穿着一夜间变得很旧很土气，女人们不再在一起议论新买的首饰，男人的香烟也降了档次。大家的话题总扣着失窃案，连街对面的酒馆失火了也不往眼里去。当然，工作还得干。

　　厅里要办一个基层短训班，具体工作落在我们处，人手似乎有些不够。老吴却说够了，办公室不留人，电话由别的处代接，都去，全力以赴。办班的地点靠近郊区，大家得住下来。老罗说处长的爱人身体一向不太好，建议他早出晚归。老罗的侄子是开出租车的，可以随叫随到。老吴说老伴是老毛病，几十年都拖过来了还在乎这几天？其实真动起来也没觉得有多少事。课主要是请大学的老师来讲，我们不过是做些会务工作。闲下来时，老吴也和我们一块打扑克，可他就是不回家。老罗让老吴住单间。老吴说一个人占两张床是浪费，让老罗同他一块住。老罗不肯，说四个人住　块可以打牌，否则跛了腿。老吴就笑了，说也罢，免得自己打呼吵人，又把一堆材料抱过去放到另一张空床上。王林说处长这人也真活得仔细，那张空床非得填上什么才睡得踏实。老罗说等你当了处长你也会这样，谦虚使人进步。王林鼻子哼了哼，说光谦虚有什么用？传达室李老头见谁都点头哈腰，进步了吗？白玉才插言道：李老头为什么点头哈腰？那是他自己当初屁股里有屎。我知道白玉才是说李老头十年前摸一个女同志奶的事，就觉得有点亏，摸一回奶，哈十年腰，太不合算。这一说，大家便又谈起失窃的事。刚说两句，老罗一挥手说：不谈这个，打牌打牌。可白玉才说晚上让基层的同志多灌了几杯，头昏，不想打。王林说来了一位同学，晚上不回来睡了。牌打不成，只好看电视了。我的眼睛遵照医嘱应少看电视，而且这个时间也没什么好看的节目，就去对面的屋子找沈群聊天。门虚掩着，我走进去，看见沈群头上裹着干毛巾斜靠在床上打盹。刚洗过澡，她有点乏，我准备离开。但在这个瞬间我不经意地就看见了她的梦。

那梦是浅绿色的，环境是树林还是草原我没有把握。我想这梦是刚刚开始，我又处在完全清醒的状态下，看不清楚是正常的。但梦中的那个女人绝对是沈群，她穿着一件红羊毛衫，因此很醒目。一棵很高很直的白杨树竖在那里。沈群在树下洗脸，洗了一遍又一遍。然后她就开始爬树，样子很可笑。她爬得很卖力，可爬到一半便滑了下来。于是她又爬，又在一半处滑下来。第三次，她像男人那样对着掌心吐了口唾沫，搓搓，显得很有信心地爬起来。到了一半，她又僵住了，看样子又像要滑下来，连我都着急。这时忽然有一只手伸出来，稳稳地托着沈群的屁股，往上举。我就看见了这只手，不知长在谁身上。这手很白，皮肤却绷得不紧，甚至是松垮垮的，暴着蚯蚓一样的青筋。这手很苍老又着实有力，托着沈群的屁股毫不含糊地上举。沈群越爬越高，那手也越伸越长。我吓坏了，身体往门上一靠，弄得很响，沈群便醒了，我赶紧喊了一声沈大姐。

沈群坐好，不断地把裙子往屁股下理。她的神情尚有些恍惚，我便又叫了声沈大姐。她不高兴地看着我说：什么大姐大姐的，我能比你大多少？我愣了一下，拿眼前的沈群和梦中的沈群做比较，觉得后者要年轻一些。这时沈群倒一脸忧郁，竟给了我一支烟，她自己也抽上了。她何时开始抽烟的？沈群吸了口烟说：我是老了。女到四十豆腐渣。我解释说我不是这个意思。她就摆摆手，说自然规律是不可抗拒的。但是四十岁的女人和六十岁的男人在一起总还般配吧？这话是什么意思，我听不明白。沈群便流泪了，说她家老陈外面有事，两人已分居一年，想离。突然又口气一硬：离就离吧，他一个小处长就这样猖狂，我忍不下这口气。将来我未必就干不过他。我觉得沈群好辛苦，即便是在梦里。她干吗偏要去爬那棵树呢？

　　我回屋时，老罗和白玉才都已躺下。他们的床都靠墙，中间的位置留给了我。中间的位置其实不好，左右都没个依靠，让人睡不踏实。我先洗澡。妻子出差后我一直没洗，但也不觉得怎么脏。郊区的水不错，淋在皮肤上很舒服。我搓自己的身体就像摸条大鱼，我觉得我的皮肤很好。从前和妻子睡的时候，她喜欢在我大腿上摸来摸去，说滑溜溜的，居然没有一根汗毛。我说汗毛都长到她腿上去了。她就说，如果有一个色狼摸黑进屋，肯定会把我干了。她这么说不是怀疑我的性能力，那方面我相当不错。我用莲蓬头冲到那个地方便有异样感觉，这说明它的质量还是很好。我就有点想妻子，觉得她应该习惯我。洗好澡，我便去服务台给她打呼机。打过了才想起她在外地。可是一会儿她竟回了电话，问谁打呼机。我说是我，问她何时回来的？她说还没有回来，呼机是全省联网的，问我有什么事？我说没事，只是有点想她。她停顿了一下，然后说谢谢你。我觉得全省联网的呼机很好，妻子不出省，我就能找到她。

　　这天晚上我有些兴奋，折腾了好久才合眼。我想起妻子的梦境和沈群刚才的梦境，觉得女人的梦境都富有诗意，而且色彩也好。男人的梦过于写实，也过于琐碎。比如现在老罗的梦，和几天前中午的那个梦一样啰唆。环境还是办公室，但他不再是主角。当主角的是老吴，正被那只警犬嗅着。这与现实发生的情况没有区别。有区别的是老吴的表情，变得十分慌张。那警犬还继续嗅着，像古戏中的老生那样绕着我们处长兜圈。老吴额头上的毛孔花一样张开，渗出细密的汗珠，两腿发颤，那警犬便呼地一下扑过去，老吴倒了，我也吓了一跳，我翻了个身，听见老罗悠长地嘘了一口气，一会儿就起了均匀的鼾声。现在我面对着的是白玉才，他口腔里呼出的酒气让我胃不舒服。白玉才的梦境像一张发黄的照片，他的梦居然也跑进去了一条警犬。但那个环境不是办公室，而是他家厨房。警犬在厨房里转悠着，突然对着液化气罐大吠——我听不见，但它确实在吠。于是就出现了两名穿制服的警察，拖出液化气罐，摇摇，是空的，就当即撬开，从里面掏出一包东西，正是钱。这下我着实吓坏了，霍地坐起来，不小心将床头柜上的烟缸碰到地砖上，发出砰的一响。大家全醒了。我打开灯，看见老罗对着空床直眨眼睛：老吴呢？我说老吴不住这屋，空床是留给王林的。老罗含糊地点点头，又躺下了，轻轻叹了口气。白玉才一醒就进卫生间撒尿，撒了好久才捂着胸口出来，说酒喝多了尿也多。这会儿老罗是完全醒了，说厅里这时候让我们处到郊区办班，会不会是项庄舞剑？白玉才就问什么是"项庄舞剑"？老罗很深沉地说：难道是调虎离山？白玉才就试着问老罗，是不是听见了什么？老罗开始分析，说我们处对面就是财务室，因此对财务室的状况比其他处清楚，此其一；我们处的人极少出差，因此有足够的作案准备时间，此其二；我们处没有实权，职务虚，因此就没有相应的实惠，于是饥寒起盗心，此其三。仅此三点即可缩小圈子。老罗这一分析把气氛弄凉了，白玉才平时话多，这会儿是尿多。我也不知所措。我觉得老罗的分析头头是道，但梦里怀疑老吴绝对是个错误。老罗有点自我欣赏地吸着烟，突然又提出一个问题：假如我们中间有人偷了这钱，打算怎么花？白玉才搭了句，说这年头花几万块钱还不简单，几样电器或者装修一下房子就没了。老罗说哪有这种花法的，是伸屁股让人打嘛。白玉才就问那你怎么花？老罗挪挪身子，说先藏起来，等风声过了再花。我便说，五万块钱有一包，藏也是个问题。不义之财，藏哪都不合适。老罗说这好办，我可以藏到沙发里，接着又说不行不行，说电视里抄家搜查都把沙发划破。老罗一时想不起好的藏处，就问白玉才往哪藏合适。白玉才说天花板上怎么样。老罗认为也不行，从下面敲敲，声音不对头。然后又问我可有什么好法子把钱藏起来？我脱口而出：藏到空液化气罐里。老罗一听，立即表态说高明，亏我想得出来。我说这法子不是我想的。老罗便感到吃惊，语气转为严肃地问我是不是听见了什么。我一时无话，白玉才也跟着追问。我往床上一躺还是没说。白玉才又去了卫生间，出来后就把灯关了。屋里比刚才还黑，像个枯井。

没过几天，厅里传出话来：财务室被窃的那笔钱找到了，一分不少地放在财务室的门口，传达室李老头一早便发现，立即报告了厅长。第二天，我们办班结束，厅里来了辆面包车迎接。大家一路上向司机打听详情，司机只强调说肯定是内部人干的。老罗说这与我们处无关，因为我们全体都在郊区，没有秘密退赃的

时间。司机说那也不一定，往返打个的只要个把小时，神不知鬼
不觉。白玉才一听就火了，要司机指出是我们处哪个人。白玉才
是驾驶班的老资格，平时骂司机像骂自己儿子。司机说这不过是
开玩笑而已。处长老吴出来圆场，说钱找回来了就好，不要乱猜
疑。沈群好奇地自言自语，说这钱就像鸟一样，飞过来飞过去，
居然连根毛都没少。王林朝车窗外吐了口唾沫，骂偷钱的人没出
息，既然偷走了就敢一气花掉，竟又退回来。老罗以总结的口气
说：厅长很高明，敲山震虎。

五

　　一个人因为一次意外的车祸，实际上失去了一只眼睛。可是
这只形同虚设的眼又能透视他人的梦境，这无疑是个奇异的现
象，尽管日益发达的科学目下尚无法证明。它存在着，像飞碟一
样。只要在一定的空间里，只要做梦的人与我有关，做到这点很
容易。但是我不好声张，更不便炫耀，因为窥视他人的梦是侵犯
隐私权，甚至是侵犯人权。做梦的人可以在梦中为所欲为乃至违
法乱纪，但看它也是不道德的。如果有一天我当众宣布，我能看
见你们的梦境，我想大家肯定会昏过去。我的某些脑神经可能是
搭错了。

　　不久我发觉，我为此正付出着代价。我能看人做梦，自己却
失去了做梦的权利。我像个馋嘴的孩子看人吃东西，自己在一旁
咽口水。我认为人在梦中，大都是幸福的。我不能做梦，而且在
别人的梦里也没有我的影子。我被遗忘在梦境之外，这似乎不太

公平。最初我试图改变，每天吃一种安神补脑的丸药，夜间不喝茶，以保证睡眠的质量。我睡得很香，但仍然不能做梦。我至多只能梦见几块色彩和柳絮一样的东西。后来我又用胶布粘着虚假的左眼，以此挡住外来的干扰，建筑自己的梦境，结果仍是徒劳。再后来我去了医院，找到给我做手术的那位医生，想得到治疗。他说他只负责缝合伤口，制止出血，至于不能做梦的原因，属于脑神经内科。但他认为我的病例无疑是个好课题，便主动向我推荐了他的一位亲戚，本市的脑神经权威。而且，他们信誓旦旦，决定联手合作。作为患者，我感到获得了空前的尊重。我按照他们的部署行事，接受各种先进设备的测试与诊断，一律服进口药。但是一个疗程下来，我除了睡得更香以外病情毫无改变。这让两个医生很无奈，觉得下不了台。于是他们调整方案，改从心理入手。我需要接受心理咨询。他们提出许多奇怪的问题，比如说在洗澡的时候是不是觉得自己作为男人很伟大？我说不觉得。那么做爱的时候呢？我说也不觉得，只是觉得舒服。他们问我有多长时间没做爱了？我说从三月一日开始。他们问想不想？我说每天都想。他们进一步问我，除了妻子之外是不是还同别的女人有过亲密接触？我说曾经有过，现在连妻子都没有。然后他们就借我一本人体摄影，叫我睡觉前至少看三遍。我突然觉得这有点小儿科。

我中止了治疗，回家静养。这些日子妻子不在家，听不见呼机声和电话声，屋子显得特别大。我每天早出晚归，屋里一点变化也没有，东西都放在原来的地方。天已经热起来，每天都要洗澡。我把水弄得很响，这让我想起童年在河边嬉水的情景，觉得很开心。我家乡在靠近长江边上的一个县城，从前是石板路，雨落在上面能照得见人影。现在都换成水泥的，夏天不能散热，家乡的水泥厂却越办越多。可能是因为这一点，我已有多年不回老家了。另一个原因是我妻子不愿意，她总埋怨县城一过夜里八点就没有了路灯。我妻子祖上是旗人，如果没有孙中山，她现在是正儿八经的格格。我第一次去她家，我未来的岳父一边剔牙一边同我说话，言谈举止都散发着王爷风韵，虽然他至今不过是一名人保干事。我坐在浴缸里，发现水上的身体和水下的身体像锯断了似的，我知道这是光折射的缘故，但我还是觉得很有意思。我就想，如果让一个女人只选择我身体的一半，不知她是选择上半截还是下半截？

这天晚上城市的东北角在举行一个叫作"泼水周末"的活动，可想而知是仿照傣族"泼水节"的，大家集中到一个地方，水可以随便泼，但要买门票。我反正闲着，就去了。那里人还真不少，警察也不少。门票十块钱一张，附赠一瓶汽水。还有押金十块，发一只塑料桶。我刚进门，就有人朝我身上泼水，泼得很多，像是一桶水全烧下来，所以我看不见泼水人是谁，心想应该是个姑娘才对。我便也朝一个姑娘的背影泼过去，她蓦然回头，表情很严肃，我感到有点不对劲，就说了声对不起，走开了。我想不是可以随便泼吗？别人能泼我，我为什么不能泼别人呢？我没了兴趣，就坐到一旁等着别人来泼我。这时听见一个男人在喊我的钱包没了！警察就走过来，问是丢了还是被偷了？男人都点头，一脸的痛苦相。他边上的女人瞪了他一眼，说这么乱的场子你带什么钱包？算了，哪个王八蛋拿了好给他老娘买药。警察就笑着离开了。我也想离开，把桶退了。一个中年妇女对我泼了水，我向她鞠了一躬。从我左边传来一个熟悉的笑声，我侧身一看，竟是我妻子。她怎么又回来了？或者她根本就没走？她笑声朗朗，浑身透湿，一个男人在轻轻对她洒水，手势像神父一样。那个男人我在"葡萄架下"见过。

我回到家里感到有点累，换好衣服，就坐到晾台上。我没有给妻子打呼机。她过得很好，这没有什么不对。世界上没有比把梦想变成现实更幸福的事了，她做到了，说明她运气不错。晾台上很舒服，月光朦朦胧胧的，生出一片烟霭，有点像被风吹散的炊烟。城里是没有炊烟的，我记忆中的炊烟在山里。

我决定请假去山里住些日子。今天一上班我就写了请假条。老吴看了，一口就表示同意。但他的权限只能批三天假，逾期需要找孔副厅长。大家听说我要离开，又显出关心的样子，问是不是旧病复发。我说是。我说好像越来越重。老罗就感叹了几句，提出吃一顿，欢送欢送。王林说请假不是调动，谈不上什么欢送，吃一顿无非是叙叙友情。白玉才便准备去订台子。我挡住他，说近来肠胃不好，不想吃。说完，我就去找孔副厅长。沈群跟着我出来，在走廊上很神秘地问我要不要她出面？我看看她，好像一下明白了她为什么要爬梦中那棵树。我谢了沈群，表示自个去找就可以了。

　　孔副厅长的办公室门虚掩着，我轻轻推开一点，看见他正帮小郭鉴定项链，说成色很好，分量也足，问是不是定情之物？小郭就扭了一下身子。孔副厅长说小郭的颈项戴这种项链非常合适，既有富贵之气又不失典雅之风。接着老人又感叹一句，说他要是有个儿子，非娶小郭当媳妇不可。小郭就又扭了一下身子。我记得孔副厅长有个儿子，是第一个妻子生的，一直不来往，但这不等于说没有儿子。现在孔副厅长又离婚了，我想他不久又会结婚的。如果是和沈群，我总觉得后者有点亏。至少是睡不好觉，像孔副厅长这种老牌前列腺患者起夜的次数不会是一位数。我没有进去，不想破坏那个乐融融的气氛，打算吃过午饭再来。我回到处里，沈群低声问我：他在吗？我说不在。我不知道为什么要这么对她说。沈群说他这人很好，会准假的。我点点头，开始收拾桌面上的东西。

　　到了中午，我又去找孔副厅长。门还是虚掩着，他躺在沙发上打盹。可能是喝了点酒，脸色泛着红晕。我站在门口，不知是进是退，就挠挠头。右手挡住右眼的那一霎，我看见了他的梦。我索性搭住右眼，那梦便完全清晰了。他在同一个女子拥抱，手藏在裙子下面。那女子扭了扭身体，不是沈群而是小郭。我放下手，敲了敲门，好像敲得很重。孔副厅长醒了，问我有什么事？我递上请假条。他随便扫了一眼就拿笔批了同意，然后说他中午喝了酒，头晕，想睡一会儿。我就离开了，随手带上门。我感到有点抱歉，不该将他从梦中揪出来。他那样的年纪还能做那样的梦实属难得。不知他能否续上那个梦。

　　我把批过的假条放在老吴桌上，对室内环视了一下，觉得上下左右大大小小都是平面，没有立体感，也没有曲线。我突然就很向往山里。我安静地吸着烟，想留张条子给沈群。我写下"当心老"三个字，然后在"老"后面用烟蒂烧了一个洞。这样的表达，沈群或许能看明白。我把条子压在沈群的玻璃台板底下，然后就离开了办公室。我的脚步在走廊上拖泥带水地响着。经过文印室，我敲敲门，小郭不在。我又写了张和沈群一样的条子，又同样用烟蒂烧了个洞，塞进门缝里。

　　我没有回家，直接去了长途汽车站。人很拥挤，空气中夹着狐臭味。我买好票，坐在水泥台阶上吃西红柿，打量城市的天空，似乎在等待着一只鸟飞过。我等了好久，没有鸟。

六

　　二十年前我来山里插队当知青。那时我十六岁，矮小的身体肩着一担行李，在雨后的夕阳里于山道间晃动。我穿着一身仿制的军装，戴着一顶真实的军帽，营养不良的脸上浮动着莫名其妙的兴奋。现在我又来了，两手空空，像城里的一名采购员那样东张西望，却没有人认识我。在村口，我拦住一位年轻的媳妇，问从前这里可曾住过一个知青？她说有，准确地说出了知青的姓名。那时我还是一个孩子，她说，我喜欢听他弹琴，在月亮下面。我摸摸下巴，这才觉得时间真的过去了好久。年轻媳妇领我在村里转悠着，询问从前那个知青的长长短短。你和他是好朋友？他现在好吗？他老婆好看吗？他孩子有几个，多大了？他怎么不同你一道来玩？他不是喜欢去岭上看炊烟吗？我含混地做了回答。他现在好吗？我不知道。不久我发现了我住过的那个屋子还在，原先是队屋的披屋，置有农具和氨水坛。最里面隔断一截，给我做房。从窗户往里看，我用过的床、桌子都还在，布满了迷彩服般的青苔。这让我很高兴，涌出了一种类似革命家的激动。我问年轻媳妇，这屋子现在归谁？她说还归公家。我就请她帮我找来公家人我想住这屋，我说。她就笑了，两眼弯得如眉毛，说这屋子很脏，而且还闹鬼——村里"老人"，都在隔壁开会说书。你怕不？我说不怕，并拿出十块钱放在她手上。

她看了看我，不再言语，也没要钱，没多会儿领来一个穿海魂衫的男人，说这是村长。我递上香烟，村长边吸边打量着，又作了些简单的盘问。村里好屋多的是，怎么就相中了这间老的？我说这屋位置好，可以看到山岭和河流。你和那个知青是什么关系？我说从小一块长大，一块读书，后来又一块……没等我说完，村长便表态说每晚二十块，铺盖得另租。年轻媳妇说她家有。这样就成交了。我预付给村长一百元，村长说会计出差了没有收据。我说不要收据。村长就笑着交出钥匙，吩咐年轻媳妇帮我好好打扫一下。

年轻媳妇手脚麻利，不多会儿工夫就将屋子收拾干净。她替我铺上竹席，又拿来一整套生活用品和几盘蚊香。潮湿在这个季节转为阴凉，我用二十年前用过的铁锅烧了开水，仍然嗅出锅巴的香味来。我沏好茶，盘腿坐在床上，床板很硬。我想同年轻媳妇多聊上一会儿，但我无法认清她是哪家的闺女。当年我时常在月下抱着一把月琴拨弄着，周围围了一圈孩子。他们叫我"下放学生"。下放学生你想家吗？下放学生你会烧锅吗？城里有蚊子吗下放学生？下放学生，有人找你呢——在那个似乎并不遥远的夏夜，童音之后是一个紫色的身影，是另一个下放学生，女的。于是孩子们鸟一样散去，我赶紧穿上了背心。

我从公社看电影回来，她说，我听见了你的琴声，就……我在你的邻村。

我进屋给她倒水，请她坐到竹床上。她梳着两条齐腰的辫子，穿一件紫罗兰图案的化纤衬衫，可我无法看清她的脸。此刻我努力回忆着，我的眼前仍只有暮霭一片。我想问边上这位年轻媳妇，可曾记得那个月夜来自邻村的女下放学生？但是我没有问。那时她才几岁？我便沉默了，年轻媳妇仍在讲从前的事，又说她每天黄昏喜欢去岭上看炊烟。炊烟好看吗？她说好看。

我说我也喜欢看炊烟，我现在就去岭上。

岭上空气真好。这种空气城里无法吸到，久违了。我从马尾松间走过，去接近两棵形容憔悴的桑树。然后我见到了一块黝黑的石头——那是我坐过的石头么？它像一块煤，不过觉得长大了。我愉快地坐上去。我的手摸着它光滑的表面，石头余下的半边温热，像人的体温。我就有些奇怪：谁刚坐过？望望四周，只有树。不久岭下的炊烟四处升起，袅袅的，先是笔直升高，再散开，彼此融为一体。我很痴迷。在炊烟形成的暮霭中，我看见了群鸟的行姿。但是，我的左眼忽然有些疼了。接着一件不可思议的事再次发生：我看见石头上有一幅图画，笔画简单明了。画着一间房子，房后有树房前是河房顶上升着炊烟。起伏的山脉是背景。天空挂着一弯下弦月。我很喜欢这种朴素的图画，但从痕迹上看，它已有了历史。我不明白雨水和风怎么没有抹去它。或许它被抹去了——我用右眼去看时，它便消失得无影无踪。哦，这是属于梦中的图画，我终于想开了。

我就这样带着这简单朴素的图画走进了梦境——这真让我激动，我又拥有了做梦的权利。陌生阔别的梦此刻就匍匐在我的枕上。我的梦境虽然没有人物，但已有声音，是一个女声在喊月亮。我听得真切，这是她的声音，那个半夜来访的紫色身影，与三月一日那天我听见的是同一个声音。我被这好听的声音唤醒，月光在二十年后重新落到我的床头。我出汗了。我用凉茶漱漱口，走出屋子，便踏进了如霜的月光。村子很安静，不时自岭脚传来水响和狗吠。稻场上有几个男子睡在竹床上乘凉，鼾声错落有致。庄稼人也是有梦的，可我现在已无法看见，因为我自己的梦又回来了。我好轻松，好欣慰。我已经听见了梦的声音，离我那么近，可我还是抓不住它。汽车没有碾碎我的梦境。在这个乡村的夏夜，渐渐填满我胸口的最后是忧伤。

我每天黄昏都去岭上看炊烟。我总觉得，那块煤一样的石头上留有她的体温。她在我身边？一连几日她都在我到来之前匆匆离去？我抚摸这石头，有一瞬，我忽然觉得是在抚摸她的膝盖，我的心跳加快，我的左眼越来越疼，我想喊一声，可我已忘却了她的名字，飘浮于眼前的仅仅是那紫色的身影，我看不清她的脸！或许，我该离开了。时间久了村里人会认出我，我不希望这样。如果明天不下雨我就准备回故乡去看看年迈的父母。今天是最后一个黄昏吧，岭下的炊烟不好，让风吹散了。我放平身体，躺在这块黑石上，不久睡意在凉风中渐渐浓起来。我确实有些累了。

后来一个女孩躺到了我身边。她梳着两根短辫，穿一件碎花的短袖和一条肥大的军裤。她说她十八岁，和我同年。我就感到奇怪，我生于一九五七年，现在是一九九三年，应该是三十六岁才对。她说我错了，今年是一九七五年。见我困惑，她便拿起我的草帽，那是不久前公社发的，上面印着"广阔天地，大有作为"和"一九七五"。草帽的边沿有我姓名的拼音缩写，确实是我的笔迹。那么，我这样问她，你又是什么人呢？她没有说，很失望地看着我。就算现在是一九七五年，是十年前，我们到这块石头上做什么呢？她说看炊烟，我们已看了两年。她进一步强调说：今天的炊烟最好，像梦一样。我说难道现在不是梦吗？她摇摇头，然后小心地抚摸着我的身体。我渐渐地感到，我的身体是结实的，胸肌和腹肌都不错，这显然不是现在的身体。我开始有点相信了，她抚摸的是我十八岁的身体，但她的手突然在我腹部停下来。她说，我有点怕。她问我们能这样做吗？我对她说，如果我们想这样做就能这样做。我问她想不想？她犹豫了一会儿，点点头。她说她是第一次。我说如果我真的是十八岁，那么就一定是第一次。我们就无师自通地做了。她的血滴在石头上。

她说有点痛。我说以后就不痛了。她问我们有以后吗？我说有，以后的时间很长。她便紧贴着我，说我们可以不回城，就在这岭下盖好房子成家。房前有河，她每天在活动的水里洗衣淘米。房后栽树，最好是樟树，风一吹满屋子都香。然后我们生两个孩子，一男一女。我打断她，说两个孩子嫌少。她说那就三个，两男一女，总之女孩只能要一个。我问为什么，她说女孩多了会不金贵。起风了，她说她会扎风筝，以后让我带着孩子去田野上放。我说我一定把它放得很高。我替她盖上我的衬衫。她说我穿这种带条的衬衫很好看，像水的波纹。我说我喜欢水和水做的人。我们就这样躺到月亮爬出山脊。我告诉她，我的乳名就叫月亮。她就乐了，问我生下来的时候是不是没有头发？我说这可能是一个原因，另一个原因是预示着我在十八岁这年，会遇上一个像星星一样的女孩，现在我果然遇到了，我相信我今夜是十八岁。她便对着我的耳边连唤了三声月亮，天突然白了。

七

我在岭上度过了我的初恋之夜，那不是梦，而是重现。那时我十八岁，十八年后我又享受了十八岁的欢乐，那是真正的欢乐。我说不是梦，因为我虚设的左眼能看见石头上的血迹还在，呈现着灿烂的颜色。露水只能打湿我的衣裳，时间也只能改变我的面貌。村里人已认不出我，认识我的是这块石头。现在，我要动身去找那个呼唤月亮的声音了。我相信我能找到。我去乡邮政所给当年的一个知青挂了长途电话，打听她的下落。那人曾是知青干部，我们相处还不错。他说你们后来没联系吗？我说没有。我又说这很可耻。他就叹了一口气，说人生哪人生。然后他说，

　　她在我上大学的第二年去了师范，毕业后大概分在长江下游的一座小城。我谢了他，放下话筒便搭上过路的货车。在一个镇子，我又改乘去那座小城的客车，那时天色已晚。车上的乘客不多，都是去那小城的。司机一路疾驶，说这段路很老，解放前就有劫匪。大家便不说话，也都不敢合眼。外面的月光还是很好，我就把手伸出车窗。我的手被月光染得斑斑驳驳。车行大约七小时即到达江边。没有大桥，过江得靠轮渡。乘客纷纷下车，立在甲板上看翻腾的江水。我也在看，突然迸出想跳下去的念头。我不知道在这湍急的江水里将会怎么样。我一定会喝很多水，但这水越来越脏，不能喝。从小我就认为水是自天上来的，无论是雨还是雪。水落下来那么干净透明，怎么一到地上就变得这么脏呢？江面不宽，轮渡半小时便靠岸了。汽车继续行驶，很快空气里就散出了焦煳味。我知道离城近了。

　　我在小城的街道上闲逛了一会儿，天便大亮了。到了上班的时间，我去了市教委人事科。我说明来意，接待我的人就显出若有所思的表情，但还是表示想不起我要找的人，他说全市的女教师很多。问其他人，也都想不起。我于是请他帮助查阅一下教师登记表。他犹豫片刻，说要交五十元手续费。我当即就拿出了钱。结果却令我失望，现任教师登记表上没有她的姓名。那人就安慰我说可能是调走了，不在册，我来迟了。我确实来迟了。我茫然回到街上，不知该往哪个方向去，就看了看树梢，风往西南吹，我决定随风而行。城市的模样大致差不多，除了橱窗就是广告，再加上汽车，区别不过是大小多少。我自然会走出城去。我望着天空，看着它慢慢变出一点蓝来。后来我又从这浅浅的蓝色中看见了一只奇异的风筝。

它只是一双翅膀，不与任何形体相连。它是白色的，你可以认为它属于天使或者天鹅，也可以属于海鸥、鸽子和一切白色的飞翔物。但不属于飞机。在那个吹西南风的上午，我不经意地看见了它，突然产生了不祥之感。我觉得一件事可能已经发生了。这是她的风筝，我离开山里进城上大学的那天，是它送我翻过了梅子岭，那天也吹西南风。

顺着线找过去，放风筝的是一个女孩，大约十来岁。我对她说，你的风筝很漂亮。她就偏了一下头，说这风筝是老师替她做的，做了好久，一直没有时间放。女孩说城里没有放风筝的地方，现在放暑假了，她可以经常骑车到郊外来。我说这风筝很有意思，就一双翅膀，猜不出长在什么东西身上。女孩说，这是梦的翅膀，老师是这样讲的。我这才觉得自己好愚蠢，然后问女孩，谁是她的老师？女孩报出了一个名字，正是她！但我有点困惑，怎么教师登记表上找不到这个名字呢？我问女孩，可不可以领我去看望她的老师？女孩说不可以。女孩两眼泪汪汪地说：老师死了。我哦了一声，又抬眼去看天上的翅膀。我听见女孩说，月亮升起来的时候，老师便合上了眼。女孩说那天下着雨，并没有月亮，可老师说她看见了，还喊了一声月亮。我问女孩，那天是哪一天？女孩说：三月一日。

一颗眼泪自我左眼渗出。然后我对自己说：我慢了一步，三月一日。

流动的沙滩

人们对于任何东西都没有十分的把握，我们始终在流动
的沙滩上行走。

——克洛德·西蒙

说明·新小说

《流动的沙滩》是一部关于遐想的妄想之书。书名出自以上
那句法国人的话是很显然的。我不懂法语。电视里法语教学节目
给我的印象，首先是它的书写形式和英语德语差不多，用的还是
古罗马人遗下的文字；其次是它的发音没有脾气，软软的。据说
对情人说话用法语最恰当，我不怀疑这点。

引文来源于一九八二年秋天西蒙在纽约大学"新小说"讨论
会上的发言。是最后的一句。值得说明的是，中译者实际上遣用
了"前进"而不是"行走"。我擅作主张进行了改动。我不喜欢
"前进"，并非因为这个词具有政治色彩而在于它的方向性。所谓
行走在我看来是毫无方向的漫游。在无路可行的情况下我们还可

以调过身子再往回走。我以为这样好一些方便一些所以我不是篡改。西蒙还活着，在东比利牛斯省佩皮尼扬附近的小村庄萨尔塞斯修剪自家的葡萄，考虑怎样去花掉一九八五年从斯德哥尔摩拿来的几十万美元。

还必须说明，《流动的沙滩》不是我的作品。它的实际作者是一位看上去还算健旺的老人。在不远的一个夏日黄昏里，他以不披露姓名为条件向我谈起要撰写这本书的计划。我们谈了很久，但他只是说了书名。如果没有意外的事发生，那本书至今仍在老人脑海里漫游。这次谈话的另一个主题是"新小说"，一个极不严密并且也很空泛的概念。老人说，它的提出基于对巴尔扎克和斯丹达尔一伙的反动。同时一家叫作子夜的小出版社网罗了这些文学的叛逆者，集中出他们的书——那是些白皮书，加上一个蓝线边框，封面中央有一个蓝色的"M"——法文 Minuit（午夜）的缩写。"但是有的作家，比如玛格丽特·杜拉斯，对这种沙文主义倾向的归纳不以为然甚至反感。"老人进一步指出："以罗伯·格里耶为首的几个作家为着他们共同的利益四处摇旗呐喊，使这个概念慢慢变得不那么讨厌。"老人的口气傲慢从容，似乎对谁也不买账。他声称三十岁前后就研究过所谓的新小说。他把这段历史视为"错误"和"不懂事"。他说罗伯·格里耶本身就是个谬误，走着一条"理论与实践相背离"的交叉小径，按照中国民间的说法，即"说是说，做是做"或者"言行不一"。"一个优秀的小说家是不能打着理论的旗子行走的。"老人批评道。他认为罗伯·格里耶应该放弃制作小说的权利，改行一门心思去弄电影本子。因为那个《去年在马里昂巴》使"新小说"度过了阴冷之年。然而这也不过是证明"电影拯救了新小说"。

我当时的感觉是，老人不是坐在沙发上而是坐在祭坛上。那一刻我把他看作权威的化身。这种崇拜起源于我的妄自菲薄。我认为这也是在所难免的，时代需要偶像。在离开他的寓所时，老人按着我的肩头说："年轻的时候，我干了许多蠢事。写小说是其中之一。"

我说，按照您的意思，《流动的沙滩》自然就不属于小说了。"那是一本什么样的书呢？"我发自内心地加了"呢"这个语助词表示我的天真可爱和我的虔诚。

"一本说不好的书，"他说，"你可以把它看作更换电话号码的通知或者使用新型卫生巾的说明。一种读物而已。"

流寓南方

南方永远是神秘的。这是我的祖先最后的遗言。我的祖先在人类处于蛮荒时代开始进入中原。他们习惯在门前的一条大河里撒尿，然后又饮这饱含尿汁的水。这水是圣水。在战争和疟疫间歇的时间里，他们劳动、交媾、研究星相学和巫术。群居的传统培养并维护了朴素的民风，偶尔为争夺一个女人血刃相见也不会妨碍他们的友谊。他们不喜欢杀人，轻视暴力。但又爱好用异邦俘虏的血酿酒，以这种方式使生命得到延续。然而死亡永远超过新生。一千年后的一个深夜，空中落下一块灿烂无比的石头，部落亮如白昼，公鸡提前三小时啼鸣。陨石迫使那条大河改道。于是我的祖先随着羊皮筏子开始了一场史无前例的大迁徙。他们像大雁一样接受自然和时间的约束逃亡南方。

我的祖先从此落入南方的陷阱。在光阴轮转好多圈以后，我诞生了。我实际上是在迷宫里诞生的。那个夜晚，接生婆被我的啼哭弄得手舞足蹈，浑身喷发着钢蓝色的光焰和酒香，最后像一片叶子似的随风飘逝，落到远方的水里。随着时间的推移，她的葬身之地形成了一座风光秀丽的岛屿。

这个传说最先出自一位独眼的巫师之口。他告诉我，接生婆就是我的母亲，人们把她当作艺术的化身。据说她是用牙齿结束了我与她的联系。在我的腹部至今保留着五颗牙印。我之所以称她作接生婆而不叫她母亲，在于我们之间的另一种联系也失去了——奶。浅黄色的细流，生命之初所需要的肥料。

我是男人，但我也是水制成的，连姓氏也与水有关。我的汗腺发达，小便也多，习惯在雨中徜徉，不打伞。从三岁到十三岁，我经历了九次生命风险八次是在水里。然而我有一种预感：我自水中来，最终会回到水里去。我现年三十三岁，正处于生命的圆心位置；就是说我还有一个半径的路要走，大限还早。

在流亡的日子里我每天为黎明祈祷。你也不妨看作我是在祈祷黄昏。照片上看不出这两种时刻的差别，同一张照片可以把日落日出随便更换。这很容易。

我的逃亡生活一般是在夏天进行的。夏天与我的小说有很大关系。我在夏天里杜撰夏天的故事——我不知道自己为何选择这个令人不安的季节作为小说的底色。我本人与夏天没有重要的联系。我生于秋天，也是在秋天里恋爱以致她人受孕的。

很长一个时期以来，每天的后半夜我开始失眠。换一种说法，是我醒得过于早了。我躺在床上不自觉地把自己的生命检查一遍。那感受像在翻一本尘封已久并且无头无尾的书。其中毛病很多，其中漏洞很多。在月光朦胧的时刻，我能觉察到自己末日的情形，垂死的形象和挂在门后的脏袜子一样地令人生厌恶心。但我不沮丧。我觉得那时候真正的我已如一缕青烟飞出了窗棂，追逐云彩，然后进入另一个青春的身体——于我完全是陌生的。这个陌生的青春之躯载着我的灵魂继续在大街小巷行走，抽着我喜欢的国产香烟，把双手放在裤袋里，与异性作广泛的但又是一般性的交谈。不同的是鞋码。我仍然活着。我的那具不堪入目的躯壳留着应酬他人悲伤或者不悲伤的眼泪，接着送入火化炉，再掏出来填进小盒子，作为家族的一件古董。也许那天我也挤在送殡的行列里故作肃穆，对我从前的躯壳投上忧伤的一瞥，只是谁也不觉得。

这种感觉，在我很小的时候（可能是第一次想到死亡的时候）就很自然地形成了。昨天夜里我靠在枕头上吸烟，设计弥留之际的语言以及用哪种方式完成最后的仪式。想了很久没有想好。拂晓时分一只黑鸟从南窗前掠过，我想这是个暗示。我于是起床了，推开窗，微带咸味的海风使季节的界限变得模糊。这个时候，对面的窗口还亮着灯。老人在写作。不过很快就熄了。

我已经说明《流动的沙滩》是老人计划要写或者正在写作中的书。我们是在船上邂逅的。当时那条叫作"迷惘号"的客轮在经受海上七级大风时出现大幅度的倾斜，因此使两个陌生的旅伴相遇，之后是一见如故成为忘年的朋友。直觉让我相信我们都是流亡者。选择南方则完全是命中注定的事。在海上漂流两天两夜后，"迷惘号"于第三天的黎明接近了一座岛屿，它的轮廓像一只丰满的乳房。船长是位粗犷又不失洒脱的中年男子，显然是个把海当作情妇的家伙。他熟悉这一带的海域情况就像熟悉女人的身体。"差不多每次航行都这样，"他叼着雪茄说，"总是在遇到麻烦事以后才顺利起来。"他还声称在近二十年的航海生涯中从来就没有使用过罗盘。"我凭感觉领导航行。"他骄傲地宣布。对这种吹牛的表白起先我不以为然。可他说的是事实。当我踏上这块奇异的土地时，才意识到这正是我想象中的岛屿。而且我发现，几乎所有的旅客都在欢呼。大概只有老人的眼神出现了一瞬的惊讶。

他说："我好像故地重游了。"

岛屿或山巅

那时候岛屿是山巅。那时候我比你现在还年轻。我从很远的一条大河边走来，寻访高山崇岭。那时候我把登山运动看作欲望和意志的锻炼。我腰里别着一把精致的铜刀，整天在山与山之间漫游，但我不喜欢名山。

这地方我印象中是来过的。我甚至记得，那是个雨夜，天空不断破裂，红色的伤口灿烂无比。在山腰上我不小心跌了一跤，一位瘦小的守林人把我搀进了他的小木屋。我注意到在木屋的后面有一株高大的银杏树，它的年纪至少有一百岁。守林的人是个哑巴。他用眼神和手势同我交谈，我们谈得很好。他“告诉”我，那棵银杏树是他出生的那天突然出现的。这就是说他已活过了一个世纪。可我觉得他并不苍老，食欲也很旺盛。我认为他的“话”是值得怀疑的。后来我隐隐约约地知道，他好像在写一本书。那些桦树皮裁得非常整齐，压在他的枕下。这天晚上，我尝到了几样野味山珍，又喝了不少守林人自己酿制的山芋酒。雨声小的时候，我睡了。

第二天我醒过来发现自己是躺在一条无舵也没有浆的小船上。守林人不见了，一只水鸟停在船头，用奇怪的眼睛打量着我，然后飞去。我很惊慌，接着检查随身携带的东西：铜刀不见了！我立即跳到水里，用了整整一个上午游上岸，我要找到那把刀。但是我脚下有三条路。我向一位匆匆过路的青年人打听那座山。他好像根本不懂我的意思。他笑着说：这儿没有山，只有岛。不久一位老妇又告诉我：这儿从前到处是山。我非常诧异历史一瞬间的千变万化。在我看来，所谓从前不过是昨天发生的事。我依稀记得，在梦中我听到了一阵阵哗哗响。很长时间后，我又在梦里见到了那座业已成为岛屿的山巅，在蓝色的汪洋中沉浮涌动。那棵银杏树还在，似乎和我第一次见到时差不多。但我没有发现那把铜刀。

老人的叙述至此出现了停顿。他的面色像大雨间歇时那样的阴悒。他为从前遗失的铜刀惋惜这我能看出来。而且，我可以想象出那把刀的样子：有一尺长，三寸的柄上刻着一个两面的人

形。没有血槽，因为它不是暴力的道具而是一个民族的具有图腾
性质的饰物。这无疑是一件珍贵的东西。然而我又担心想象的东
西会变得货真价实，那样的话，老人将视我为窃贼的后裔。他会
一口咬定我是那个哑巴守林人的孙子或者曾孙。

上岛时我就注意到老人忧心忡忡。岛上奇异的风光以及楚楚
动人的公关小姐并没有引起老人的兴趣。他像在梦中跋涉一样气
喘吁吁。"我感觉是在登山。"他说。

岛屿是美丽的，仿佛一枚别在大海胸脯上的宝石胸针。所有
的建筑，包括车棚和公共厕所，都是白色的。因此给人以清凉之
感。老人由于身列当代名流被安排在一幢圆形的别墅里。我住在
他后面的四层楼上，是一个单间。我通过朝南的窗口可以观察老
人日常生活的一半内容。我发现，我们的起居有相似的规律。比
如说，我们夜间就寝都比较迟，一般在翌日凌晨的一点与两点之
间。我们几乎在同一时刻熄灯，又几乎在同一时刻拉开窗幔。我
向前看的时候他正好向后看。我们彼此点头示意。

那棵长命的银杏树还在。从上岛的第一个黄昏起，老人便去
树下踱步，神情显然是在寻找什么。一开始我并不真正清楚他是
在找一把铜刀。有一天，我发现了银杏树的身上有一道很斜的刀
疤。岁月使刀疤向内翻卷，很像一只缺少瞳仁的眼，茫然注视着
海。刀疤的表面呈绿色，似乎染了铜的氧化物。这种启示勾起了
我少年时代的一个噩梦：一把铜刀正悬在我的头顶上。在我成人
之后，这把刀便以蛇的形态向我爬来。

"那把刀是我的祖先传下的，"老人感叹道，"我母亲临终前

交给了我。她让我随时带着，说能避邪。"

我说："如果知道以后的结局，倒不如把它送给别人，最好是女人。"我不知道我为什么要这样说，有点信口开河了。按照弗洛伊德的观点，口误是受潜意识支配的。但我现在这样说，是受到了树的启示。银杏树由于雌雄异株习惯被人们看作性爱的手势。我觉得，老人欠下了一个女人的债务，要不树上是不会有刀疤的。当然，我只是觉得而已。我的插话很不明智。可是老人做了这样的回答：

"我曾经这样考虑过，把我心爱的刀送给我同样心爱的女人，但是上帝不允许。我的愿望实际上已成为梦想，除非有一天岛屿再变为山巅……"

小说者言

我是个小说家并且自认为是一个还地道的小说家。但是我说不好什么是小说。

既定的事实表明置于"小说"之前的以形容词充当定语的小说概念已开始淹没小说的自身。这个现象不好也许很好。

相当一个时期以来雅各布森的理论使得一批小说家大出了风头。因为这些小说家们自己说不好的事全被批评家们整理得井井有条。他们为自己的劳动同一个流行的理论有关联而得意非凡，这也是自然不过的事。

我习惯站在理论的反面，这不是轻视理论而是害怕理论。在我看来理论总让人遭灾。

一些有识的朋友在不屈不挠地从事废除小说法则的工作。我还弄不清楚这种工作的实惠所在，但我知道创造是愉快的。我不喜欢针对创造加以动人的修饰。所谓"先锋"所谓"前卫"听起来有点像一个夜间独行者在吹口哨，自己给自己壮胆。说今年是某某之年也同样是令人作呕的。有人把几千年出土的东西用丙烯颜料临摹一遍便冠以"前卫"称号，实际是"后卫"。

我赞赏用刀子朝词典里随便捅一下就产生"达达"响的潇洒之举。还有"这个人很像我的舅舅奥斯卡"。

我选择写小说这个职业与我的胡思乱想有关。我觉得在小说里胡说八道至少不会触犯法律。我在小说里做一些生活里不敢做的事，比如同时爱上一百个女人。另一个原因，在于，我可以目中无人，甚至敢同任何人反目，包括权威大师。谁也不会把你硬按在一位大老爷膝下作揖。

我于是就这样写起了小说。我的小说和我这个人一样不知天高地厚。实际上我和别的作家大致差不多，比如每一自然段开始得空出两格不写。我当然也需要构思，需要人物在中间走来走去，需要风景、性和眼泪。我的全部努力同样是在追求真实。一种奇异的真实但它的本质相当朴素。从一个父亲的肛门里抽出一根镀镍的拉杆天线是令人无法相信的真实。可我确实写过这种事。了解我的读者会在我的一部叫作《省略》的中篇里注意到这个细节。这篇被来自青海果洛的一位杨姓读者之为"凉拌猪头肉"的东西发于一九八九年十月号的《作家》杂志上。这个细节最初起源于梦中的一片风景。很简单。我们有理由把梦看作所谓的"超现实"。另一种更自信也更自然的说法是，它就是现实。我们都一样向往未来向往更实惠的日子。未来的日子里我们整饰自己也许可以不用梳子、牙刷和系列化妆品，也许得用钳子、螺丝刀和扳手这些小五金。我们可以根据需要随便拆洗身上的零部件，甚至把自己一分为二：让一个我满怀激情地躺在席梦思上去和别人造爱，另一个我则去海边散步作伏尔泰式的思考。

一九八七年十一月二十八日深夜，我安静地度过了三十岁。那夜没有月亮。我破天荒地喝了两杯白酒。一会儿有了敲门声。进来一个看上去马马虎虎的男子。他呼吸短促，面颊泛红，仿佛自天边赶到这里。我根本不认识他，而且对他随便拿我收藏的好烟抽以及乱翻书柜表示反感。我想问他是不是敲错了门。我又想刚才我并没有去开门，我的门是双保险锁，这个陌生的闯入者是怎么进来的？"我带着钥匙，"他说，"我觉得我们还是应该心平气和地谈谈。我叫潘军，你可以认为我是一个浪迹天涯的漂泊者。"

"你是不是想同本人争夺生存权？"我不屑地说。

这让他很悲愤，终于振振有词地指责我用虚构的方式让他时隐时现是"不公正的"。"从某种意义上讲，我比你更真实，"他激动地说，"这是不需要用户口簿和身份证加以证明的！"

他的话也许是对的。这个晚上我寝不安席，感受到前所未有的孤独。我开始怀疑身上的胎记，担心被水洗掉。我不知道躺在床上的是我还是他人的依托物。我思索了很久，觉得通过小说是做出判断的唯一手段。一个我在灯下写作，随之出现的是另一个我。

我决定在岛上完成《流动的沙滩》。我是个记忆系统十分糟糕的作家，比较适合叙述"没有十分把握"的事。我承认自己套用了一个老人的书名。仅仅是书名而已。我好像很蠢是吗？其实我心中有数。我有一种预感，老人很难把他的书写完。他不会活得很久。我的意思是说今后不会出现两部《流动的沙滩》。这本书的作者是一个现年三十三岁的男人。

我将成为胜利者。

老人自述

我不是个老人。年迈的里根当年竞选美利坚第四十届总统时就申明，他不是个老人。"我坚持性交。"他说，表述得十分精彩。我也是。不同的是里根针对的是女人，而我面临世界。我每天跑步、吃素，尽可能减少吸烟量，我热爱旅游，希望在经纬度上跳来跳去。

三十岁之前我是个懒惰的小说家。同时又雄心勃勃，认为资格不比塞林格差。每次接到一个国际长途，我都觉得是通知我到斯德哥尔摩去领一份不义之财。钱是个好东西。对待这个问题我和萨特不一样。萨特以"拒绝一切来自官方的荣誉"为借口使该他拿的那一笔款子黄了（实际上他想拖着肖洛霍夫一块领）。但是后来萨特又后悔了，又想伸手，不过钱已经没有了。这不是据说，可以作证的是一位叫辛格的用意第绪语写作的小说家。这位犹太人懂得实惠，深信钱比政治重要，因此一九七八年他获得诺贝尔文学奖时神采飞扬。

曾经有一位艺术家朋友劝我尽早放弃汉语，而用英语或世界语写作。这的确是个不坏但过于天真的想法。我不行，因为我本人也是汉语的一部分。一个人很难背叛他的影子。

我的写作生涯枯燥。我写过谁看都懂和谁看都不懂的两类小说。这也可以看作我前半生的历史。女人和酒是这部历史的插图。我爱女人但不愿意收藏她们，我不喝酒但喜欢收藏酒。二十九岁那年我出版了第一本小说集子，名字要多庸俗有多庸俗，这个责任在于出版商生财的谋略。第二年我写了第二本书——那是个近二十五万言的长篇，写的是一场灾难但取了一个气象学上的名字。由于这个原因使得订数很惨印刷周期一拖再拖。《流动的沙滩》是否可以当作小说或许还要讨论。如果是，那也是基于批评家的需要。我要重申，这至少是一部有点意思的读物。在这座岛屿上来写这本书看来是命中注定的事。

我喜欢岛上的一切。这个白色的寓所简直是按照我的臆想设计的。我可以随心所欲地过日子。白天的时间我一般用来散步、接待来访者，有时候也看一点杂书。黄昏前去海边游泳。我写东西都是在人们睡熟之后开始的，我讨厌在别人的监视下做这件可笑的事，虽然我的屋子里并没有第二人，但我感觉到窗外大睁着不怀好意的眼睛。所以说自然界的一切动物，包括人，都有自己生存的方式。我的习惯实际上是为了寻求自我保护。世上的事都不是无缘无故的，都会有交代，有着落。小时候我总担心屋后的小河有一天会被水涨满，我不知道水会流到哪里，害怕把世界淹没。我不知道蚂蚁靠什么维持生命，为什么糖放在任何地方都能把蚂蚁们招来。而穿山甲怎么能吃到那么多的蚁蝼。人的担心总是多余的，说明人对这个世界实在太不熟悉了或者由于自信养成了狭隘和偏见。

我们是不是先聊到这儿？

徘徊的黄蝴蝶

第二天早上，我在海边期待日出，遇到跑步锻炼的老人。他的气色很好，外人能够相信他目前还滞留在青春的斜坡上并且拥有一个完整的世界。然而我觉得，这种表象是虚伪的。人世间什么都可以掩饰，唯独生命不可以。他已经衰老，甚至是过于衰老了。其原因是他在女人身子里忘乎所以。从步入中年起，他以鳏居的名义四方求爱，以性爱保持生命的活泼。他曾经结婚，他的妻子是无法忍受他晨昏颠倒般的自言自语才与他分手的。我想这有可能。

我们顺着环岛的小路走着，观赏剑麻和仙人掌。太阳没有按时升出海面，海依旧很蓝很蓝。不久我们发现海面上盘旋着一个黄色斑点，蓝黄是对比色，因此我很快分辨出那是一只漂亮的黄蝴蝶。我知道，它是来看望我的。多少年过去了，无论我走到哪里，它总是追随着我，就像从前我追随它一样。现在我格外地相信这一点了。

"还是那样漂亮……"老人叹息道。

"你是说黄蝴蝶？"

"是的，黄蝴蝶。它在我记忆里栖息，舞蹈，使我年轻。"他点上香烟。

坦率地说，他的谈吐并不能够吸引我。但我预感到他将要叙述的这个故事会渐渐让我发生兴趣。尽管他以后的叙述跳跃性很大，语言组织得也比较凌乱，我相信我仍然可以听懂。我暂时不准备插话。

此刻，老人的表情像秋天一样的忧伤，他的视线凝固在那只黄蝴蝶身上徘徊。他用低沉的语调说：

"十二岁那年我开始了恋爱。她是邻班的，大约小我一岁。她长得很可爱，很安静。她总是梳着一根齐腰的辫子。有一天，辫子上飞起了一只黄蝴蝶——用一寸宽的黄绸带结成的。"

"是黄缎子。"

"也许是。这个不重要。我喜欢的是黄蝴蝶。我几乎是迷上了。每天她从我的教室窗前走过，我都分心。为此我付出了代价，被罚站。一天放学的路上，我和几个男生走在她后面。过桥的时候，有人捅了我一下：你敢不敢大声地喊一个'琴'字？我就大声地叫'琴——'。突然前面的她应了，转过身来看着我。边上的男孩子们全笑着跑开了……"

"是芹菜的'芹'么？"

"也许是风琴的'琴'。这不重要，重要的是我们认识了……以后我再见到她脸也不热了。到了第二年春天的一个晚上，我们走进了一条雨巷……"老人眼神恍惚，仿佛那条雨巷没有个尽头，他还在走，跟着她的黄蝴蝶走。

"你还记得那个晚上你们是怎么走到一块的吗?"

"记得。她告诉我她的外婆去世了,家里的大人都去外地奔丧了。她要我陪陪她,她怕。"

"是她的外公死了。"我纠正说。

我显然冒犯了他的尊严,他做了一个极不耐烦的手势,"纠缠这类无关紧要的细节是愚蠢的!难道外公死了更有价值?"

"就算是外婆吧。后来呢?"

"后来的事不像你想象的那么浪漫。一个十二岁的男孩和一个十一岁的女孩还能干什么呢?他们集合在一把伞下。一把黄油布伞,是吗?"

"对的。那会儿没有折叠伞。"

"伞打得很低……他们只想拉拉手。她的手像雏鸟一样的可爱。"

"如果不是迎面遇到一支出殡的队伍,他们或许要接吻。"

"是出殡的队伍么?我怎么觉得是迎亲的队伍,那唢呐声是十分动听的。"他吸了口烟,脸上的悲伤在静静流淌。

"后来呢?"

"没有后来了……"他低声说,"不久她的家迁到外地。我得到这个消息已经很迟了,但还是赶到了码头。我想把我的铜刀送给她,可是轮船已行至江心,其时雾锁江面,不过我还能够看见那只蝴蝶。这天黄昏,我的母亲从外边回来告诉我,那条船在江上触了礁,沉没了……"

老人很悲痛。然而并不等于事实的真相没有受到歪曲。真实的情形是：那是一个黎明，也的确有雾。一个女孩在公路的拐弯处采花，被突如其来的大卡车碾碎了。据后来司机说，他分明看到的是一只黄蝴蝶，并没有看到孩子，所以才未鸣笛、减速以及刹车。这是一场意外的灾难，琴死了。可是那只黄蝴蝶却没有死，每年气候适宜的时候，她都徘徊在我的天空……

我不是信口开河有意同老人过不去。我有凭证。秋天里我写了一个叫作《四季》的中篇，是应一位朋友之约写的，近三万字。这篇也许叫小说也许不叫小说的东西总共记录我和四个女孩子相爱的经历。平均一个季节一个，平均八千字一个。在第一章里写的就是我和琴的故事。为了读者，我删除了悲剧性的结局，集中笔墨写那把油布伞下的故事。我写得犹犹豫豫，不像玛格丽特·杜拉斯的《情人》来得那么酣畅。但这篇东西没有发表，那家刊物的负责人认为"缺少一根骨头"。这是正确的，我们无法要求一个十二岁的男孩身上会多出一根骨头。

眼下，我不想就这个问题多说。

博尔赫斯的记忆

没有人把博尔赫斯的记忆传授给我，却有人把莎士比亚的记忆给了博尔赫斯，使他成为"因近视而富有远见"的诗人和小说家。这个阿根廷人一生只做了两件事：读书和写作。他对旅游兴趣不大。我们也可以说，他在卷帙浩繁的典籍中旅游。他曾一度担任过布宜诺斯艾利斯市立图书馆馆长。庇隆下台后，又出任阿根廷国立图书馆馆长。因此他坐在家里见多识广。世界上实际不存在一堵墙。博尔赫斯用科学的笔法撰写不科学或反科学的故事。他的创作无一不显示着智慧和狡猾。

三十岁左右我结识了博尔赫斯。我觉得他手里把玩的那柄中国老人的拐杖是我送的。那时我甚至连大师也敢轻视，但这个阿根廷人是个例外。我想，要打倒博尔赫斯是困难的，需要一个或几个世纪的努力。我于是断然放弃了这个可能是狂妄的念头，转过头来公开效仿他。我认为向博尔赫斯投降是明智之举。但是我没有博尔赫斯的记忆。我只有我的记忆，而且，我的记忆历来是残缺的，我依靠想象在缝补它们。

"所以你觉得有条件写《流动的沙滩》了，"我说，"因为你对很多事情，包括你亲身经历的事，都没有把握说清楚。"

他做了一个手势，说："说清楚本身就是一个错误。我们对世界的认识一般都是一知半解的，你无法说清楚你面对的一切。这是连博尔赫斯都感到棘手的问题。他于是采取了聪明的也可以说是滑头的做法：只是说，不对后果负责。博尔赫斯征服了时间，把时间随意操纵，像揉一团面似的，甚至让时间凝固。但他最终没有征服空间，因此他总把空间比作迷宫。这个工作将由其他人来做。"

"不过，恕我直言，你讲的后一点在我看来博尔赫斯也解决了。"我说。我觉得他过于自信了，想同他唯一崇拜的人扯平。

"你现在这样想是很自然的事，"他说，"到了我这个年纪你会主动放弃自己原先所维护的观点，同意我的说法。空间也是流动的。比如这座岛屿，它也许是真实存在着，也许是梦幻中的一片风景；我可以把它看作任何一个空间，从宇宙到微尘，无限伸延……"

坐在沙滩上喝早茶

这个早晨发生的事与一个女人有关。我坐在沙滩上喝早茶。很长一个时期以来我没有早起的习惯，觉得睡不够。这个早晨我是受到某种启示才起来的，也可以说是预感。退潮了，沙滩上出现了无数贝壳的斑点，像文字一样捕捉记忆的遗失。我发现那棵银杏树的位置和昨天不一样，由北边偏移到东南。这棵树仿佛地球上最后剩下的一个人，异样孤独地立着，为人类的末日祈祷。这是个男人，俨然像图腾，又像一个盲者，一个行吟歌手——用哑语诉说着世纪沧桑。

预感是一种奇异的心理状态。通常的情况下，我运用预感去掌握未来。在未来成为现在时预感便成为直觉。我在玩麻将的时候深切体会到这一点，牌上得好总顺手。我觉得一个人最大的憾事是不懂得运气的存在。

这个早晨天气并不好，是个标准的阴天，连海都变成了灰色。沙滩上风很大，甚至有点割脸。我出门时犹豫了一下，又预感到这种气候海边该发生点什么邪事，比如漂来一只上个世纪某国海员遗失的瓶装酒或者一具企鹅的尸体。我就多穿了件衣服出去了，带着茶和几样咸点心。我已有近二十年不吃甜食，牙不好。我不喝料酒不喝咖啡，就喝一点好的茶。我尽量放慢喝茶的速度，期待臆测中的奇迹出现，然而没有。而这时的潮又开始涨了，岛屿渐渐缩小。我的裤管已被打湿，我想我可能要背时一阵子，准备离开。刚转过身，忽然听见一个浪声响起，接着我看到左侧掠起一道蓝光。我怔了一下，煞住脚，只见一个穿蓝色泳装的姑娘在对我微笑。她浑身水淋淋的，头发变得很少，肤色却更显得白皙光润。这个美丽的姑娘仿佛是被刚才那个浪头打上来的，两眼并没有恐怖。她的年纪大约在十八至二十八岁之间，有着完全成熟的身体。我首先想到的是，如果岛上就剩下我们两个人，就好了。那么最大胆的假设也不过是日常生活的一个细节。

"这儿果然有一个男人。"她说，把头发拢到一边滤水。

她的话让我感到疑惑。有一瞬间我把她看作传说中的海妖。我觉得这个美丽的精灵在很久以前就已经盯上了我。命运早已安排了我们将在多少年后的一个不晴朗的早晨见面，让我们一见钟情。这不是幻象，生命的气息让我相信眼前发生的事千真万确。

"我是从很远的地方来的，"她说，"我来写生。我母亲说到这个岛上可以画出很多奇异的东西。"

"你母亲没来?"我问。

"她或许没来过一次，或许天天都来。作为具体的人，她已不存在了。但她时常在梦里给我喂奶。"

"你母亲是哪一年去世的?"我说，"如果你不介意的话，我想知道这一点。"

她摇摇头说："我也不清楚。有人说我很小的时候她就死了，也有人说她至今还活着。后一种说法的人依据南方流行的一些歌曲，他们认为那些歌最初是由我母亲吹奏而出的，别人记谱拿出去发表了。我母亲是一个长笛手，偶尔也吹双簧管。

"喔……"我不知道这种语气表示明白了还是越发不明白。我自觉是个有点学问的男人，自尊和虚荣都不允许我在一个女孩子面前发愣。在谈话出现障碍的情况下，我可以把话题自然岔开，从另外的路突围出去。

"你的出生地在哪?"我说。

"好像是 huai ning。"

"是怀宁么? 如果这样，我们应该是同乡。我也是怀宁人，和陈独秀一样。我生于一九五七年秋天。"

她笑了。她说:"我不认识你。我也没听说过你，尽管你可能有些名气。我认识你是几分钟前的事，不过，现在我们是朋友了。"

我们一本正经地握了手。

观察过去的窗口

我在他的门外听见了他的咳嗽声。有近十年的时间里我枕着这样的声音就寝。后来我一听到老人的咳嗽就觉得脚下踩着了一朵痰。这种对欲望缺乏信心的声音连接着对一百个女人的贪婪。

我还是推开了门。

他和我在路上预先设计的一样，穿着一件宽大的带棕色长条纹的睡衣。但不像是刚起床，他在北边的窗户下已站了好久，脚边有一些烟灰。连我进来他也没有觉察到，显然正专注地思考着什么。他的背影仍是令我肃然起敬的，我来得不是时候，不过我没有很快离开的意思。我把门关重了些。老人持重地转过身来，我的不期而至也并不让他意外。我想他这会儿也许正希望有人来同他聊一阵子，确切地说，是他想对别人添油加醋地吹嘘自己所谓的传奇经历。他曾不止一次地宣布，他曾同一头黑豹相持达十分钟。"我打扰了您，很抱歉。"出于礼貌我这样说。

"我刚写完一节，正需要放松放松，"他说，"按这样的速度，我可以在秋天完成这本书。"

"你写得很痛快，我能看出来。"

"写作是愉快的，"他说，"不是写小说，是另一种写作，随心所欲地写。追求下意识的写作是我三十岁的觉悟。我比布勒东之流晚一些，但我比他们干得持久。"他的兴致很高，替我沏了一杯茶。

据我所知他不是个诗人。在近四十年的创作生涯中他没有写过一首诗，至少没有正经地写过一首。他当然也阅读一些诗歌韵文作品，可能喜欢庞德、埃利蒂斯和金斯伯格。但未必喜欢布勒东。他倒是读过布勒东的几篇宣言，不过真正使他受益的乃是布努艾尔和达利合拍的一个短片《一条安达鲁的狗》。之后的一个时期他专心研究了达利的绘画作品。

"曾经有不少人把我当作诗人，"他喝了口茶说，"这个判断也许不坏……"

"可你没写诗。"

"不，我写过，"他纠正说，"我的诗发表在我的小说里，套着发表。我羡慕诗人的劳动，可以在一支香烟皮上建立丰碑，很潇洒。但我不会去做一个诗人。我无法找到'一个窗户把人切成两半'这样的感觉。另一个原因，与我认识一名刻苦手淫的诗人有关。"

他似乎有些兴奋，在我面前踱着步。我们之间构成了师生般的情形，我好像是跑来补课的。我讨厌这种气氛。不客气地说，我对老人并不存在由衷的崇拜。我接近他是想知道《流动的沙滩》的底细。我们在用一个名字写着不同的书——但愿是不同。从我决定非写这本书不可的那刻起，担忧就一直追随着我。我想起安德烈·布勒东在"一个晚上"打电话给菲利普·苏坡，建议两人分别写一本叫作《磁场》的书。结果近五十页的文字中竟有"很多相似之处"。我不希望这个十分有趣的掌故在我们身上重新排演，那将是不幸的。我们应该及时摊牌，自觉避开一些可能的重复。

"你写得那么顺手，我羡慕你的运气，"我说，"我的运气不佳，所以我只好耐心等待。"

"等待是不可思议的，追求同样不可思议，"他摆摆手带有咄咄逼人的口吻说，"运气，无论好坏，总是在你放松的时刻到来。你防不胜防。你也可望而不可即。三十二年前我在海滩上散步，抽了很多烟，为失恋痛苦不堪。我的情绪就像那个早晨的天气一样阴冷灰暗。我那时想，爱情已像小鸟一样从我心中飞走了，我已走到了地球的边缘……但是后来的事简直是难以想象，一个姑娘湿漉漉地出现在我面前。她自称来自大海的彼岸，可我觉得她是来自哥本哈根的鱼美人。我们一见倾心。"

"她是个画家。"

"不，她说她喜欢摄影。她要到这儿来拍些风情民俗方面的照片，但首先拍下了一个当时还算年轻还算洒脱的男人。'你和我心目中的那个人很像。'后来她这样对我说。"他稍停了会儿，好像有些沮丧，又接着说，"当时我就觉得，这女人是可疑的。可我是个正度华年的男人。我不能放弃猎艳的权利。我没有必要研究她的背景和她到此地的真实目的。我把她抽象化，提纯，考虑用什么得体的方式去向她求爱——这是通俗的说法，实际是引诱。在以后的几天，我信心十足，每一步都进行得很漂亮，而且比我设想的要快。结果……上帝插手了。"

"她拒绝了你?"

"不，"他肯定地说，"她没有拒绝我。拒绝我的是上帝。很长时间后我才意识到这一点，可已经无法挽回了。"

老人用感伤的语调结束了回忆，去盥洗间了。有水滴声传出来，分不清是在洗手还是在小便。我不能不钦佩他的想象力——他可以把无意之中窥视到的别人隐私的一个细节，扩充成为属于自己的一段魅惑十足的故事。我知道，从我们相识的时候起，他就在监视我，或者说，我们在互相监视。我走到他刚才站立的窗口前，让我吃惊的是，这儿根本看不到海滩，只能看到很远的海平线。

速写的暗示

我们站在滴水的屋檐下。我抽烟，她在画速写。我注意到她用的是自制的速写钢笔——把笔尖折成大约 75°的角，这样可以画出粗的线条，使画面变化。这种钢笔我先后制作过四支。

她的线条果敢，准确，透出自信。在别人看来，她的作画方法也许很古怪，比如线条是不中断的且从右往左从下往上运动。可我感到十分的亲切。我曾经以这样的线条度过八年之久的时光，两千个不眠之夜。如果上溯到我的童年和少年，自然更长。

"你是什么时候开始画画的?"我说，"看得出，你有这个禀赋。"

"可以说，我在娘胎里就开始了我的事业，"她不无骄傲地说，"我觉得子宫像颗柠檬，黑色的柠檬。所以我以后只画黑白画。我从来就不使用颜色。"

她显然过于迫切地要表现自己的不同凡响，让别人一眼看出她是个难得的天才。我不喜欢这种矫情。实际上她换一种朴素的说法，比如说"我家那时候很穷，限于经济的条件我无法奢望画带色彩的画"，我会受到感动。

"我觉得黑白是最值得玩味的色彩，"她说，"毕加索玩了一辈子五颜六色，随着时光流逝，全都黯淡了，衰败了。唯有《格尔尼卡》永葆青春。当然，这也有政治因素的作用。政治是一只魔手。"

我不能接受这种极端的观点。我也无须同她讨论，我的兴趣不在这上面。

"你绘画好像是自学的。"我说。

她很高兴，默认了。接着她又开始为自己做不必要的辩护：

"我不是乱来的。静物、石膏的素描我至少画下了一千张。以后我去了山里,那地方很野,每天晚上都有狼嗥。那个时期我主要进行人体写生训练。"

"你是不是用一包香烟换了一个老头光着身子狠画了一天?"

"基本情形是差不多的。"她说,"我用一支口红和一把梳子作交换条件,请了当地一个患有'桃花疯'的女人作模特儿。画了两天。我当然希望也能画男性身体。可那儿的男人都不肯这样,觉得大老爷们干这种事抬不起头。他们睡觉一律是一丝不挂的,做那种事富有热情,据说一个晚上可以干五到七次。"

我不说了。我的脑子里载满了乔木状的回忆,一只知更鸟在选择着栖身之所。我现在已不感到任何困惑。面临大海,一切都显得渺小与无知。我好像明白了达利为什么喜欢选择海作为背景。一面幻象的镜子反映着刻骨的真实。她应该画海。然而她的笔下渐渐出现了一个男子的侧面肖像。

"这个男人……"

"是我的父亲。我想象中的父亲。"她画完最后一笔,把速写本放到窗台上,观察着。

然后她向我叙述关于父亲的故事——

我至今不知道我真正的父亲是谁。在我五岁也许是六岁的一个夜晚——是个月夜,我在窗口看见我母亲在我们家后面的那条河边同一个男人谈话——低声的。我几乎什么也没听见。那个男人个头不高,甚至是矮小的,穿着一件灰色的衣服。在他的上衣口袋里别着一支大概年代很久的钢笔。我始终没有看见他的脸,当时他的面部正好处在树影中，但我能想象出，他很和善。

整个过程看上去相当的平静，尤其是他，始终倚着树干站着，像一截被斧头伐断的树桩，风吹动着他的头发是树桩上绽出的新叶。只是到了分手的时刻，他流露出了男人的激动。但他没有去拥抱她，而是用手指了指月亮并且就势在空中划了一道灿烂的光弧。之后，他好像交给了母亲一样很小的东西，就走了，走得很快，一会儿便为月色所埋葬……

我母亲坐在河边的一块石碑上，坐了很久很久。我想这个夜晚母亲肯定流泪了，因为后半夜那条河突然响了起来。这是条历史上有名的死河，从那一刻起有了生命。我被咆哮的水声惊醒，看见母亲在灯下擦洗好久不用的双簧管。我问母亲：那个男人是谁？和你说了些什么？而且我更关心那个特别的手势。我母亲对我淡淡地却相当艰苦地笑了笑，说：那是个问路的哑巴，大概想急于知道哪条路好走，他要趁着月亮还没被狗吃掉时启程。但母亲对接受的那件小东西缄口不言。

"天亮的时候我起来小解，看见母亲还坐在窗前，正吹奏着双簧管——她不可能把它吹响，三天前我已经把簧片做了吃冰淇淋的小铲子。"她说着不禁为儿时的天真逗笑了。

我听懂了她叙述的故事。但她没有听懂她母亲的作品。她母亲在那个属于从前的不眠之夜创作了《安魂》。虽然没有簧片，但优雅的旋律照样从双簧管腔流泻出来，需要用心灵去听。她毕竟还是个丫头。不过她的判断是无可非议的。那个矮小的男人正是她的父亲。她没有看清他不是因为月光下的树影所碍。即使在白天，我想她也无法看清。

"有一回，在放学的路上，有人给了一把糖果，对么?"我问道。

"不，是两只发卡。"

"也行。但你又没有看清那个人是谁。"

"对，正好有人扛着一面旗子经过，把我们隔开了。"

"你后来找了他三天。"

"是两天，我骑自行车。"

"是的，骑车方便，减掉一天可以。结果你只在一片荒野里发现一棵橡树……"

"不，是桉树。"

"怎么会是桉树呢?"我不禁这样感叹。她用不屑的眼神看着我，然后开始修剪指甲。我想她的厌烦是合乎情理的。我已三十二岁，对于发生在少年时代的事，显然不可能比她记得清晰。她并不十分任性，因为她对我产生了好感。另一个原因是她把我看作一个推理作家，把只言片语缝成一块文章。

这时候屋檐停止了滴水。海显得宁静，蓝得令人不安。我们约好明天上午去海滩晒太阳。

海滩经历（一）

我的记忆已破烂不堪，所以写得很苦。另一方面又使我的劳动充满欢乐。我相信记忆中能够保存下来的东西，其价值与时间成正比上升。就像珍藏酒或者古董一样。

　　在文章基本连续的前提下，我尽可能删除一些让读者讨厌的枝蔓。

　　我的写作状态始终是处于冷静的。包括写到对女人的欲望。我不喜欢也不希望任何人在我的笔下做爱。我的卷面总是清洁的。

　　我已明白地告诉你，我和那位可爱的女摄影师最终的结局是不幸的。我说原因在于上帝从中插了手，这完全不是故弄玄虚。从前那个早晨发生的事历历在目，看上去仍然那么生动，情调是优雅的、罗曼蒂克的。

　　我们约好再见。选择上午是因为阳光。我们都需要阳光做爱情的背景。我们不打算在黑夜的林子里去干类似偷鸡摸狗的勾当。第二天虽然是个好太阳，按预定时间，我不过先到了两分钟。她穿着其时十分罕见的泳装，整个地看上去像一枚成熟的果子。我在心里感叹着自己的好福气，毫不犹豫地拥抱了她。

　　我们先下海游泳，只是随便游游，保持良好的体力去伺候爱情。爱情是脑力劳动也是体力活。这时候太阳已升得很高了，从海里爬起来丝毫不感觉到凉意。我们并排躺在暖烘烘的海滩上。沙子刺激着皮肤点燃了欲望之火，我想从她的领口往下看，但她又坐起来了。

　　她朝我的胸脯上堆沙子。然后用这些沙子去创作一件作品，一件沙塑。这事本应放到我们做爱之后去干。可是我不想阻止，她干得津津有味。那年纪的女孩子正是痴迷艺术的阶段，对自己的前途充满信心与幻想。我就看着她干，渐渐地认识到她的才

能。她塑了一座奇异的塔，具有巴洛克意味。然而谁也没料到会
有一阵大风自海面上刮来……塔倒了，我们的故事也完了……

我企图挽回这一切，以男人的激情来驱散她的沮丧。可是她
轻轻地从我怀里挣脱出来，冷静地说：这是不可能的了。"不祥
的兆头会毁坏我们之间的一切，"她说，"上帝证明了我的预感。"
我问她什么预感，她没有直接告诉我。在我们将要分手的时刻，
她说她昨天夜里梦见一只红蝙蝠在头顶上盘旋，而一只红蜘蛛把
她织进了大网里……

姑娘从此离我而去。第二天我去她的寓所找她时已是人去楼
空。别人告诉我，她是在我到来的前三分钟离去的。她还说，如
果八点一刻还见不到我，就说明任何力量都无可挽回失去的一切
了。事情就是这么不可思议，我本来是打算八点钟去她那里的，
结果在路上不小心跌了一跤，弄脏了衣服，就又回去换……我还
有什么可说呢？在未来的日子里，人们可以看到一个男子在退潮
的时候去海滩上寻找，那就是我。你也可以认为：我现在仍然在
寻找。寻找的继续。

这就是我刚刚写好的一小节，你觉得怎么样？现在我们可以
聊点别的，比如你这几天干了些什么。从你的气色看，你好像又
开始了恋爱，是第几次？

海滩经历（二）

一部与沙滩有关的小说是不可以不去写沙滩的。因此在这些
日子里我都用一定的时间对沙滩进行观察。我其实是个平庸的小

说家，和别人一样也需要观察，之后滋生些怪念头。

现在，我站在经常喝早茶的地方观察沙滩变化。沙滩本身是没有颜色的。有颜色的是阳光。沙滩像海绵吸水一样贪婪地吸收阳光。在时间摇摆中七种颜色互相渗透。我们通常看到的也就是醒来看到的沙滩是浅黄色，在阴天又变成深黄色。据说张艺谋拍《黄土地》大量的镜头就是阴天拍的，使黄土地黄得似乎随时都可能要滴下来。

在我面前大约五米的地方，印着一男一女的身模。女的臀部显然过于成熟，凹下去的那块像个小弹坑。男的脚非常有力，蹬踩出来的脚印富有摇滚乐旋律感。我可惜手头没有照相机，再回去取已来不及了。海潮渐渐爬上来为情侣们铺床。海实在是又宽容又负责。

这时候她款款地走来了，穿着我第一回见到她时的那件泳装。

"太阳是最可怕的窥视者，"她说，"是宇宙间谍。"

拥抱是自然的事。但是我感觉到我像是抱了一团空气，并不实在。我想这是我把调子定高了的缘故。我正处在生命的辉煌阶段，感情很富裕。我们没有接吻。"你口腔烟味太重，"她说，"你应该先用海水漱漱口。"说着她舒展双臂扑向海里。我把衣服脱了，没有立刻去追她，我这一瞬间有了被捉弄的感觉。不是被她，捉弄我的是老人。我现在的生活仿佛是在为他的过去经历补充细节，使他的书总是写得那么顺畅。严格地说，这些日子我一直处在惶惑的气氛里，感到魂不附体。冥冥之中有一只手在撮合着我们的缘分。但是我不能接受。我就是我。认识我的人都说我是一个"很有个性"的男人，没有人怀疑这个天生的事实。大概只有我本人对此缺乏一定的信心。我觉得，成为别人的孩子是极其可悲的。我决定改变面对的现实。首先，我不下海。我就这样躺在沙滩上晒太阳也蛮开心。

很快发生了一件可怕的事。我先是听到她在惊呼"救命"，看见她的头顶一上一下，我立刻扑下水拼命向她游过去。在接近她的时候我采用潜泳，然后把她托出海面。海的浮力使她轻盈得像一朵云，我没费多少事，呼吸却很短很粗。事情到这步其实也没有多少好怕的，但她的脸色非常的苍白。这让我相信其中存在着不一般的恐怖因素。

她说她给什么东西抱住了，往深里拖。

"可能是错觉，"我说，"人在性命攸关的时候总出现错觉。"

"这是什么?"她指着大腿外侧的五道血痕说，"谁在我身上留下的?!"

我委实惊了一下。我仔细去看那呈平行状态的血线，并不深，像是指甲刻下的。我站起来望了望这一片海域，除了一群白鸟和一个太阳没有第三样东西。我不想就此多发感叹了，重新躺下来。

"怎么会是指甲痕呢?"我自言自语，"应该是牙印……也是五颗……"

"你说什么?"她推着我的膀子说。

"没什么。我在想一个少年的冒险经历。他从前在河里被什么东西咬了一口。"我说，尽量处理得平淡些。

"那个少年是谁?"

"是谁不重要。"

在恐惧飘逝后我们重新回到爱情的跑道上。阳光依然很好，暖暖的。我们并排躺在沙滩上，通过墨镜进入一个幽静的世界。我保持镇静保持清醒坚决不从她的领口往下看。我必须这样做。我的眼睛在她身体上巡逻。她的确可爱。一眼让你喜爱的女人毕竟有限。我珍惜一秒钟的爱情生活。

她跪坐起来，用手按了按我的腹肌，评价说:"这块地方可以作为我的王国的基础。至于它是否可靠，我不妨检验一下。"接着她开始往我的腹部堆沙子。

"你干什么?"我坐起来，粗暴地把沙子去掉。

"你不情愿?"她诧异地看着我。

"我想知道你打算在我肚子上干什么活。"我又笑着说，心中无限忧伤。上帝的意志是不可抗拒的。我又躺下来，觉得身体的某个部位出现了破裂，凉风飕飕地往里灌。

她很快在我的肚皮上塑起一座似塔非塔似城堡非城堡的东西。这便是她的王国。她说:"我数到十，如果不倒，就说明我找到了爱的归宿。我可以痛快地把自己交给你。"

"你数吧。"

"你数吧。"

"一、二、三、四、五、六、七……"

王国在一个浪头里覆灭了。

上帝的脚印

当时的情形类似火山爆发引起的海啸。巨浪劈下给我的感觉是死到临头，溅起的不是水而是血。在相当长的一段时间里我失去了知觉。现在太阳已走到我的背后，和我的臀部在同一水平线上。关于这中间发生的事我一无所知。

像习惯中的英雄一样我醒来后首先要做的事是关心我的同伴——她已经失踪了。沙滩上有一串脚印。她的背叛行为我始料不及。不过有一点非常可疑：脚印很大，也不浅。我的意思是说这不是一个女人的脚印。我把自己的脚放进一个脚印里，竟然完全一样，这就奇怪了。可是我算不上魁梧的男子，体重在五十八至五十九公斤摇摆，我压不出这么深的脚印，除非背着另一个人或同等分量的东西。

尽管这些脚印可能是我留下的，但这是目前唯一的线索，没有第二条路可走。我于是开始寻找姑娘，她会落到谁手里？几小时前发生的事是个大阴谋，有人设下了圈套。我不准备报警。这件事与刑事案件无关，与政治也无关，警方爱莫能助。我沿着脚印往前走。它会把我带到哪里我暂时不关心。我预感到这些脚印是循环的，每一步都有可能成为起点或者终点，但是我不能不走。

不久，我又见到了那棵银杏树。在它前面的沙滩上老人正背着手凝视夕阳。我耳边嗡了一下，撵上去。

"那个姑娘呢？"我直言不讳。

他被我突兀生硬的语气弄得不知所措，紧接着目光里射出轻蔑。这时候他不希望我来打扰，我很清楚；但是他已经打扰了我。

"我已经说过，寻找是徒劳的，"他极有涵养不动声色地说，"几十年的经验使我不得不相信这个残酷的事实。她走了，永远抛弃了我……"

"我是说，"我平静下来解释道，"你刚才在海滩上见一个穿蓝色泳装的姑娘吗？她很漂亮。"

他沉思片刻，摇摇头。"你是说你的恋人失踪了？"他反问我。

他的表情变化很自然，对他的怀疑是没有根据的，况且谁也不会相信一个精瘦的老人会压出那么深的脚印。可是这些脚印是谁留下的呢？我向前望去，脚印似乎无有尽头，像僧侣手中拨弄的那串念珠。

我们回到老银杏树下，像每次一样，我们首先要抚摸一下刀疤，缅怀遗失的铜刀。

"一把无与伦比的刀，"老人感叹道，"像时间一样锋利，可以把山巅削成岛屿。"

"你用它杀过什么人吧？"我说，我不知道为何提出这个问题，"比如说一个女人。"

他看看天空，然后严肃地说："暴力是可耻的。如果那把刀还在这世界上，没有任何血会去玷污它。"

他的情感和语气一样凝重。但他企图掩盖未来的另一个事实。那把刀最终会沾上他的血，我想这也有可能。当然这件事倘若发生了，是丝毫不具有暴力性质的。我们完全可以认为这是情感交织的生动图景。那把刀从前在他身上失去了，将来必然会再回到他身上。这个逻辑是不是荒谬我不愿在这里展开讨论。我们现在所处的这个岛屿已越来越大并且越来越高，我想老人不会没有意识到。

但他是乐观的。纵使在这样古老的银杏树下，他的情绪也变得晴朗。这种反常在我看来是一次拙劣的表演。生命的局限不会因此而改变，我相信这一点但我没有必要去拆穿他。我至少可以把他当作心地善良的老人，尊重他，祝他健康。

"你的精力充沛，我想你过去一定是个棒小伙子，"我恭维地说，"你的力气我能想象得出，你是不是曾经背过一个女人在沙滩上行走？"

他很快受到鼓舞，接着吹嘘自己当年的体魄是何等的健壮，又说一遍和黑豹相持的掌故。但对我提出的问题，他想了很久，又笑了笑，终于表示记不起来。"也许有过，"他说，"从前的脚印浅显了所以我觉得是一个人在行走；要不，我背着一个女人的灵魂。"

说完他做了一个潇洒的手势，为他机智幽默的回答心满意足。他先走了，说是要等一个长途。我注视着这个在夕阳里略显伛偻的背影，想到一句忧伤的诗：

围绕你每个手势可做出一大堆乌云似的解释。

自然的骗局

这天晚上粗犷豪爽的船长骄傲地宣布：三天内将有海市景观出现。"遗憾的是，这儿只能看到它的侧面，"他说，"不过大家可以随'迷惘'号调整一下位置。"

不用说报名的人很多。我和老人也在其中，认为轻易放过这一千载难逢的机会是错误的。我想过是不是应该劝阻老人使他放弃这次安排；又觉得我没有理由说服他，相反会引起他的误解，就算了。我的意思是明显的善良，希望老人不再冒险。实际上，老人已经意识到了什么，又不肯让别人，尤其是我，识破他的心思。或者，他带着侥幸的心理随心所欲。

我请老人到我屋子里喝一杯白葡萄酒。岛上夜气很大，喝点酒能驱寒，也能驱散寂寞。人到了这个年纪，寂寞难耐。我的另一个意思带有阴谋的性质。我关心他的写作。那部《流动的沙滩》究竟胡扯了些什么鸡零狗碎的东西，是我所感兴趣的。我们一边看电视一边对外部世界指手画脚。这是铺垫。我必须等到酒起作用的时候刺探所需的秘密。然而我发现，老人一点也不恍惚，甚至比平时更清醒。在他心不在焉的眼神后面流露着对生命的警惕。他仍然对我掩饰，说了一些类似通俗文艺节目主持人那样的笑料串词。他说天黑了是因为有人把太阳偷走了。而太阳是一个红蜘蛛。总之，他的津津乐道让我失望。

突然我们听见了一个声响，从外面传来了，好像是玻璃的震动声。老人敏感地站起来，走到南窗下，观察自己的寓所。我注意到他的面部抽动了一下。但他若无其事地打了一个呵欠。他说有点乏了，该休息了。

我送他出门，说："恕不远送。"他晃晃悠悠的身影很快融入月色。这一刻，我很不舒服，甚至是忧伤的。这个没有风的晚上，是哪只手刚才替老人关上了朝北的窗户？

这天晚上老人的屋子始终亮着灯。

第二天一早我又去了海边。但没有遇到跑步锻炼的老人。我独自沿着以前的那条小路走着。心中存着难以名状的恓惶。走至银杏树前我吃了一惊：银杏树竟不在了！我有点胆怯地走近它的遗址，居然找不到一点树皮和锯末。我知道，银杏树不是被砍伐了，实际上是失踪了。

一只手落在我肩上。我差点叫出了声，老人依旧和善地对我微笑着。他其实在嘲笑我，他还活着便是对我的嘲弄。

"多么好的树。可惜失踪了。"他感叹道。

"我想，还会有人来种的，"我说，口气像在安慰他，我又说，"你打算去海上观赏海市吗？"

"当然。"他说得很干脆。他是老人，既固执又顽强。

于是在这个迷人的黄昏我们又一次登上了"迷惘"号。海上风平浪静，几只水鸟在导航。旅客的情绪都非常饱满，他们期待着上帝绘制的风景出现，不过后来的事使他们格外扫兴。海市没有出现。他们埋怨船长是个见利忘义的骗子。可船长说真正的骗子不是他，是风。"风把海市还给了上帝。"

这样在海上兜了一圈，"迷惘"号又重返岛屿。船长为了洗刷自己的名声，表示退款。清点人数时，发现老人不见了。船长说，不会出事的。为了安全，他特地给每一位上了年纪的旅客都配备了救生圈。他讲的是事实，我当时看见老人接过救生圈时还气愤地说："这简直是侮辱！难道不清楚我的水性是第一流的吗？"但是他还是挂上了。

老人是怎样离开我的，我已记不清楚。好像我一转身他就不见了。那个时候，我的兴趣全部落在海市——自然的骗局上。

他不会再站起来了。但他还会回来，海会尽情帮助他。

海　葬

老人的尸体是翌日凌晨六时二十七分被海送上岛屿的，比我的想象提前了三分钟。其时太阳冉冉自海平线升起，使那一时刻的海滩具有古典悲剧的情调，这与老人的死很和谐，与所有现代时髦服装掩盖着的心境也很和谐。

送走老人的那个晚上，我闭门杜撰了这个结局。我觉得让大海收容他是合乎情理并且也合乎审美原则的。我相信这也是老人毕生最大也是最后的愿望。既定的道德方针不允许我们粗暴地干预他人的私生活。让大海把老人送上岸则是基于如下两点考虑：

老人毕竟属于名流，生前的道德文章在一定范围内受到推崇。我们不能让他悄没声息地死去，应因地制宜地举行一个朴素的遗体告别仪式，以寄托大家的哀思，包括我；必须让官方和警方相信，老人的死因完全是一次意外，或者是他自觉自愿地选择了死亡方式。简言之，他的死与别人，尤其是我，无关。

后一点更重要。

安排好这些，我去卫生间洗手。尽管道理已非常的明白，我还是觉得自己的手沾有血腥气。这之后我就上床了，自然睡得不好。在很远的地方，一个亲切的女声在招魂："回来呀——回来——"我是在警笛声中醒来的。我还是有点惶恐，在门口的台阶上停了一会儿。海滩上有一群人像抢购紧俏廉价的商品一样乱哄乱叫。我知道老人回来了。我小心地走过去，通过人群的缝隙我看见一个个子很大的警察把沙滩的一具尸体翻过来——正是老人，他的面容像昨天一样安静庄重。据现场的勘察推测，老人确实死于意外。他是不慎落水还是故意跳下海的，目前尚不能做出结论。不过有一点很清楚，老人在水里碰上了一把刀子，不仅划破了他身上的救生圈而且也切断了他的动脉血管。这一切看起来像一个优美的圈套。

"那是把什么样的刀子？"我问负责这宗案件的警官。

"铜的，样子很漂亮。"警官说。

"喔……"

"你'喔'什么？"

警官白了我一眼，又充满怀疑地看了我一眼。然后他把围观者像赶苍蝇似的往边上赶，一边指挥摄影师拍照，"这儿，这儿，特写！"

我估计事情会搞得复杂起来，不想再凑这份子热闹了。正欲离开，猛听见一个女人在叫："这个人必须死，因为有人提前出生了！"

这句话引起了一串哄笑。我后悔刚才走神了，没有看到说话的人。

警方负责人通知我："下午到局里来一趟。"

审　讯

作为老人在岛上逗留期间"最亲密的人"，接受警方的调查看来是理所当然的事。他们让我几乎一丝不挂地坐在一间空旷的房子里，进行审讯——

你和死者以前熟悉吗？

不熟。至少我根本不认识他。

你是说死者认识你很久了，而你才刚刚认识他，这是什么逻辑？

与逻辑无关，只是一种可能。

据我们掌握的情况，你们不是一般关系。

我们一见如故，这很平常。

死者难道真的死于非命？

你们希望不是，因为草草收兵会让别人瞧不起。我知道，老人在劫难逃。

你凭什么这样说？

凭感觉。两天前的夜里他北面的窗户自动关上了……

这与关窗有什么联系！先生，你应该清楚，你现在是坐在警察局而不是在你的小说里。你要对法律负责。据我们侦查，你和死者存在着利害关系。你们是在争夺一项权利，还有一个女人，是不是这样？

我们可能在共同打捞想象中的权利和一个女人。

想象？

警官的脸由愤怒转为喜悦的过程只有一秒钟。这使我意识到审讯我的人可塑性很大。他哈哈大笑，与陪审兼作记录的女警官交换了一下眼色：这人是疯子。我不悲哀。我记得以前在一本书上读到过这样一句话：疯是智慧的升华。

警官宣布：审讯暂告一段，本案没有了结。因此目前不允许我离开这座岛屿，随叫随到。

其实这是件简单的事。算不上案子。一个人的劫数已到，这是任何力量也无法抗拒的。老人显然意识到这一点，尽管他贪婪人生悲欢，但还是有所觉悟。他很镇静。为了减少不必要的猜测，他写下了最后的文字，也就是遗嘱。这张简单的条子夹在《辞源》（1983 年 12 月修订版）第四卷的第 3027 页。我想这是可能的事实。让我棘手的是，我不便向警方披露这些。这势必会让他们觉得更像一场阴谋，我会沦为法定的凶手。警方应该仔细检查老人的遗物，而不是捕风捉影地审讯一个"疯子"。

流动的沙滩

我很沮丧。不完全是因为老人之死。我不在乎暂时受到不公正的待遇。我沮丧是对自己的小说缺乏应有的信心。创作是件愉快的事，而我写得很苦。苦不堪言。

《流动的沙滩》究竟是关于什么什么的小说对于我仍然是说

不明白的事。在文思不畅的情况下我习惯点一支烟去户外散步。然后开始怀念与我相处过的姑娘。崇拜毕加索和达利的姑娘失踪了，她活得很好。她也许现在不画画了，改行写小说。她认为"瞬间"的艺术其表现力是有限的，她要探索源源不断的时间。但是她现在只是练笔，写着玩玩；她得意的写作大约在三十岁至三十二岁的时候。她将来是否也写一部《流动的沙滩》？

我又去看看银杏树的遗址。这儿自然应该有一棵树比较好。在我离开岛屿之前，我会重新埋下一粒白果。也许有人会超我之前来做这件事。

后来的几天我一直处在半睡眠状态。偶尔我也看一些通俗的读物和电视连续剧。调剂一下，我认为是必要的。如果不受外界干扰。我将按计划把这部小说写完。

大概是第八天的头上，一早我就被一位年轻英俊的警官唤醒。那人面目和善，见我睁开眼便把两腿一靠敬了个礼：

你彻底自由了。他说，我是奉命来向先生宣布这项决定的。

他接着说，他们已在老人的《辞源》第四卷里发现了遗嘱，那上面说得简单明了。老人清楚自己的命运。

"夹在哪一页？"我问。

"3027 页。您对这个有兴趣？"他很敏感。我摇摇头，轻松地吐了一口烟。

警官公文包里抽出一只类似卷宗的东西交给我："遵照死者遗嘱，这个交给你。"

"是《流动的沙滩》手稿吗？"

"对。另外还有一张条子。"

交代完毕，警官转身离开了。我掩上门，按捺着内心的冲动坐下来，拿出老人的手稿。

"《流动的沙滩》是一部关于遐想的妄想之书。"

我无比吃惊，这个事实我难以接受。我不明白我的劳动是创造还是抄袭。

不需要再看下去了。

我把手稿扔到桌子上，看见一张条子飘下来——

这部书最初是由谁创作的，我无法判断。我申明：我不过是一个抄袭者。我在研究人生六十六年之后发现了这个不幸的事实，决定中止这项劳动。但是，仍然有人会不断地干下去。对此，本人深信不疑。

1990 年 3 月 7 日

海口日记

今天的日记都是从昨天开始的。

——作者题记

一

由犁城到广州的空中距离我不知道是多少，但空中的飞行时间是一百分钟。麦克·道格拉斯 82 型飞机样子像条泥鳅，据说昂头腾空的时候很性感。以往我坐飞机最怕天气不好，遇上气流，飞机就像只大鸟，机翼呼扇呼扇。而我每次都在能看见鸟翅的位置上。那时我就想，最好的材料也难以承受这样的扇动，如果它断了呢？后果当然不堪设想了。可是全世界每天有几万人坐飞机，他们当中有总统和诺贝尔奖得主，一旦飞机升空，我同他们就完全平等了。他们能掉下去，我为什么不能？他们不掉下去，为什么偏偏是我掉下去呢？这样一想，问题就基本解决了。我们都是俗人，没有必要自以为是，命大命小这会儿可不是由我们说了算。我与其去看舷窗外的白云还不如看空姐的脸。她们的表情虽然有点做作，不过我还是很喜欢。

今天是个好天气，能见度高。在一万米高空往下看，山川河流像一些散乱的绳子。云很低很薄，飞机稳得像碰上了磁铁。

在我右边的那个过早谢顶的男人已经睡着了。可一发饮料，他一下就弹了起来。我想他一定是经常坐飞机的缘故，他怎么会这么准地醒来呢？

先生，可乐啤酒还是茶？空姐问。

那人说：每样来一份吧。

空姐又问我，我说我只要茶。

每样都来一份的男人其实也只喝茶，他把两个易拉罐放进屁股下面那只皱巴巴的包里。那包还空，我想他还会再装进点什么。我因为只要了茶，谢顶的男人后来就不怎么理我。我觉得奇怪，我并没有做什么。

突然飞机的翅膀又扇起来了，窗外阳光灿烂。红灯亮了：请系上安全带。

怎么在阳光里飞也抖？我问空姐。

空姐说阳光反射成多少度角受到膨胀所以……

我还是没听明白。

我不喜欢广州这个城市。它给我的感觉是一种特殊的莫名其妙。比如说，我在街上经常看到一些马来人种的脸，就怀疑自己走在胡志明市。广州所谓的好天气就是不下雨，你能感受到温度但根本见不到阳光。地上的所有投影都很古怪，你很难判断出方位。再就是语言的障碍，我不懂粤语。和一个讲粤语的人交谈是一件很辛苦的事，我只能从口形上去推敲某种语义，所得的判断基本上都是错的。所以说广州是一个不好判断的城市。

我不想在广州作短暂逗留。在广州要做的事，是和一位朋友见面。他是一家文学刊物的负责人，我们只通过电话，不能算认识。后来我就去了那家杂志社。我说我要找谁，立刻就有一位五短身材的英俊胖子从电话机边站起来，说就是他了。接着他审视了我一番，说：你怎么一脸晦气？我着实吓了一跳。我们后来东扯西拉了不少事，最后话题又落到坐飞机上。胖子说他坐飞机怕的不是气流。气流的原理很简单，他懂。懂的东西自然是不怕的，就像懂电的人去摸高压线一样。我怕打铃，他说。叮当一声你弄不清发生了什么事，空姐也不做任何解释，让你自个消化去。经他这一说，我也认为打铃是令人担忧的，如果不发生什么事，为何要打铃呢？我回想几小时前的那次航班，几乎是铃声不断一路打了过来，手心还真出汗了。

二

昨天在广州上船，于海上漂了一夜，现在总算是到了海口。这条船叫"玉兰号"。另外的几条分别叫作"海棠""芍药""丁香"什么的，全是花名。广州就叫花城，不过我在广州的街市上并没有见到多少花。这个季节不是花的季节。

船在海上，一开始是很不错的。每回见到海，我都要思索一个朴素的问题：哪来的这些水？我知道回答这个问题并不难可我还是要思索。那时我就一个人站在船头，看着越来越蓝的海。没有人跟我说话。我像一个无人认领的包裹随便扔到了这条船上。我想这也很正常。在我边上，有一对男女在公开接吻。我无意中看到了这个类似西方电影里的画面，但不好看第二眼。不仅如此，我反倒有些紧张了。我就纳闷地走开一点，听见那男的说：你牙缝里有根韭菜。女的说：去你妈的。

不久船开始晃了。接着哇里哇啦地响成了一片。我不晕船，这点优势很让我自豪。我在甲板上来回走动，抽烟，大声地咳嗽。香烟在口腔里没有出味就给风吹走了。二层在放录像，一部香港的赌片《龙虎大老千》。我进去的时候里面只有三个人，看上去都是跑单帮的，腰上系着很沉的钱包。我坐到最后一排，脱了鞋，双腿支到前一排的椅子上。那会儿感觉特别好。香港的电影都是拙劣搞笑的货色，搞得你非常难受时就卖钱了。没过多时我就睡着了。我还做了一个梦，梦见我在晕船在大口地呕吐。我想这也有点奇怪。

这个码头叫秀英。又是与花与女人相关的。可我一路上没有和女人有过任何方面的联系。我在这个叫秀英的码头停了一会儿，看见大片的椰子树和画上一样。我喜欢这种树，像一把伞，没有枝蔓，偏离了一切树的概念。我立在树下看着刚买的海口市区图，发现这个城市很小，做省会似乎有点勉强。我这才意识到自己是到了一个岛上。我来的时候，朋友们劝我冷静。他们说这个年纪不太适应出外谋生。不错，南方赚钱的机会是多，可这也不意味着钱可以随便捡呀！他们就这么劝我。劝得我脸都红了。

我说我并不是为赚钱。他们就质问：那是为什么？我说我也不知道。

我可能属于那种做事不计后果的人。这种人是不能做大事的。但这种人的好处是，先把事做了再说。

这时有人同我说话了。是一个女人。

先生，能借你的地图看一下吗？

"先生"这个称呼听起来真是顺耳。我把地图给了她。她居然很漂亮，打扮也很得体。她的侧面很像我在大学时见到的那个外语系女生。那个女生我私下认为是校花，我每次买饭，总要看看她排哪个队。可我没有同她说过一句话。男人见到真正的美女，总是缺乏胆量的。后来毕业了，我还打听她的消息。据说她嫁给了一个瑞士人。

她看完地图，礼貌地还给我。她又说：你是第一次来吗？

第一次，我说。

这儿还真是不错，有点异国情调。

说完她戴上墨镜就走了。我看见她上了一辆红色出租车。那车肯定是那年走私的货，皇冠 1.8 型，四个缸。当时买这种车大约只花五万人民币，真他妈便宜。我点上香烟，觉得自己刚才有点不妥。应该同她多说几句话，互相通一下姓名。我想她一定是先观察了我一会儿才向我借地图的。就这么让她走了。

三

来海口几天了，今天才算安定下来。这几天我住在陈一帆那里。他是我的校友，学哲学的。海南建省不久，他就来了。陈一帆是一个有风度而且稳健的男人。他来海口不是为升官发财，而是为了爱情。他原来有老婆，后来又认识了现在的妻子王娟。当时他在犁城的政府部门当副处长，王娟是他的属下。他们的爱情是从桌子底下踢脚开始的，踢出麻烦后，陈一帆就带王娟亡命天涯了。现在他们过得很好，陈一帆和几个朋友一起做公司，王娟在家里研究股票。我在陈一帆那里暂时落脚，有几个晚上，他很认真地同我交谈。他问我有什么具体的想法？我说没想好。他就责备我没想好就来了？我说如果这地方待不下去，我就换一个地方，反正不想回犁城。陈一帆要给我一些钱，我说我随身带了点，暂时不缺。见他为我着急的样子，我就说：你忙你的，我到处看看。

我原想去几家报社、杂志社看看，可否先找一个饭碗。后来这个念头打消了。这些部门过于家庭化，外面编稿子里面在炖牛肉。我觉得这很容易让人分心。我喜欢专心做一件事，当然这种事越简单越好。这样想下去，我就想到了开车。这十几年，除了写稿子，我唯一的本领就是开车了。我还是 B 牌，可以开货车或者轿车。我不想去给某个人开专车，也不想去开大吨位的货车。开出租车很对我的胃口。我把随身带来的钱押给了一家车行。我领到的车也是红色皇冠 1.8 型。这让我很自然地想到码头上见到的那个女人。我想海口就这么大，没准哪天她会坐到我车上，这样我们就能多说上几句话了。认识了就好。我觉得我选择了一个好职业，它轻而易举就满足了我物质和精神两方面的追求。这本来是一个很复杂的问题，没想到这么快就叫我搞定了。

领车回来，在滨海大道的边上发现了一条大船。是一艘很破的货轮，原是被一家公司拖来做水上俱乐部的。结果合作的另一方临时变卦了，不投钱装修，撂在这儿。我是因为好奇才上去看看的，管事的人就问我，可不可以来看这船？如果同意，他们就负责把一个大舱收拾好，并且安一部电话，我可以随便住，住到资金到位那一天为止。他们不收房租。我当然同意。

我住的地方是船员开会的场所，很宽敞。南北各有五个圆形的窗户，顶上还有一个活动的天窗。我喜欢这个非凡的环境，它让我心旷神怡。它的造型和某种神秘感唤起了我的想象力。我有一种独立王国、岛中之岛的感觉。我花了一天的工夫收拾。在旧货市场，我买了一台十八英寸的虹美牌电视机和一台万宝牌冰箱。我把这些弄上船后，管事的就笑了，一副放心的样子，说这下就风险共担了。他爽快地答应，三天内负责把电话给我接过来，而且市内的话费由他们报销。

天气真是很好。有人说世界上最好的阳光、空气和水都集中在这个岛上。我想这不是夸张，一周下来，我的脚明显不臭了。

四

我现在每天能挣五百块钱。如果我一天工作十五个小时或者接到一个去三亚的长途，就能挣八百甚至一千五。这还不是最大的好处。开车可以同形形色色的人说话。开车不允许你乱想一些不三不四的事。当然，开车还会遇到一些意想不到的情况，往往也很刺激。

一般情况下我只开到晚上十二点。同行建议我调整一下，从上午十点开始到午夜两点。这种安排比较好。他们说：海口的一天是从晚上开始的。

五

昨天碰到一桩麻烦事。我送客人到滨海大酒店，回来时上了一个女人。她大概喝了点酒，一上车就躺下了。因为天黑，我不能断定她是不是漂亮。我能感觉到她很年轻，她的睡姿像个富有而闲散的女人。我问她到哪里。她说随便，想兜兜风。我建议她去白沙门，那儿风大。她说不。我不想在城市兜，城里尽是灯，我讨厌灯。她的意思是可以往郊外跑。当时我认为这是档好买卖。我一晚拉着她转悠就够了，不需要干到两点。我就调过头，往灵山那边开。这一路上她只打酒嗝，不同我说一句话。半个钟头后我打开收音机，里面正报道着当天的交通事故，说又有人的车在万宁那边被歹人劫了。我就有点不安。我的意思不是怕她是劫匪，怎么说她是一个女人。问题是越往前走路越黑，过往的车也渐少。这路不是循环的，城市与我的距离越来越远。我就把车停了。我问她是不是可以了。她说不可以。她说你最好拉到天亮。我知道麻烦了，没有人这么搭车的。我说我的油快完了，再往前跑回来就是个问题。她这才动了动身体，还打了一个哈欠。接着她说：

我没有车钱。

　　我当然很恼火。计价器数字已蹦到了 87.70，加上返程就是一百七十五元。可她说没有钱。

　　小姐，这是我的饭碗。

　　她好像是笑了一下。她说饭碗又怎么样？找个饭碗不难。说着她叫我过去，把裙子掀起盖住脸，嗡嗡地说：你来一下吧。

　　我明白她这饭碗换饭碗的意思。可我不想来。我没有思想准备，说来就来。我不能同一个脸都没看清的人来一下。再说我还怕得病，怎么说她也是个婊子。我就打开顶灯。这时她倒问起我是不是有病。我说我别的地方可能有病，但那个地方从不生病。她就在裙子里面笑了，说：那就把灯关了吧，我实在是讨厌灯。我摸摸她的腿，皮肤真是很好，像鱼一样光光滑滑冰冰凉凉的。我抄腰把她抱出车，她说车里不是很好吗？我说我不想来。我也不要你的车钱，我得回去洗澡。她就推了我一下，说：你想把我撂在这？我不想再同她啰唆，就上车开始调头。车一开动我就轻松了。

　　如果婊子不是女人，可能就没有后面的事。我在路上跑了大约三分钟，心就软了。怜香惜玉是我们这一代男人的薄弱环节，再说我们还有同情心。海口是个复杂的地方，我在这深更半夜把一个妙龄女郎扔到荒郊野外会引起麻烦。如果有人强奸她甚至把她杀了，没几天公安局就会上我的船。这样一想，我就有点同情自己了。是我拖出来的人还得由我再拉回去。我又调头去接她，她正坐在路碑上吸烟。见我的车来了，她就把烟一扔，胸有成竹地走过来，说：我知道你跑不远。这回她坐在前面，一上车就把收音机开了，摇滚乐咣咣当当地响。这一路上我没有再说话。接近城市，我发现她居然也很漂亮。我的心情明显好转了一些，慢慢地又有点忧伤。这样的姑娘真不该去当婊子。问题是从古到今婊子十有八九都是漂亮的。

但是我没想到她会一直黏着我。她跟我到船上，夸我屋子整得很有情调。我就想，婊子也是有档次之分的。这一位还能谈谈情调。她还说喜欢我写的毛笔字，说：你的书法很不错。而且她还建议：你这种人根本不该开出租，应该到大公司另找一个好饭碗。我没怎么理她。我说你打算玩到什么时候？她说：我今天就睡这了。然后把长袜子一拉，说：你不亏吧？我说我根本没打算和你来。她反问道：你不想来又拖我到这里干什么？我说我怕人强奸你。她一下就笑了，说我早就被人强奸了，天天强奸。我说这不是强奸，这是卖淫。强奸是不花钱的，也不收钱。她一时没话了。趁这空隙，我拿起一床席子去甲板上乘凉去了。她如果真的不走，我就睡这。这个行为让我想起一部老片子。

今天我起来后她已不在了。她何时走的我不清楚。她把我的屋子简单地理了一下，还拿走了我的一幅字（好像是"月落乌啼霜满天"），在原先挂字的位置上贴着一张用毛笔宣纸写的大借据：借你五百元，管几天饭，以后还你，别骂我。

我想我是倒霉了。

六

现在也没有人来纪念五一节了。大家只顾挣钱花钱，这都与劳动人民无关。劳动人民这个概念也越来越含糊了。以前一提劳动人民，我就想到宣传画上手持钢钎或肩扛大锤的工人和怀抱一捆麦或手攥几棵苗的农民。这形象拾块钱人民币也有。后来印伍拾圆纸币，又加了一个戴眼镜的老书生——他显然是知识分子。这些人一看就是没有钱的，他们当然也没钱花。可从小到大我见到报章上都是一个声音：他们是主人，是社会的财富。就是说他们是能挣钱的，不明白的是钱都跑到哪去了。

我心情很好。我觉得我是典型的劳动人民。一个人能切实感到是自食其力，是自己养活自己，心情自然就好。我每天都能讲几张钱，这比从前领工资领稿费都痛快，好在一天也不间断。几天前一个漂亮的小婊子"借"了我五百，我一点也不心痛，就当自己调休了一天。我发现开出租这个职业真是好极了。

车过人民桥，那边就是海甸岛，规划中是高级娱乐区和别墅区，就是说有钱人待的地方。一个头发披肩的小子抱着吉他在桥头卖艺，唱的是刚传开的《亚洲雄风》。小子唱得确实很好，边上围着不少吃盒饭的工人和一个拍电视剧的剧组。大家为他喝彩。小子一高兴就把词给改了，唱道：

> 我们亚洲，人民最贫穷，
>
> 我们亚洲，热血都白流……

我来接陈一帆。他的公司就在海甸岛一幢玻璃写字楼里。陈一帆说他要去机场，怕路上塞车就提前预订了我。他不主张我开车。他说你这是吃饭没事干。其实他正好把意思说反了。我们在车上闲聊，听着古典的音乐。陈一帆说，有一家杂志想请我去当执行主编，月薪三千，问我干不干。我说不干。他说为什么不干？我说不为什么，就是不想干。我说以前人家向我组稿，请我吃饭开笔会，现在调过头来不合适。他说不比你开出租强吗？我说开出租很好。他说你这家伙有毛病。

我想陈一帆的话也不无道理。说我有毛病的人很多。从我爹开始，到我前妻李佳，加上从前的一些同事和同学，反正不少。他们认为我多少有些古怪，行为举止比较离经叛道。比如说我认为有些机构像人身上的肚脐眼一样，看不出有什么用处，而政府还照样大把地拨钱。再比如说，我时常幻想这辈子要和张曼玉做夫妻。即使她不是大明星我也一样幻想。我就特别痴迷她那种仪态，真是风情万种。还有就是，我总把自己想象成古稀之年，习惯以这种往事如斯的眼光看眼下。我把自己安排在想象的一所故乡的小木楼上，看着那条永不干涸的河流静静流淌。就是说，我爱把正做着的事理解成回忆中的片断，这样就很容易宽解自己。谁年轻时没几桩荒唐事呢？这些事到老便是一句笑话。

七

昨天送陈一帆到机场，又碰见了第一天在秀英码头见到的那个女人。她戴着墨镜反倒好认，脸上更简单。我就主动走过去同她打招呼。我说你好，想不到这么快又见面了。她愣了一下，显然记不起我是谁。但她在我还没有难堪时就布起了微笑。她说哦哦，你在忙呀？她还是没记起我。我就问：你又要走了吗？她说不，她说她正送几个法国人上飞机。法国人想在这里搞一个矿泉水项目，她是译员。我脑子就嗡了一下。我认为世界上的巧合不会很多，但这个巧合让我碰上了。我说你是学外语的？她点点头。我又问你是不是犁城大学毕业的？她说不是，她说不知道这个犁城大学。我有点失望了。然后她给了我一张名片。她叫苏晓涛。我也把呼机号给了她。电话过几天就装好了，我这样解释道。

我想给这个苏晓涛打电话。犹豫再三还是没有打。我过了这个年纪凡事得迟缓一点老谋深算一点。一天下来人显得累，晚上不想干了。我借了几盘录像带，全是布鲁斯·威利的系列。布鲁斯·威利的银幕形象是一个臭鸡蛋，总是被弄得脏兮兮苦歪歪的。三十岁以前我喜欢罗杰·摩尔演的007。我不喜欢他的孤胆英勇喜欢的是他身边的美女。这些女人后来被一律称作"邦德女郎"。布鲁斯·威利这个臭鸡蛋有一个漂亮的太太黛米·摩尔（她也叫摩尔）。他是在拉斯维加斯赌桌上向她求婚的。当时他说你嫁给我吧。摩尔就说：好。于是布鲁斯·威利第二天就宣布：婚姻就像赌博一样，这一局我他妈的赌赢了！

赌输了的是我。我和李佳是大学同学，她比我低一班。我们的婚姻有一度被视作郎才女貌。我们离婚没有什么导火索，自然而体面地离了。离婚的那天是个阳光灿烂的日子，我们合打一把遮阳伞，一瓶矿泉水递来递去。我们这般恩爱地去离了婚。如果不是去离婚，我们就不会这般恩爱了。

布鲁斯·威利陪了我一晚上。明晚找谁，我还没有想好。出租录像的那个小子老给我推荐他妈的《金瓶梅》。我懒得理他。

八

我已不是青年，今天就算了，五月四日。

九

黎明前一场雨把我吵醒了。这屋子就是这点不好，全是铁的，雨落在哪个地方都响。我躺在床上欣赏着我的所谓书法作品。那个小婊子无端拿走了一幅字让我很高兴。我的字暂时还变不成钱，她拿去肯定会挂起来。从前的婊子琴棋书画都会一点，说明嫖客基本上都是文化人。所以宽容一点讲，那类婊子，比如说李香君、董小宛，应算知识分子。李香君还算得上有正义感的爱国型的知识女性。一把桃花扇搞来搞去，最终搞成了千古绝唱。对她这种人，现在辞书上都称作名妓，其实就是著名的婊子。我不懂为什么大家特别忌讳婊子这个词。《中国妓女史》也不叫《中国婊子史》，真是很怪。以前我在大机关供职，一个处长同打字员搞上了，事发东窗。部里开会让他检讨。他说，我和某某某在互相情愿的前提下仅发生过一次不正当的男女关系。我非常讨厌这种辞令。如果我是当事人，我就会说是的，我们搞了一下。那天夜里那个婊子就问我：哎，你到底来不来？我说不来。她问为什么不来？我说我不想同一个连名字都不晓得的女人来这事。她就笑了，她说看不出你这人还有点像许仙。这话真他妈让我惭愧。

今天运气极糟，上下午都让老警搞了，搞了两下，一共搞掉了四百块。他搞我，还要我付钱。他说我的车停错了地方，我说这儿没有不许停车的标志。他说怎么没有？就用手指了地方，那儿也确实有个标志牌，被他妈的用"专治男性不育"糊住了。我说这看不清。他说看不清也不等于没有。他又说本来只罚我一百，但我的态度太坏，必须严罚。如果再坏就再罚。他的眼神被墨镜遮住了。下午是因为闯了红灯。这个鸟岛上有不少红绿灯和人差不多高，我的视线总习惯往上射，就闯了。罚得我没脾气，也还是两百。这么搞了两下，晚上就不想开了。我在滨海大道上像个魂似的飘来飘去，最后飘到一堆土著里。我同他们一起看业余剧团演的琼剧《三看御妹刘金定》。演刘金定的那个女的威风凛凛，唱腔洪亮，唱得我热血沸腾一句也听不懂。在大街边上搭台唱戏，全中国也就只有海口了。这样想想，一晚上站下来就很值。

十

去国商接人碰见了苏晓涛。她所在的公司在十二层。我们是在电梯里遇上的，我们都很意外又都比较高兴。电梯里就我俩，不说话肯定不合适。我就说：我总觉得是见过你的。她说不可能。她说人都是这样，彼此认识了，就觉得以前好像见过。我摇摇头，我问怎么你不觉得以前见过我呢？她就笑了。出电梯时她问：你那里电话装了吗？我说快了。我说我是住在一条船上，电话装起来啰唆一些。你住在船上？她感到很惊奇。于是我就做了解释。她说哦，是这样，那蛮有情调。

怎么两个女人都说了这句话？一整天我都想这事。情调是个什么东西？

<h2 style="text-align:center">十一</h2>

电话装好了。号码是 250068。我上街印了名片，那上面就只写了姓名和电话号码和 BP 机号码。我的身份已变得模糊，地址也不好标——别人都住街边，我住船上，标上了大家会认为我是搞水运的。我已经开了出租，再加上水运，就成了水陆两栖的货色。装电话的那个小子满口京腔，很会说，七绕八绕就成了某某人的远亲。我想你小子要是某某人的远亲还会跑到这儿来装电话吗？你要是远亲，我就是微服私访的皇帝了。我给了那小子两条555 烟，他说电话回去就给我搞通。他说有了电话就等于有了个哥们儿，陪着你，帮你，还不要管饭。我想这话也对。

到了晚上，电话果然就通了。对方一个女声问：250068 吗？声音清楚吗？我说声音非常清楚。她就不想多说一句话了。我掏出通讯录和一堆名片，想把电话号码散出去。我先给李佳拨，她不在。我又给陈一帆拨，家中也没有人。然后我就想到了苏晓涛。电话打过去，没人接。我怕打错了，就对了一下名片，没错，不过是办公室的号码。我又打了她的 BP 机。她没回。再打一遍也还是没回。别的我就不想打了。我守了一晚上的电话，打来打去都是空的。后来我肚子饿了，决定出去遛一圈，到排档上喝杯啤酒。出门时我又拨了一下电话，刚下船我的 BP 机就响了。拿出来一看，还真是 250068。

我在排档坐到午夜，人还是很精神。我又去市里兜了两圈，想挣回一条 555 烟。有一个操江浙口音的小老头一边剔牙一边夸南边的夜生活如何如何丰富。我就问：你那儿不好吗？他说差多了，连搓麻将都抓。小老头见我很随便，又问找个小姐什么价？我说这要看找什么档次的了。小姐还分档次？他好像啥事不懂明知故问。我说这百合和菖蒲也不是一个价的。小老头就直了直腰，说：最后一班车，我看找个玫瑰就蛮合算了。他的情绪一下变得出奇的好，哼起一支老歌《花儿为什么这样红》。为什么这样红？我不知道。小老头问：都说女人是花，那男人是什么？我说，是肥料吧。

十二

我给苏晓涛打电话。我问，昨天打你呼机怎么不回呢？她说哦，250068 是你呀！呼我两遍都收到了，可实在不知道是你。我说你记住这个号，是我家里的电话。她说你不是住在船上吗？我说对呀，对我来说那就是家。她就在电话那边笑了。我立即就说：哪天你来玩吧。她说好，等忙完了这阵子。

我承认这有点勾引的意思。苏晓涛说话做事都很谨慎。我喜欢谨慎的女人。我当初找李佳，就是因为她谨慎。我们的恋爱阶段先后跨五个年头，这一千多天我们都是谨慎的。我们接吻只是嘴唇相碰，我们拥抱全都隔着衣服。其时大学里女生流产已不是新闻了，可我们一样谨慎。李佳说，有些事必须到结婚以后才可以做。我同意了。虽然我心里有些难过，但还是为找到一个谨慎的女人感到自豪。我和李佳的问题在于：结婚后还是谨慎。我们睡在一张大床上不像夫妻，怎么看都像哥们儿。

于是又给李佳拨电话，她在。我说我这里已装上电话了。她说你混得还不错嘛。我说以后聊天就方便了，电话由我负责拨过去。她说你是不是又想回过头来同我谈恋爱呀？我说这个可能也不排斥。李佳就叹道：如果是这样，你别同我聊，你去同我妈说，看她老人家还有没有兴趣认你做女婿。我说废话嘛，我是同你谈恋爱又不是同你妈。她说去你妈的小子，别想什么好事都沾了。李佳现在说话也不斯文了，有时候比爷们还狠。我想时代也是真的发展了，从前床上说的话现在可以放到大街上随便说在这样的年头，我还居然幻想着花前月下了。我想我是真有点老了。

晚上去看陈一帆。他还是不满意我的现状。他问我是不是赚一把钱就走？我说不是。那你为什么？他瞪着眼问：难道以此了却残生？我说残生不残生倒无关紧要，反正就一个人，也没什么好牵挂的。陈一帆说：我看你还是同李佳复婚算了，两碗剩菜一块热热。我就问：你干吗不热？他说我的情况已经不同了。正说着，王娟散步回来了。几十天不见，她肚子已大了起来，穿着一件宽松的大 T 恤，上面印着两只狗。王娟见我还有点不好意思，忙着削个菠萝就缩到卧室去了。陈一帆说，你都看见了吧？我现在和你不一样。我要做的，是让这个孩子的爹千万别死掉。陈一帆说这话时语气有些重，我就问：你怎么会这么想呢？陈一帆说：我很累，真他妈很累。在中国砸掉一个饭碗还真不是容易事。我说你太贪心了，其实一个人一生花不了多少钱。钱到最后只是个数字，和电话号码一样。陈一帆点上一支烟说：你不懂。开弓没有回头箭。我既然从机关出来，就不会再回去上班的。我就笑了，我说你们这帮家伙胃口太大，都想当国家栋梁、民族英雄。世界是你们的，不是我们的。我们是在你们的世界里混碗饭吃。陈一帆说什么你们我们，世界既不是我们的也不是你们的，归根结底是他们的。他们永远朝气蓬勃，永远是早晨八九点钟的太阳。我说我不喜欢太阳，喜欢雨，喜欢雨天同一个女人偎在床上。

十三

凌晨醒来，知道身上发生了一点事。我好奇怪，我已三十六岁，居然还出现少年的勾当。看来我的生命力还真旺盛。用自来水把下身冲了几遍，后来干脆就不穿衣了。这个形象让我想起《现代启示录》里那个美军中尉，在一架老式吊扇下光着屁股练习拳脚。

这件事的起因比较下流。我在梦里把苏晓涛泡了。我们双方自愿含情脉脉彼此挑逗。她的挑逗方式像诗，我则像曲艺，所以最终由我把好生生的一个诗情画意给毁了。现在想起来还是有点悔。这样的梦总做不长。从前梦见有人追杀我，一追就是半夜，跑得我气喘吁吁，鞋也掉了裤带也挣断了，总算勉强活了下来。

那个年月很懂得珍惜生命，怕死，但活起来挺狼狈。那时我在机关上班，不迟到不早退，成天在忙可不知忙什么。我对那个阶段的生活感到厌倦，一点不怀念。我后来就离开了机关，离开的那天机关照例要开欢送会，我真想说：去你妈的。我后来就去了作家协会，一天班都不上但照样拿钱。我觉得这也不好，不公平。中国就是这么一个有意思的国家，把作家艺术家们集中起来养着，一养就是一生。结果是养者勉强，被养者还嫌不舒服。我觉得写作纯属个人的私事，不需要建立专门的机构更不需要开会。倒是应该把这钱用在印方格稿纸，发给那些愿意写作的人。

这个早晨我稀里糊涂地想了这些莫名其妙的事。我该出车了。昨天后半夜下了场雨，外面的空气无限的好。生意特别好做，不到中午就赚了三百出头。吃过午饭，顺便洗了一下车。这车还是不错，红颜色特别地道。听当地人说，那年倒汽车，只要有空场子就停放着汽车，从直升飞机上看海口像一个麻将场。那情形可谓壮观。从洗车场出来，立即有人搭车。一看，是那个小婊子。她也一下认出了我，不自然地笑了。她说你好许仙。我也笑了，我说现在我可找不到没有灯光的地方。她说对不起，我还借了你五百块钱，我今天身上没带。我说那不是借。怎么不是借？我给你出了条子。她生气地说。我说不是借。她说不是借，难道是偷不成？我不想再理她，连按了几下喇叭。她拍了一下我的肩：停车！我就把车停了。她跳下车，然后把门一摔：我会还你的！

海口就是他妈太小了。一下午我都缓不过气来。我想我确实有点问题，连婊子都看不起我。那天晚上我真该同她来一下，这样五百块钱去了便有了个说法。于人于己都释然。

十四

这里的阳光是白的。海口也处北纬二十度，阳光直射。中午那一会儿让人受不了。从大陆来的女人骑单车都戴护臂，一直护到腋下。做女人确实要辛苦一些。女人本不该辛苦，因为上帝造人是有分工的：男人挣钱，女人花钱。现在不是这样，女人挣钱很厉害。上午的一位乘客上车就开始打手机，内容是谈龙昆南那边的一块地，又买又卖。像这样的女人我每天都能碰到。我的女乘客打电话的姿态很好看，不好的是她把呼机别在裙裤上。如果她同我熟悉，我想我会提醒她的。我甚至会对她说，女人是不适合带呼机的。可是女人都不带呼机，男人也麻烦。有个家伙告诉我，他每天夜里同时给九个女人打呼机，谁先回他就同谁泡。

到了晚上，我就给苏晓涛打了呼机。她很快就回了。电话里有个男声在唱卡拉 OK。我想她此刻肯定是在歌厅的包厢里。她说喂，你在家呀？我说车出了点毛病，晚上闲着呢。她说好哇，闲下来挺好。这话什么意思？我有点后悔，她明显地在敷衍我。我问你干吗呢？在歌厅里泡呀？她说她在陪客户，是今天刚从内地来的银行人员。我又问，你知道什么叫卡拉 OK 吗？她停顿了一下。我接着说，就是把自己的欢乐建筑在别人的痛苦之上。她一下笑起来。她的笑声真让我高兴。然后她就问，有事吗？我也停顿了一下，我说：我想同你聊聊。她说我知道，明天你等我电话吧。我心里热了一下，我说等你忙完了，就拨过来。你是说今晚吗？她问道。我说对，今晚。然后我就把电话放了。我知道这么做太明显了，但既然已经做了，也没什么不好。我靠在床上看《布拉格之恋》。根据米兰·昆德拉的小说改编的这部片子也很好，不好的是那个托马斯太瘦了。男人不能太瘦，这是我前妻李佳说过的。李佳这些日子在弄什么我不清楚。电话里她的语气一如既往地从容不迫，好像算定了有一天我会同她复婚似的。李佳就是这么一个角儿。

大约快十一点的时候，苏晓涛的电话来了。她先是说今天累了一天还没洗澡什么的，然后就问我有什么事。我有点失望，我没什么事，只是想同她聊聊，海阔天空不三不四地聊聊。她这一问，我就变得郑重起来。我说你的声音很好听。她说她有点感冒。是不是因为感冒声音会好听一些？她笑着问道。我说也许吧。我又说这个周末一起吃顿晚饭吧。她说可以呀，不过时间别定死。谈话就这样疲软地结束了，毫无意思。我发现我他妈的是老了，连勾引女人都显得这么愚蠢。

这个晚上过得太糟糕了。我关掉电视，爬到船顶上去吹风。城市的灯光还是十分好看。不远处的一个工地上，打桩机嗵嗵地响着。我来这个岛上也有好几十天了，感觉上还是有点像出差。

十五

原想约苏晓涛出来吃饭。很不巧，她下午要出差，机票是四点二十分的。她说几天后就回来，到时呼我。她又说，这个月奖金蛮可观，回来后我请你吧。我知道她在安慰我。这个感觉不好。我和女人相处，历来都是我去安慰别人的。我曾经想，在我弥留之际，把这辈子爱过的女人召集起来开个会。这当然是个狂妄的思想，但是富有生气和诱惑力。我希望苏晓涛能出席这个会。作为会议的召集者，我有责任把她们彼此介绍一下，让她们握手和碰杯。等她们一一对上号后，我会大声说：我爱你们。我这辈子就是这么一一爱过来的！

可能胡想得太多，下午果然就出了点小麻烦，我追尾了，把一辆木田雅阁的尾灯碰烂了一只。司机是个精明的小子，他抖着腿问：怎么着？我二话没说给了他两百块钱。他说这灯可是进口原装的。我说行了，保险公司能不认账吗？他想了想，说只好回去讲是倒车时碰的了，你再给我打张收条吧，写收到赔偿费两百块。我明白过来，这小子一进一出就吞了四百。但也只好写。那小子说：抬头写四达公司。我愣了一下，这不是陈一帆的公司吗？我还是写下：今收到四达公司汽车赔偿费二百元。那小子满意地开车走了。我立刻去公共电话亭给陈一帆打电话。他在那头正忙着，问什么事？我就把刚才的事说了。我说你那个驾驶员赶紧炒掉，吃里爬外的家伙！他嗯了声，说知道了，又约我晚上一起吃饭，在小洞天。

陈一帆仍是一副疲倦的样子，一顿饭手机乱响，谈的全是地呀钱的。他的四达大厦刚动工，由于地质勘测不准确，比原先的预算要多投一千多万。他说本来资金就短，想撑到正负零靠卖楼花周转，这下又得去找了。一千多万，找起来也确实难了他。我劝他寻求一方合作。他说目前已是两方合作了，再找一家，剩下的就只有汤了。而且对外的形象也不好，让人认为四达的实力有问题。我就不便多说了。后来又扯到那个驾驶员身上。陈一帆笑着说，那小子搞这种小名堂已不是一次两次了，可他舅舅是内地一家银行的实权人物，算了。陈一帆说，这年头银行是爹。

十六

昨天同陈一帆吃过晚饭，又去了摩根酒吧。这个酒吧布置得倒蛮有情调，有几十种小瓶啤酒，看上去很舒服。还有一位萨克斯手，我们进去的时候他正吹着《梁祝》。这个曲子用萨克斯吹也很不错。我们坐下，要了三种小啤酒，红、黑、黄各来一份。在海口有这么一个地方真是很好，我说，有沙龙气。陈一帆说，你这家伙骨子里还是个骚人墨客，其实在屋子里敲敲电脑不是很惬意么？我说你干吗要折腾？他说我的情况不同，我是受朋友之托，而这个朋友又不是别人，是王娟的哥。王娟这个哥是浙大建筑系的高才生，八八年海南建省就下海了，做梦都想盖一座自己设计的楼。可是去年，得肝癌死了，积劳成疾吧。临死前把这一揽子都托给了我，要我把他的骨灰盒安放在基石下。陈一帆这一说，我心里一下变得好重。我没有见过王娟这个哥哥，但我能感受到这个人的气息。正谈着，王娟的电话来了，说有点不舒服。陈一帆便先走了。我慢慢喝着啤酒，还想着那个死去的男人。我自然有些感伤，想这下海也好不容易。男人一旦有了目标就会拼命。而男人的目标又往往是需要拼命的。

　　临近子夜，酒吧到了所谓"情调时分"，熄了全部的灯，每个台子上都换上了蜡烛。男男女女开始下舞池了，萨克斯手吹起柔曼舒缓的曲子。墙上都是晃动的人影。我正想离开，忽然间灯光大亮，只见几名公安冲了进来，我知道这是突击扫黄。而这时一个小姐坐到了我的对面，低声说：大哥救我！我一看，竟是那个小婊子！她肯定是来坐台伴舞的，面色慌张。我也低声说：快报你的真名、住址，就说你是我的女朋友。然后我又自报了家门。她说她叫方鱼儿，家住长春斯大林大街，今年二十四岁。这时公安宣布．都坐好，检查身份证。不一会儿，检查到我们台子。公安先拿了方鱼儿的身份证，然后一一问我。我一一作答。我又说我们住在一起。公安说，非法同居也不合适。我笑着说，如今不都是先上车后买票吗？公安就笑了，说可以走了。方鱼儿就挽起了我的胳膊。

　　我们就这么挽着走了很长一截子。外面已有风，走起来还算舒服。方鱼儿说：大哥，今天真是谢你了。我说出门在外也不容易，同是天涯沦落人吧。她一下挽紧我，没再说什么。我说去我那儿坐坐吧。她点点头。我们一直走到船上，舱里还闷着，就拿了张席子到船顶上，那儿风飕飕的。

　　这个夜晚方鱼儿对我说了不少事。她原在长春一家厂子，厂子倒了，就带了点钱到了海口。原想做做小生意，结果被人骗了。我就问，怎么不去公司应聘？她说她文化太低，再说就是进去也不过是当公关小姐，还是陪人吃饭跳舞，钱却赚得少。我说怎么讲也是个正经事，犯不着像现在这么混。方鱼儿沉默了一会儿，说她有一个患小儿麻痹症的弟弟，她想替他多攒些钱。她顿了顿，又说，我其实也是看人的。那个人至少要顺眼，要……有个香港老头想包我，我没干。

我叹了口气。我也不知道方鱼儿这些话是真是假。但我还是有些感动。一个女孩子，无亲无故，从北方跑到最南端，弄到这步田地。我握着她的手，问她：你见我顺眼吗？她有些害羞地笑了一下，就顺势倒在我怀里。我搂紧她，贴着她的胸。她低声问我：你今天怎么这样？我说，今天我知道了你的名字，不是吗？于是我们做爱，做得大汗淋漓。过后又洗澡，上床睡觉时天差不多已亮了。

我醒得很迟。睁眼一看，方鱼儿已不在了。她把房间整理了一下，留下了五百块钱。

我一下感到很伤心。这一天里我都在咀嚼昨夜的事，我伤心至极。

十七

我承认，这两天我惦着那个方鱼儿，主要是惦着席子上那点事。像我这种年纪，和几个女人有过肉体的接触并不叫人吃惊。女人和女人不一样。虽然和方鱼儿就一夜风流，但凝固在我的记忆里。我和李佳做了近十年的夫妻，可是在床上从来就不出汗。每回李佳都说没意思。后来我也这么看了。我想一定有很多的夫妻在床上感到没意思，所以最终以"性格不合"为由去办了离婚——其实是床上不和。男人是贪婪的，在床上却不自私。男人希望通过自己的劳动使女人在他眼下获得幸福，那么男人就更加幸福。男人就是这么个东西。

方鱼儿是个精灵。我们在一起那种状态让我痴迷。那会儿我觉得她就是个宝贝，整个过程称得上完美。她呻吟，她说：天哪天哪天哪！最后我们全像被子弹射中了那样瘫倒，周围听不到一点儿的声音。过了会，她才问我：你好吗？我说好。她说她也很好。

可是她走了。我一直在找她，找不到。她也没来电话。我有些不安，觉得有点乘人之危。如果她也这么想，我就惨了。

晚上借了一盘莎朗·斯通和威廉·宝云演的《偷窥》。片子拍得很好，剧情也好。《偷窥》中也有一个讨人厌的作家，那家伙变态，成天想杀人。威廉·宝云演的那人也变态，他通过一面秘密的电视墙来窥视这幢大楼的每个房间。他有他的理论。他说生活本身就充满喜怒哀乐，不需要什么肥皂剧（我想也可以不需要小说）。那人每天就靠这个度日。真实的东西当然是最诱人的。可是，我们看不见真实。即使是在被窝里也还是看不见。

十八

接了一个去三亚的长途，价格敲在一千二百元。乘车的是一对男女。男的大约五十出头，女的不过三十岁，两人是来开会的，却装出一副夫妇派头。他们一上车就很亲热。女的说空调冷，男的就把西装脱下来给她披上。两人一路上就商量一件事：到底开几间房？是两间还是一间？两间不方便，一间又不安全。

他们为此好懊恼。女的就埋怨了，说都是你，要是离了就不会这么麻烦。男的说快了，儿子一上大学就离。女的说有这简单？他娘那个病歪歪的样子，你就不怕机关里说三道四？肯定离不了。男的就感叹，说人生哪人生。女的说人生个屁，你就是自私。这两人的口音像是湖南的。这几年毛泽东的湖南话听多了，所以他们的交谈我大致听明白了，就这点破事。

车过万宁，看见了"洪常青就义"的那棵大榕树。这个故事是真的，洪常青真名姓李，是一个英俊的男人。因为是真的，我就很感动。一个人为了某种信念，把命拼掉，这让人钦佩。万泉河是一条美丽的河，并不宽，但水流湍急。两岸的植物茂密，绿葱葱的。我放慢车速，欣赏着这眼下的河。车内的这对男女依偎着睡了，似乎睡得很香。我很想抽一支烟，很想把车停下，跳到万泉河洗个澡。

傍晚时分，车抵三亚。我还是第一回来三亚，直觉判断这是个奇异的城市，美得浪荡。我把那对男女送到南中国大酒店，然后住进了一家小旅社。刚住下，就有女子上门，问要不要按摩？我问怎么个价？女子说这要看正规还是不正规。我笑着问，不正规什么价？女子答：五百。我说我开了一天车也不过挣几百块，为那几分钟的乐子撂出去，不合算。女子就说你这人真是想不开，然后转身去了别处。天渐渐黑下来，我去公共浴室冲凉，审视着自己的裸体，觉得还是很合算。

三亚的晚上比海口安静。立在桥头，看渔船纷纷入港，心情变得十分好。岸上灯火稀疏，有一刻，我竟想起了故乡。我的故乡在长江中下游的一座小城。我在那里度过童年和少年，而现在我突然地老了。

十九

苏晓涛一回来果然就呼我。晚上我们在国商的"潮江春"吃自助餐。她说请我，我说这不合适，单当然由我来买。她就笑了，说你们男人就知道在这上面要脸。我说，你的意思是说男人在别的上面不要脸啰？她连忙摆手，没这意思，我不想抬杠。我买单是因为我可以报销，我是总裁助理。既然这样就算了，我说，你混得真可以，明年能自己开公司了。苏晓涛说，我可不想独立门户，操那么多心。等挣了点钱，我还是想出国。我就问：出国有意思吗？在人家地里能找到感觉吗？她说这样想就太狭隘了。只要有一个利于自己发展的空间就行。我不再就这个话题接下去。发展空间？这话现在我听起来感到可怕。她嫌空间小，我呢，嫌空间太大。我从大陆跑到一个岛上，从书房跑到出租车，没觉得有什么不好。再过几十年或者十几年，我就到一个盒子里去了。

吃过饭，我请苏晓涛去我那儿。她说晚上还有点事。我知道这是托词，就笑了笑。苏晓涛有点不好意思，说：我这人是不是没劲？我说，是我没劲。她就不响了。我谢了她，自个走开。我没去开车，想在街上走走。这个晚上没劲透了，我想我还是很傻。

和苏晓涛分手后我突然想到方鱼儿。我真想在路上遇见她，然后同她上我的船或者床。我不是让鱼儿这会来做苏晓涛的替身，我就是想她，想同她彻底地搞搞。我很沮丧。街上的灯光很骚，空气也很骚。这是一个骚透了的夜晚，男人和女人都待不住家。我混迹在这些孤魂野鬼之中，想几十分钟前自己还同某个高雅的女人在谈什么生存空间，觉得实在可笑。其实那个女人花钱买单只是向我表明她如今已是总裁助理。我来同她吃饭是想进一步接近她，然后泡她。就这么简单。男人和女人之间也就剩下这么点东西了。

二十

去华侨宾馆看一位从犁城来的朋友。在门口，碰见一张熟脸扑过来。这是个演员，拍过不少电影。他大约觉得奇怪，怎么边上没人注意他并找他签名什么的，所以一阵响亮的咳嗽后，用那带脑腔共鸣的声音自言自语：这儿的天空真他妈的蓝！我看了那老小子一眼，心想你这家伙肯定吃错药了，跑到这地方来找安慰。这地方不吃这套，咳什么咳？能把满街的视线咳过来吗？如果你想把自己炒一下，不如上天桥把裤子扒了。

犁城的朋友是我的邻居，是来开订货会的。他给我捎了件东西，一条红裤带，李佳所托。李佳说今年是我的本命年，她近日两次梦见我出了车祸。朋友笑起来，说你还在她梦里，你们的缘分没尽，复婚算了。我说复婚简单，问题是一复婚大家又都烦了。朋友说婚姻就是这么回事，你看重它，它还是个东西；你不看重它，连东西都不是。后来我就寻思着，婚姻其实也可以实行合同制的。两个人在一起处得好，就将合同往下续；处不好，合同一到期就好结好散。免得大家戴着婚姻这顶帽子去干那些偷鸡摸狗的事，法院也省心。

晚上给李佳挂电话，谢她还惦着我。可她说，我这是看在往日情分上，我他妈的嫁你时是处女。我说我们如今是离了婚的结发夫妻，法律不保护我们，我们就自我保护。李佳说，我们充其量算是个亲戚吧，这倒也不错。李佳又问我身边有没有女人？我说偶尔有。她就笑了，问女人和女人是不是不一样？我说是。李佳问你和别的女人在一起时感觉如何？我说至少汗还是出的。李佳说，哦，那我服气。李佳的语气像在评价一件削价商品。我想还是有区别，离婚了，大家全变得理智了——理智得似乎有点过头。放了电话，我去了顶层。那儿还是很舒服。微风从海上拂过来，夹杂着椰子的清香。我点上烟，想着和李佳复婚的事。我觉得还是没意思。我和李佳只能偶尔一见，时间稍长一点，比如半个月，就不行了。我想夫妻的日子是不能总靠忍耐和宽容来往下过的。

海平线上不时扯出一线亮光，没准后半夜会有雨。

二十一

昨夜后来果然就下雨了，是中雨，缓缓地落着。那时我还没有睡，靠在床上看丘吉尔的《战争回忆录》。我喜欢这个不可一世的胖子，我同时也嫉妒他。温斯敦·丘吉尔那个下午正在家中修理矮围墙，结果白金汉宫传下话来，让他去做海军大臣。不久他又成了不列颠的战时内阁首相。战争摧毁了伦敦却成就了丘吉尔，如果没有那场战争，这老胖子干什么呢？

我发现我已是无所事事了。而且我一点也不痛苦。上岛的时间虽不长，但人是明显地胖了。我的腰围已达二尺六寸，腹部隆起，头发也越来越稀疏。我才三十六岁，如果不出意外，我至少还要再活三十六年。那时我的腰围会是多少？

在这样的夜晚，当然会有许多人活得有滋有味。也当然还有许多像我这样的人百无聊赖。我庆幸我还有辆出租车可开……

陈一帆又要出差了。下午送他去机场。他两手空空，不像是出差。我就问，你他妈怎么什么也不带。就夹一只公文包。他说，我带了身份证和信用卡。我看看这小子，谱也大了。可是他却叹了口气。飞来飞去！他说，我一年有半年的时间是在天上过的，妈的！

机场陷在城市里，飞机下来时很吓人。这本是一个规模不大的军用机场，海南建省搞特区，就先凑合着用了。今天还算好，机场的人流量不大。时间还早，我和陈一帆在外面抽了支烟。陈一帆看看天色，突然问我：今天飞机会掉下来吗？我就笑了，我说你怎么想到这事？他说，从前坐飞机不感到害怕，现在是坐一回怕一回。上回从上海回来，飞机遇上强气流直落两百米，小桌板上的咖啡全掀飞了。这事我一直瞒着王娟。陈一帆说，我有一种预感。我说我也有预感，我预感自己会得诺贝尔奖，会同张曼玉结婚，可能吗？这不是预感，是幻想。因为有幻想，大家才不把谁放在眼里，不是吗？陈一帆不再说，脸色变得阴郁。这时一个给人照相的土著走过来，问我们要不要合影留念？我没理他，陈一帆却说照两张，一次性快照。于是就拉我同他站在一起。相片很快出来，我们各留一张。我突然有些难过，好像今天是来送陈一帆赴刑场似的，生离死别。陈一帆拉着我的手，说：万一飞机不争气，王娟就托付给你了。我说，你别再瞎想了。到了，给我那儿挂个电话。他点点头，从容一笑地走了。

我一直看着那架波音 757 起飞，飞到视野之外。

二十二

在老街吃早点时碰见了一位熟人。他原是内地一家刊物的编辑，也写小说，后来还自费上了北京的鲁迅文学院，去年来海口开什么会，看见小姑娘口袋和胸脯一样高，就决心不走了。他说那个晚上他突然发现自己至少白活了二十年。别的都是假的，他这样感叹，只有钱最真实。钱这东西确实太硬了，碰它不过。这位来自闽南的男人后来做过公司的业务经理、非正式的证券经纪人、房地产交易的中介者。但从他一脸倒霉相和失去全部光泽的皮鞋看，我断定此人没有发财。再往下一打听，他现在又到了海口的一家文学刊物，当主编助理。他说主编是位老太太，每年掏五十万，从不管事。言下之意那刊物是他说了算。

你给我们写一篇吧，他说，我当头条发。

我笑了。我说我跑到这儿来写小说是不是有点傻×？我说我现在不想写。写作太复杂，我想做些简单的事、过简单的日子。

他很惋惜地看着我。我想他肯定也用这种很惋惜的目光不止一次地看过他自己。他拍拍我的车，说：你这是体验生活吧。我说扯淡，生活不需要体验。生活像空气一样围绕着你，你吸就是了。我们上车，去了船上。这个上午生意是做不成了，有人要同我谈文学。他环视了一会儿，翻翻台子上的几本书。他说，我那儿有新译过来的米兰·昆德拉，要不要看？我说不要。我说我现在看不了正儿八经的书。我们开始喝啤酒。他列举了一大串作家名单，又指出这些人中的营垒变化，说谁要调到什么位置上，再回头把谁给收拾掉。我说你别给我谈什么文学界。我爱文学，但从不爱文学界。而且我历来是只交朋友，不入队伍。如果有人红口白牙地找我麻烦，我不会同他理论，但总有一天我会同他打一架，动胳膊动腿。他好像很诧异。他说哦，是这样。你的为人不像你的小说。你的小说很含蓄。这时他的情绪又转为忧伤，他说，小说是完了。现在中国只有一个人还读小说，就是张艺谋。

二十三

夜里的空气比白天好。天一黑，城市就变得简洁，像个地道的背景。

二十四

李佳来海口了，大约是办什么案子。李佳在大学也是读汉语言文学专业，毕业分到了公安厅二处，搞经济案件。我印象中，李佳善于砍价但不会算账。那年高考她数学只有三十几分。李佳是前天到的拖到今天才打我传呼。其实就是不离婚，我们之间也是这么平平淡淡。我和她做夫妻的那几年至少出了二十趟差，可她从来不送也不接。和你过日子像打麻将当相公，有一回我对她说，虽然也摸也打，但和了不算。既没有赢家的喜悦，也没有输家的懊恼。一句话，平庸。她不以为然地笑笑，说：生活就是平庸。你这人总拿生活当小说，可你的小说又都不生活。你这家伙迟早是完了。我想这是肺腑之言。

　　我去琼苑宾馆接李佳。她穿着便服，戴着墨镜，在大门口等我。远远地就看见她晃来晃去，还吃零嘴。我按按喇叭，她走过来，说你胖了，谁替你补的？我说在这地方喝风也胖。然后我问她：去哪里？李佳说，陪我逛逛街吧。我可以逛上三个小时。

　　我就知道是这个结果。我把车停了，陪她由博爱路去解放西。我问她想买什么？她说不买什么，只是想逛。见我不接话，她又说：你要是忙就算了，我一个人逛。我说离婚了不能客气点吗？她说我失礼了吗？你这人真没劲。我说你也没劲。我忽然觉得，我们之间一点也没有改变，而且比原来还复杂。从前做夫妻，可以抬杠可以吵；现在得忍着，得讲礼貌。索性反目成仇也好，又偏不是……我越走腿越重，后来就和从前一样了，她在商场里面逛，我坐在门口台阶上吸烟。逛完一爿商店，我问李佳说，想不想去海边游泳或者去我那里看看？李佳说：我现在一点浪漫劲也没有，电视里的花前月下都倒我胃口。我说不想就算了，你忙你的，我忙我的，回头一起吃蛇去。李佳说，你别破费了，这边公家给我安排得好好的，攒几个钱再去讨个老婆吧。这回你得看准了，找个爱好文学的，日后给作家洗臭袜子眉都不皱一下的。我说我现在很乐意做一个司机。李佳就鼻子哼了一下，说你们这些人骨头就是轻，耐不了几天寂寞，自己便会自动跳出来招摇过市，不信你走着瞧。我和你过了那么多年，你屁股一撅，我就知道拉什么屎。你居然还说我不理解你，其实我是把你理解透了，让你受不了。

许多年前，我在大学碰到一个刚进校的新生，梳着两条齐腰的辫子，总是在那片杉树林里读陀思妥耶夫斯基。由于近视而不戴眼镜，她的眼睛看上去忧郁而朦胧，睫毛也长。这个叫李佳的新生在三年级时答应毕业后做我的老婆……

我越想越清晰。这个晚上我粗略地把这些年同李佳在一起的生活理了一遍。时间不经意地改变着人，把每个人都改变得十分有理。这个世界已经越发没有头脑了，人却相反，人的头脑越来越管用。所以人在一起总是处不好，因为都聪明。我想，天下的夫妻基本上都是想离婚的，区别是有的想到了就做，有的只想不做。至少，城里是没剩多少好夫妻的。

二十五

陈一帆自那天飞走后就没有来过电话。电视这些日子没有类似空难的消息，他当然是安全抵达了。我想这狗娘养的应该来个电话，要不那天在机场的折腾就像是在演戏了。那张一次性快照我夹在《交通手册》里，无事拿出来看看，据说这种照片保存不了几年。到了晚上,我给王娟挂了电话,问一帆现在何处?王娟说她也不知道。王娟说陈一帆离开前雇了一个小保姆,留了点钱就走了,说是一个星期就回来,今天都五天了。我从不过问他生意上的事,王娟这样说,他也不说这方面的事。放下电话,我的心变得有些乱。我有种不祥的预感,陈一帆或许碰到什么麻烦了。

李佳没有呼我,我也不便去宾馆看她。离了婚的女人可以跟任何男人拉扯,唯独不能的是她的前夫。这规矩真他妈有点怪。这个晚上我有些烦躁。我已经很久不这样了。我也不清楚因为什么烦躁,身上穿条短裤也嫌碍事。后来我就把灯关了,短裤也脱了。我冲了凉,不想揩干身上的水,这样风吹起来更舒服。我又一次想到《现代启示录》上的那个美军中尉,他在西贡一家破旅店里就是我现在这个样子。我想那时他也正处于烦躁之中,兴许还挟带了一点苦闷。而我是没有苦闷的,只有烦躁。

有电话来,我以为是李佳,其实是苏晓涛。她说喂,干吗呢?我说洗澡呢。她顿了一下,又问:好了吗?我说谈不上好还是没好,我想洗就洗,已经洗三回了。她就笑了,问船上是不是很热?我说热倒不热,就是想洗,想让凉水浇浇身子。苏晓涛说,你怎么了?我怎么听起来很不带劲呀?我说没什么,我这里水电都不要钱,没事就冲冲洗洗。苏晓涛问,我可以去看看你吗?我说来吧。这是苏晓涛第一次主动给我打电话。倘若这个电话是前几天打来,我肯定会很兴奋。我会抓住这个机会往下蹭,蹭到哪算哪。电话来得不是时候。里根当年竞选总统,有人挺身质问他：你这老家伙，凭什么当总统？里根说，凭两点：其一是我对美国人民的爱，其二是我坚持性交。就是说只要能性交就表明不是个老人了。这么一想，我便有些悲哀。你不是想泡她吗？她来了，你又不兴奋。

苏晓涛是九点左右到的。那时我的头发还在滴水。我问好找吗？她说好找，这儿就停着一条大船。她说你这儿很像个秘密据点，一些仁人志士躲在这里倒腾个《挺进报》什么的挺合适。她又说你这家伙鬼得很，怎么这几天没电话了？我说，我的电话对你不重要。她就问：对谁重要？我说对谁都不重要，或许对我老爹老娘还有点意思，证明他们这个老儿子还健在。苏晓涛就笑了，说你该不是失恋了吧？我说无恋可失，就是有恋，这年头失了也就失了，大家都想得开。她就叹了声：我的天，你也这么想。我说我为什么不能这么想？我早就这么想了。世人皆醉，唯我独醒——那是孙子，装出来的。苏晓涛喝了口水，问道：那你说以前见过我，也是装出来的？一个借口？我摇摇头。我说不是。我就觉得你是外语系的那个女生。苏晓涛沉默了一会儿，随手拿起一本书翻着，说：没错。我就是那个人。我有些吃惊，弄不清是怎么回事。苏晓涛说，我讨厌过去。我不愿意去谈论从前。她的脸上泛出红晕，好像是在大庭广众之下被人误解了似的。她说我知道你在中文系，毕业前写了一个很轰动的话剧，毕业后又出了好几本小说。而且我还知道你比我大五岁。我到南方来是想寻一个新的起点，好把从前的一切全忘掉，没想到一下船就遇到了你。又是从前……

我打断她。我说从前未必不好，我倒觉得从前的生活很有色彩，只是生活的那个人不像是我，是我的赝品。说着我也笑了。今天是周末，一男一女在一起应该谈些轻松的话题才对。苏晓涛说，海口这地方好像天天都是周末。

二十六

苏晓涛昨天的打扮很青春。一件牌子很硬的鹅黄色T恤，一条有背带的牛仔裤，肩上还有个皮背囊。她的发型也改了，形状像个蘑菇，刘海整齐。她这个样子看上去顶多只有二十七八岁。这是个让男人动心的形象。其实昨晚我们只是握了一下手，而且感觉不太好。她的手太瘦，没什么水分，握起来像握了个模型。我觉得手对男人女人都很重要。手是性的先行官。

我们从九点坐到十一点半。两个多钟头说的全是废话。她一直就坐着，我在她眼前走来走去。后来我坐到她边上，她侧了一下身子，意思大概是说：你要干吗？我什么也没干，继续同她说废话。我听见她的呼吸十分均匀，就知道这个女人是让男人饱眼福的那种。我突然就想到了李佳从前在杉树林里读陀思妥耶夫斯基的那个样子，不禁笑了。苏晓涛就问，你笑什么？我说一个人整天挨饿，不挣钱买米却买了许多碗，各式各样。她便用手支着下颏开始思索，这又让我紧张。我又问她，现在还想出国吗？她点点头。她说我这个人计划性很强，我想做的就必须做成。我随口应了句：做成了又怎么样呢？她似乎不高兴了，她说，你怎么这样想呢？我就不再吱声了。

　　我想我这个人是真的完了。这些年我像是在踢一场没有裁判也没有观众的足球，踢得稀里糊涂精疲力竭，现在我自己把自己罚下场。我太累了。我不知为什么累成这个熊样。

　　不想出车。躺在床上继续看丘吉尔的《战争回忆录》。二战的时候，据说老丘吉尔找了许多替身四处活动，我想那是很排场的。我也有替身，而且很多很多，只是他们长得都不像我。

二十七

　　天气极好，天蓝得吓人，云也吓人，一座山似的向你压过来，可它分明又是软软的。

二十八

　　去街上看了《情人》。小说以前我看过，也喜欢。玛格丽特·杜拉斯老了，所以要回忆。人一回忆就说明开始老了。梁家辉演那个来自旅顺口的中国人，似乎比旧时的男人好看，屁股也壮了些，不过演起来倒也逼真。那个体瘦多病的中国男人最后给少女杜拉斯留了一枚祖传的戒指，这就把她害了，一害就是半个世纪。

　　看电影出来，外面的天还很白，还可以在城里跑几圈。看车的老太太说，你这人不像是靠车吃饭的，这么好的天生意不做，来看电影。这语气真像我妈。我多给了她十块钱，可她不要。她说我看你也是大陆人，好生挣点钱回去吧。老婆在家等呢！我说我没有老婆，老太太就挖了我一眼，嘟嘟哝哝地走一边去了。我想老人家大概在说，你小子怎么混的？这么大岁数居然还没混到一个老婆！我把车倒出来，落下玻璃对老太太说：您肯定能活到九十九。

生意还是好。两个小时几乎没怎么闲。我喜欢跑龙昆南这一带，路是分道行驶，也宽，开起来很舒服。海口没几条好路，城里的路像得了食道癌那样简直叫人想跳海。天色渐晚，我不感到饿，就接着开。收音机里一个女人在嗲声嗲气地同你聊"黄昏风景"，没几句话却乱用了不少词，还问你开心不开心。我不开心。我一点也不开心。我也不痛苦。我只是无聊，无聊得想去过街天桥上拿大顶。

李佳呼我。她说明天回去，晚上来看看我。她的口气做派俨然是领导同志。我说去接她，她说不用。她说我知道在哪，那上面有厕所吗？该不会每天倒马桶吧？说着冷笑几声，把电话挂了。这就是典型的李佳，总他妈的想整死我。从前和她做夫妻，只要我一铺开稿纸，她就差我去买酱油打醋。她就见不得我写几个字。她一结婚就背叛了那个在杉树林里读陀思妥耶夫斯基的女孩。我说写作是我的理想。她说理想个屁。她说你就是喜欢而已，就像别的男人喜欢嫖娼喜欢打麻将一样，是玩，是彻头彻尾的玩。她说就是有一天诺贝尔文学奖颁给你这号人，那也不表示你的成功，而是那个奖的失败。她说得振振有词。后来——那是离婚的前夜，我对她说：我是应该同你离婚。至少为小说我也应该同你离。她一下就笑了，是我从未见过的那种迷人的笑。那时我很自豪地想，李佳真是个了不起的女人，只是我实在消受不起。

我还是先洗了澡，顺便把室内收拾了一下。刚忙完，李佳就到了，穿一身制服，还他妈的戴着帽子。而我只穿了一条小短裤。我问：你没带枪吧？她鼻子皱皱，反问：什么味？像是青草味。我说青草味只有女人身体里才有，我这儿没女人。她说你别屁话，给我把裤子穿上。我往床上一躺：这是我的场子，我想光着就光着。她取下帽子，视察似的走来走去。她说到南方来没见你有多大长进，倒是染上露阴癖了。说着就把我的裤子扔给我。我笑了，叫她坐过来。她问想干吗？我说你这么问话，说明你心术不正，心里有鬼。她说你少来这套，你那四两肉你爱给谁给谁。这时我就把灯关了。黑暗中听见李佳说：你这狗娘养的公然藐视法律。

还是和从前一样。

李佳说：没意思。一点意思也没有。我没吱声。李佳就伏到我肩头，问：你和别的女人在一起有意思吗？我说还是有点意思。李佳问：怎么个有意思？我说和三级片差不多吧。李佳立刻就坐起来穿衣，一边穿一边说：那是装的，绝对是装的。我拉住她，说今晚别回宾馆了。她说：这哪行。我不能在你这儿过夜。这话一说，我心里倒是有些酸了。我在黑暗中看着她把衣穿好，准备开灯。她拦住我：算了，就这么黑着坐一会儿吧。你这脸我不看也罢。过了很长一会儿，李佳问道：你打算在这地方玩到什么时候？我说搞不清楚，如果玩腻了，就走。反正现在也简单了。李佳又问：你就这么玩上一辈子？我说这也未必不可，我自食其力，没有给社会造成什么负担。李佳就说，你就玩个够吧！不过我还是建议你趁早买一份养老保险。

二十九

只要看到椰子树，我就有了某种安慰。它证明我确实脱离了从前。这话是苏晓涛说的。可现在的问题是，由于我的出现，她的从前又回来了。在"从前"这个问题上，我们存在着分歧。今天我们去听盛中国的演奏，一路上她都在叹气。你是一个标志，她这样说，你让我想起许多不该想起的往事。我说我的感觉恰恰相反。我虽然讨厌那所大学，但喜欢那些年发生的事，其中包括在食堂买饭时偷看外语系那个女生。她就笑了，问：我变得厉害吗？我说你这是在炫耀。你要是变得厉害我能一眼认出你么？她又叹了声：我其实变化很大。

一个能容纳五十来人的小厅，一个布满柔和灯光的小舞台，然后盛先生的演奏开始了。给盛先生伴奏的是一位日本女人，很文静很礼貌地弹着钢琴。自然要演奏《梁祝》。大家听得很认真，很斯文地喝着椰奶。苏晓涛说，琴拉得很棒。我说是的，很棒。可这个场所不是拉琴的地方，是吊膀子的。苏晓涛笑了：你闭着眼听不就得了？我说这些人都是装的，装得那么高雅那么有教养。苏晓涛就问：那我们呢？也是装的？我说是。苏晓涛便不响了。我知道她心里很难过。你不是喜欢现在吗？现在我们就是这个样子。我们一边挖空心思地挣钱一边还要显现出文化品位。我

268

们就是这种货色。所以我们要把堂会理解成音乐会，把消遣说成欣赏，把饼干说成克力架，把性交说成爱情，把闲着没事说成空虚，把无人来访说成孤独，然后把自己看作卡夫卡或者弗朗索娃·萨冈。全他妈的扯淡。据说某市还有个小子，生意做砸了就沿长征路蹚上一遍，把自己当作毛泽东……

《梁祝》一完，我们就离座了。苏晓涛出来就说：别送我了，我想一个人走走。这是我意料中的。我就说别走久了，这地方乱。她说你忙去吧，还能挣几张呢。我今天真是犯了大错，耽误了你的生意。我就笑了，我说我还是陪你走走吧。她不理我，转身走了。我跟在后面。苏晓涛的自尊心真是玻璃做的。太容易碎了。走了好一截，我拉住了她：去我那儿吧。她说不。我说那就去海边如何？她没说话。我跑回去把车开过来，把顶灯也卸了。然后我们就去了白沙门。

那时月亮刚升起来不久，海上罩着一层烟霭。我们没有下车，落下玻璃，潮声此起彼伏地在耳边回响。

你是不是什么都不信？苏晓涛问道。

我说你的问题太复杂，我回答不了。

她说，你这人状态不对。

我说我的状态早就不对了。我甚至没有状态。

后来——那是我们分手之后，我就想：如果今晚在海边、在车里的那个女人不是苏晓涛而是方鱼儿，绝对就是另一个样子了。我不知道为什么突然这么联想……

三十

王娟一早来电话，让我过去一趟。我问出什么事了，王娟说见面谈吧。我便有些紧张，心想一帆可能惹上了什么麻烦。等见到王娟，她的样子十分想哭，我就更加不知所措。王娟把小保姆支走，关上门眼泪就往下淌。一帆出事了，她抽泣着说，一帆肯定出事了。我让她慢慢说。她说一帆昨天半夜来了电话，说他可能被人害了，让她回犁城娘家候产。王娟问怎么被人害了，一帆说电话里讲不清楚，然后就匆匆把电话挂了。王娟说这个电话好像是偷偷打来的。我问王娟，一帆现在何处？王娟说不知道，又哭。

我就劝王娟，事情还没有出来，这么哭会伤身的。王娟的肚子已经很高了。会是什么事呢？我想一定是经济问题，与钱有关。而且这事陈一帆肯定早就有数。我又想到他这次出差与我在机场的分别，兴许这家伙就做了准备，知道要出事。我没把这些告诉王娟。

从王娟那里出来，我觉得天好像都不蓝了。我现在就怕遇见这种沉重的事。看《阿甘正传》时，那个在越战中丢掉两条腿的中尉一出来，我他妈的就受不了。它破坏了我对那根羽毛的感觉。我知道两条腿的设计是艺术，甚至是杰作，可我还是受不了。我想陈一帆是不会给我来电话了。我从《交通手册》里拿出那张快照看了看，它还是清晰的。我不知道它何时会褪去颜色。

三十一

一连几日都是阴天，小雨。去三亚的路上我就有种预感，没准今儿要倒霉。果然回来走到 125 公里处就追尾了。我当时正低头弹烟灰，又看到那张快照，头还没抬起来便听见梆的一响，车身随即一挫。前边那辆丰田客货两用被我顶到了路边，而我的引擎盖全卷起来了。

错在我。没说的，掏钱。那司机也是大陆人，还算好说话，只收了我十张。我的车动不了，这儿又没地方挂电话。天他妈的不作美，雨发疯地下起来。我就缩在车里。还好，收音机的电源没弄坏，能响。我随便调到一个台，里面是一男一女在侃"文人下海"。男的说某某原是大乐团的指挥，现在成了香港的大地产公司的老板。女的说某某某是著名作家，曾经写过轰动一时的什么小说，最近来海口主持招商。介绍完了，他们就开始评论，基本上都是废话。我于是换了一个频道，时而一段音乐时而一段广告。

雨点打在玻璃上。远处不时有闪电，但听不见雷声。我将座位放倒，躺下。天黑得像锅底，这个地段是山区，几里路见不到一盏灯。虽然有车不断地从我边上驶过，可是没有一辆肯停下来。我看看表，刚过十二点。海口的歌舞厅正是吹灯拨蜡的情调时分。

收音机里这时已是"听众点播"节目。女主持人说：一位来自北方的小姐点播甘萍的《大哥，你好吗?》，献给她的一位可亲

271

的朋友，因为过了零点，就是他的生日了。她祝他生日快乐，出车一路平安。

　　我一下坐起来，然后拿出身份证借着香烟的亮光看。是的，过了零点也是我的生日。我的本命年刚刚结束。我居然还活着。大哥，你好吗？我不好。我一点也不好。我吸着烟，忽然想到了鱼儿。这歌可能就是鱼儿为我点的。来自北方……大哥……出车——这就是鱼儿！

　　我现在特别想鱼儿。她今夜会去我那儿吗？她肯定去过。我必须马上回海口。然后我就跳下车，站在公路中间等往海口方向的货车，雨还是很大，我的脸都被雨点打麻了。不多会儿，一辆东风车迎面驶来，我高举着双手，表明我不是车匪路霸。那车逼近我，司机关掉远光灯，按过几声喇叭便停了。我请他们把我的车拖回去，我会给钱。司机的口音也是北方的，没多话就答应下来。

　　我又上路了。车抵海口，天色已白，雨也住了。三十六年前的这个时辰，我刚刚落地。接生婆一剪子铰断脐带，直到现在，我的肚脐眼还在生痛。

三十二

　　我没有找到鱼儿。

　　这几天我晚上都去摩根酒吧。小姐好像又换了一茬，全是生面。我问她们可曾见到一个叫鱼儿的北方女孩？一个很丰满的妇女反问我：你是猫吗？

不用说我很沮丧。我后来也就不找了，没事就守着电话看一些莫名其妙的录像。我的车还在修理厂，保险公司认了百分之六十，我至少还要掏五六千。王娟每天都来电话，为陈一帆提心吊胆，边说边哭。我重复地劝，重复地安慰。我也想对一个人诉说，可我找谁呢？谁来安慰我？我呼过苏晓涛，对方机主已经易人，说苏晓涛刚离开这个公司。我有点难过，觉得苏晓涛应该来电话打声招呼。不过我又想，这样也好。我和这女人是水与油的关系，搅和不到一块去的。

那位当主编助理的朋友又来约稿，还说要请名家来开笔会重整旗鼓。我说我还是不想写。朋友就问：你是不是也在写一部大的？我便对着电话哈哈大笑。我说一个鲁迅至少可以压三代人，你想往哪儿大？你还真以为那些招摇过市的家伙了不起呀？他们顶多能写一部或者十部二十部厚的。从来就不曾大过。朋友就也笑，说人有时尽他妈的吃错药，临死头还是昏的。朋友说，算了，这刊物老子也不编了，改天一起喝酒。放了电话，我突然感到一阵燥热，便把衣服扒了。我挑出一支狼毫笔，打算在皮肤上默写唐诗。墨汁很凉，毛笔划在皮肤上痒丝丝的。我由小腿部位开始，再大腿，再肚皮。末了，我又以肚脐作瞳孔画了一只独眼——看上去像是患了白内障。我把两条腿支到舱壁上，点上烟，隔着烟雾欣赏着这千古绝唱。

后来我又大叫了几声，真爽。

三十三

台风是午夜时分由文昌登陆的，刮到海口差不多已近凌晨。

台风如虎啸，挟带着暴雨。

街上的椰子树一夜间全成了荡妇。

三十四

台风过去以后的这些日子，我的日记也停了。这个季节大陆已是落叶知秋，可岛上仍是绿油油的。我这才意识到，南方没有秋天。

我接到了苏晓涛的电话，她已在上海，正办理着赴美留学的签证。她说逛书店时看见书架上有一本我的小说，就买下了。我想如果不是这样，她是不会有电话来的。苏晓涛说，临行前本想去我那儿看看，几次路过都没见到船上亮灯。后来我又觉得，她说，不见也好，见了又分开反倒心里变得重了。我说你运道不错，这下如愿以偿了。你还有新的计划，你当然也还会如愿。她说但愿吧，其实现在……算了，不想谈这些，你好吗？我说就这样，只是觉得日子太长。然后我们又谈了一些乱七八糟的事，什么房地产滑坡、股市 A 股不如 B 股、国产电视剧一塌糊涂，如此这般。苏晓涛突然问道：你想我吗？我犹豫了一下，说想过。现在想也是白想，你离我越来越远了。她说：我曾经离你很近的。我说那也是远。凡手摸不到的就是远。我们就都沉默了一会儿。

后来苏晓涛说：有件事我想还是告诉你的好。我其实以前不认识
你，真的不认识，我是在北京读的本科。你的那些个人情况，我
是从一本刊物上翻到的。我也不知道为什么要去冒充你们学校那
个外语系的女生，现在想起来还觉得好奇怪。你真以为我是她
吗？我笑了笑，我说你们的侧面很像，现在这已不重要了。

　　电话差不多打了一个小时。我看看表，刚过十点。我想苏晓
涛真是凡事都有计划，她当然知道夜间九点之后长话费减半。苏
晓涛最后用英语对我道了晚安，声音又亮了。她还会说法国甚至
西班牙语，我这么想着。一个人可以用多种语言同人交流，这是
能耐。这个人在我生活里忽进忽出，毫不拖泥带水，真修行得可
以。外面已开始热闹了，我得出去遛遛。我换上了一件大红 T
恤，光了脸，挂了随身听。我搞了顶灯，戴上耳塞。马连良一叫
板我就踩了油门。我沿着滨海大道往秀英的方向开，城市渐渐退
到了我的背后。

　　今夜我自己泡自己。

三十五

　　陈一帆果真出了事。与他合作的那方曾为他的公司担保，并
以不动产抵押，由他出面贷款，再联手投到"四达大厦"上。钱
弄出来，累计有三千多万，但是所出具的担保、抵押文件全是伪
造的，这便构成了金融诈骗罪。一帆在犁城落网，他被押送海口
收监的那天，王娟正好飞往犁城回娘家候产。他们在空中失之交
臂。一周后，王娟生了一个八斤重的女儿。

　　李佳也参与了这宗案件的侦破。她那次来海口，就是为这事。犯罪的和破案的都是我亲密的人，他们静悄悄地做了一切，我却什么也不知道。

　　陈一帆被判处有期徒刑十年。昨天晚上，李佳给我挂了电话。她说你现在可以去看看陈一帆了，我回头去看王娟。李佳又问我什么时候回犁城？我说不知道。我说我脑子现在很木，耳鸣也厉害。李佳停顿了一下，问道：你在海口有人了？我说曾经有一个，可现在找不到了。

　　今天我去探监。一帆的头发已被剃掉，双手捃着裤子，很谦虚的样子走过来。我们之间隔着一层玻璃，我一点也感受不到他的气息。有一分钟的时间我们就这么对视着。后来，我们同时拿起了话筒。他说，我的头发剃了。我说剃了还会长。他就淡笑，说：头发一剃等于尊严给没收了，现在我算懂得了什么叫割发代首。我以前还写过一篇随笔，把曹孟德挖苦了一顿，其实他是对的。陈一帆边说边摸着发青的头皮，我没插言，看着他摸。他说过几天就去服刑的农场。据说是植树。他说他喜欢植树，他每天可以种上五棵，这样一年下来就是一千八百二十五棵，十年便有一万八千多棵了，那就是一片大林子。陈一帆挠挠头接着说：刑满时我五十三岁，我就申请去看那片林。

　　陈一帆对妻儿只字不提。

　　从监狱出来，外面的天还是很白。我把车停了，去买点喝的。我的腿变得好软。天桥上有一个瞎子正用自制的二胡拉着

《潇洒走一回》，没有人管他，也没看见人给他扔钱。我给他捎了瓶矿泉水，蹲在他面前，很有些痴迷地看着他的表情——他几乎没有任何表情。一曲终了，我把水递到他手里。瞎子说：你在听还是在看？我说也听也看。瞎子问：我能摸摸你的脸吗？我说你摸吧，就把脸凑给他。瞎子粗糙的手指由我的天庭沿鼻梁往下再滑向两腮。瞎子问道：我俩长得有些像吧？

我说是的，我们很像。

1997 年 11 月 15 日合肥寓所

重　瞳

——霸王自叙

　　羽生重瞳。

——司马迁《项羽本纪》

　　我要讲的自然是我的故事。我叫项羽。这名字怎么看都像个诗人，其实我自己早就觉得是个诗人了，但没有人相信。而民间流传的那首"力拔山兮"又不是我的作品——我不喜欢这种浮夸雕琢的文字。我的诗倒是真有不少，可我却没有把它们刻到竹简上。我觉得最好的诗还是保留在头脑里好，也比较安全。文字是个奇怪的东西，有时候它可以把人事固定下来，这大概就成了你们所说的历史吧？于是你们就根据这些文字去揣摩从前发生的那些事儿，但你们至少是忽略了一个问题——写历史的人又是如何知道"从前"的？而且据我所知，这个国家一般主张后人撰前史，就是说，对当时发生的事是不允许做记录的，就是你记下了也不算数。这很有趣，好像后人总是高明一些。有一种较为普遍的说法是，拉开一段距离才能看清楚。这让我困惑，当时看不清的难道"拉开距离"就看清楚了？不过，我又很理解。当时的人——我指的是那些所谓的"历史人物"，总爱把自己描绘得很漂亮，所以不那么可信。这一点，嬴政那家伙是个高手。他之所以要把那些书以及写书的人全搞掉，就是想把"从前"一笔勾销，一切从他开始，这未免也太天真了。关于历史，我说不出更多的话语，但我一直在思索着。有一天清晨，我在乌江边上吹箫，碰见一个孩童，我就随便地问他：你懂历史吗？历史是个什么东西？那孩子认真地看了看我，突然说了句让我惊讶的话，他说：当人坏了，历史就开始了；当人变好了，历史就结束了。这孩子说完就在我身后消失了。我还愣在那里，觉得这件事很奇怪。我想这孩子分明就是个奇人，让我想起张子房曾吹嘘过的那位黄石公。我承认这大千世界确有奇人。但我不是奇人。我不是像你们印象里的那个"力能扛鼎"的大力士，我的身高也没有八尺，非但不是，我自觉修长而挺拔的身材还散发着几分文气。我知道民间关于我的传闻，比较正宗的源头还是西汉那个叫司马迁的太史公。他写了我的本纪，慷慨给我以帝王君主的地位，把我写得挺好，至少写得比后来真的帝王刘沛公好。我想这或许与太史公当时的境遇有关，这个人不过是为李陵说了几句好话，就无端地让武帝给废了。但他仍然是个男人，他大概把自己作为男人的种种理想一揽子寄托到了我的身上。这让我同情，也让我多少有些尊重。所以我还是要感谢他——不是因为他视我为帝王。那年我到咸阳后，要称帝比写一首诗还容易，我想这大概不是海口狂言吧？我要感谢太史公，是觉得他把我的故事大致说得不错，但那还是一鳞半爪，而且许多地方不是那么回事。这就是我今天要出来说几句的原因。我没有别的意思，反正我已死过了两千多年，问题是有些事只有我自己知道，我要不说，就会越传越邪乎，以致我到现在莫名其妙地成了戏台上的一个架子花脸。这让我沮丧，我极不喜欢那个怪异的脸谱。他让我想到神魔，而我是人，是个有诗人气质的男人，是出色的军人。我死的时候也不过三十一岁，用你们今天的话说，我完全称得上是朝气蓬勃。

有一个叫周生的人曾告诉太史公，说从前的虞舜是目生重瞳，而我也是。太史公用了个"盖"字来表示对这说法谨慎的可疑，但这恰恰又是真的。我想我的故事还是从我这重瞳子说起吧。

一

我也是很迟才知道自己生有重瞳的。那是公元前二一〇年春天的一天清晨，我和叔父项梁从吴中来到这乌江边上度假。像往常一样我三更即起，然后就在院子里开始舞剑。我不喜欢我这把剑。我一直向往得到的是从前楚王散失在民间的那对青锋鸳鸯剑。这闻名天下的兵器出自干将莫邪之手，三年铸成。据说这剑带给人的不仅是胆略，还有灵气。我渴望它已经很多年了。然而这个早上我还不知道这剑对于后来的我具有更为深重的意味。做完这件事，我就去乌江边上吹箫了。我觉得这个时候吹箫很舒服。箫这乐器天生就是吹给自己听的，不能让别人欣赏。我不信乐谱，吹的大概要算自度曲吧，但它又严格遵守了我们楚歌的韵律。我们楚歌的韵律是十分丰富的，从不受五音的约束。它的魅力不在于气势辉煌而在于本质上的悲怆。我每次的吹奏感觉又都不一样。那正是我短暂的一生中最早的忧郁时光，我思念着很久以前死去的祖父。关于这一点，太史公说的不对，甚至非常错误。我祖父项燕并非死于秦将王翦枪下，他是饮剑自尽的。虽说都是一个死，但之于军人，自裁无疑是光荣的。这个细节我之所以喋喋不休，是因为太重要了。它不仅仅是关乎我项家的荣誉名声，更要紧的是它预示着宿命。很多年后，某种意义上讲我的归宿实际上也是对我祖父的一次公开模仿。那一刻我想，一个人的血液是没有办法改变的，我们项家祖祖辈辈为楚将，死不足惜，但的确要考虑怎么个死法。或者说，要选择死亡的方式。像后来我叔叔项梁那么个死就太窝囊了，人家喊了他几天的武信君他就牛皮哄哄，整天价日地喝酒，结果让章邯十分轻松地就把他给砍了。这也是我后来不杀章邯的真实原因所在，据说他让我叔叔与他比画了几下，还了他个大致的军人本色。而章邯本人后来却当了我的俘虏。

　　我祖父的死对我打击很大。他是个没有野心的人，却又不甘寂寞，好像不打仗就活不了。那年王翦掳了楚王，他又扶昌平君为王，接着干。最后在一个雨夜，老人让手下把他的头颅和一箱兵书交给了我这个做孙子的。这让我很为难，也很困惑，我知道祖父这个举动暗示着什么，尽管那时我不过是个孩子，但我实在对驰骋沙场马革裹尸兴趣不大。我想那时我内心还是非常虚弱的，某种意义上，我对嬴政那家伙还很含糊。他荡平了六国，一统江山，成了中国第一个皇帝，我不可能不含糊。直到这一天，事情才起了变化。

这天早晨我忽然觉得眼睛变得特别的明亮。我站在乌江边上，好像目光把江水给劈开了，一眼就能望见底。这无疑是个奇迹，我就捧了一捧水来照自己，然后便看见了我的每只眼睛里居然有两个瞳孔！而且它们正朝一块叠呢。越叠就越发的清晰。我有些不知所措，就好好洗了把脸，想让自己清醒一下。我一边犯嘀咕一边沿着江岸往东走，还是觉得这事太像个梦。这时，我看见了江心的位置上沉有一把画戟，很漂亮，但是我没有下水去把那东西捞上来。或许那时我已预感到，要想得到那支画戟，接踵而至的便是无边的麻烦。这是我所不愿意的。后来我走到一个坡上，坐下来，想借吹箫来把刚才那点奇怪忘掉，我不太喜欢这种神神叨叨的东西，虽然发生在我身上这件事是真实的但我也还是不喜欢。我就开始吹了。当时我背靠着乌江，面向北，吹起的箫声听起来的确有几分悲凉。我不知道这算不算亡国之声，但在这浑厚凄切的箫声中，我又一次地看见了我祖父项燕的背影。这样我自然就有些伤感了，想我们项家曾几何时那么风云叱咤，如今隐姓埋名地活在这吴中，与一些鸡贼狗屠打得火热，很没面子。我叔叔项梁还自我感觉良好地与那些人谈兵法，似乎随时要东山再起。但他的起与他父亲的起完全不同，他要的是那个贵族派儿，要万人拥戴的威风。这大概就是我这个侄儿最轻视他的地方了。说实话，凭我的能力要是成心帮他，将来打出个地盘封个王侯什么的也并非难事。问题是这会送了他的命的。他这种人捉起来是条虫子，放了就变成了龙，要不当年曹无咎好不容易把他从栎阳大狱里弄出来，怎么立刻就去寻仇呢？为这事我们还大吵了一顿，我说过去的事算了，别再追究了。他不听，还是把那人杀了。杀了就跑，就这副德性。所以我不愿意把刚才江底的那支画戟捞起来。我倒觉得一辈子就这么吹吹箫也挺好。

我的眼睛又出神了。怎么视野里的北方渐渐变成了绿色？而且这绿还越来越浓，像一块绿云似的朝这边汹涌而来。它当然十分遥远，我琢磨着那大约是几千里之外。难道是北方的草原？难道我这两个瞳孔重叠起来就成了千里眼？这可是连我都不敢相信的呀！然而我看见的就是一望无际的绿色。我很喜欢这颜色，据说它代表着生命的久远，我倒觉得更象征着生命的质量。我虽困惑不已，但心情十分的好。这种情绪真是离我很久了。于是，我就在沉浸在这无限的绿色向往之中重新吹奏，我觉得我这把箫传出的声音也同样非常遥远。那时我还不知道这是个刻骨铭心的早晨，它发生的一切对我都是意味深长。

我刚吹完一曲，我叔叔项梁就匆匆跑来，看看四下无人便诡秘地对我说：你知道吗？今天嬴政从浙江那边过来了！

我就随口问道：你想干什么？是不是想学张子房搞出个博浪沙第二？

项梁突然变得有些害羞，说哪里哪里，我不过是想带你去见见世面。

他这个样子让我很不舒服，远没有在栎阳杀人那阵子神气。

不过我还是有兴致，也就想去看看这个始皇帝是何等的人物。于是，我们叔侄俩连早饭也来不及吃就骑马往会稽城赶去了。这是公元前二一〇年的春天，吴中的气候很不错，晨风带着朝露迎面吹过来，惬意得很。我们是抄一条年久失修的旧官道赶往会稽的，一路上项梁对我数落嬴政，说那小子心狠残暴，十恶不赦。我就开玩笑说，你敢对他动手吗？项梁长叹一声，说：我已是烈士暮年，雄心不再。我还是调侃道：那你干吗还成天舞枪弄棒的？项梁不禁苦笑道：我项梁毕竟还是将门之后嘛！后来他就不再说了，神情也变得泪丧起来。

　　我对始皇帝嬴政最大的不满倒不是他的残暴而是他的虚伪下流。这么大的疆土把它统一起来，不杀人是办不到的。但是在他完成了他的使命之后，再这么干就不可理喻了。你把那些儒生也杀了实在是毫无道理可言。而且更卑鄙的是说他们企图谋反，他们这些手无寸铁的书生能反什么？拿什么反？倒是他大公子扶苏是个明白人，劝他父亲别这么乱来。嬴政说，你小毛孩子懂什么？这可不是一般的事，是他娘的政治你懂吗？嬴政就是这么个货色，虽说当了始皇帝，可骨子里仍是个下流坏。从这个角度看，民间私下传的他是吕不韦的种便不太可信。吕老头还是个学富五车之人，不会弄出这个玩意儿。还有一件事叫我愤怒，就是那年他去湘水，不去朝拜湘君祠也就算了，反倒一把火把整个湘山给烧了。那感觉就是把湘夫人削发为尼了。他倒是振振有词地说，不就是尧的闺女舜的婆姨吗？女流之辈还称什么神呢？这不是流氓是什么？可是现在，他又装模作样地来会稽城祭祀大禹庙了。

虽是快马加鞭，我们还是晚了一步。我们到的时候已近黄昏，去禹王庙的路上全被人堵住了。这倒诱发了我的好奇心，而我叔叔则更为强烈，就埋怨这消息如何走得这么快。看来这人一当上皇帝就是不一样了。我就看了看项梁，又替他惋惜了一阵，心想你这辈子就别做这个梦了。我们站在一个坡上，项梁便说这个位置看不清楚，就想往人堆里扎。我拉住他，说：就这吧，不就是看一眼吗？我当然没说我今天眼睛发生的奇迹。这时猛听见一阵锣声，有人高叫道：皇帝出巡，天下归心，今日祭奠禹王，明朝五谷丰登。听起来不伦不类。百姓们全都跪下了，又都翘首以待，一睹皇帝风采。项梁急不可待地搓着手，还真像个刺客，嘴里的口水都淋到了下巴。这形象让我讨厌，就用胳膊肘碰了他一下。他却说：别动，皇帝就要出来了！

正说着，我看见从大庙正门里走出一个瘦弱而略显伛偻的形象，面色苍白，额头上尽是虚汗，他的须髯也夹杂着枯黄，这就是那个独断专横不可一世的嬴政？真难以置信！就在我踌躇中，我看见始皇帝打了个喷嚏，居然还把裤带给挣断了，内裤像肠子一样淌到了脚下。我忍不住地笑了起来，这和我十八岁那年在茅房里几乎一模一样，区别是，我一个喷嚏挣断的是牛皮带而不是黄绫带罢了。于是，我就低声对叔叔说：你信吗？我可以取而代之。其实我不过是开个玩笑而已，谁料却把项梁给吓坏了，他竟把我的嘴捂住，厉声说：小子，这可是要满门抄斩的呀！我推开他那只粗糙的大手，然后就扬长而去了。那时我想，这一趟跑得太他妈的冤枉，早知这样，我还不如在江边安静地吹我的箫，看天边那片奇异的绿颜色奔我而来。那才是我该期待的悬念。

二

自从在会稽见过始皇帝一面，我叔叔项梁就想教我兵法。在他看来，那次我口出狂言却是表明了我的远大志向。他当然不知道这不过是我的信口开河。其实项梁要教的都是我祖父传给我那一箱兵书里的东西。那些书我早偷偷看够了，可以说是倒背如流。所以现在项梁来讲说，我就打不起精神。于是他就怪我没出息，只晓得像个食客那样成天摆弄一根箫。我呢，又不想去伤他的自尊心，反正就是心不在焉地听着吧。谁叫他是我叔叔呢？这一点，当然太史公不会知道的。在他那里，我俨然是个有勇无谋做事缺乏恒心的人。这就错了。我这个人的确不信邪，但我崇拜真有学问的人。譬如说，我就很尊敬孙武。我觉得他的兵法是独一无二的宝贝，真能读通它的人却不多。其中就有我这个叔叔项梁。

那些日子我格外怀念我的祖父项燕，如果他老人家健在，我想我会成为他消灭秦王朝的得力助手。现在我对嬴政的畏惧随着他那个不合时宜的喷嚏完全消除了。我的直觉告诉我，此人不是我的对手。这个时候我就觉得从前的楚南公那句话显现出了如雷贯耳的力量，那老人说：哪怕日后楚国只剩下两三户，但灭亡大秦的还是我们楚人。所以亡秦是我们楚人的使命。现在看来，就是我项羽的使命了。其实依我目测，嬴政这个皇帝气数已尽了。

我甚至都敢断言，这个人没准在巡视的路上就会一命呜呼。他的气色已经是死亡的气色，他那个喷嚏某种意义上就是回光返照，那是他最后的一点力气。可我并不希望他就这么死掉，我希望他将来死在我的剑下。但是有一点一直困扰着我。假如我们消灭了暴秦，天下姓了楚，那又怎么样呢？这困扰总让我想到雨天里冒雨奔命的人，他们就知道一个劲地往前跑，从来也没想过前面也一样是雨，等他跑累了，差不多也该淋成落汤鸡了。也许我这么想有些消极虚无，但事情本来面目就是如此。谁能保证楚家的天下就是太平盛世？我担忧的就是这个。这也是我后来主张把楚王孙熊心寻回来的原因。我项家的使命是辅佐天下，而非坐天下。我尽了职责，却也在逃避更大的职责。所以太史公把我列入"本纪"，我个人是有点看法的，觉得不妥。我在生之时连做真的帝王都放弃了，死后却来了这么一个"相当于"，多无聊？

我对所谓的江山与生俱来就没有兴趣。我忘不掉的是北方的那片绿色。这绿色现在越来越浓了，在我观察它九个早晨之后，我发现有一个黑点在绿的背景中跳跃。但我还不知道是何物，相信它是个生命，我的好奇心与日俱增。第十天，也就是今天早晨，我终于看清了那是匹马，直奔我而来。我一望就明白这是日行千里的匹好马，威风凛凛，气宇轩昂。它那漂亮的行姿竟使我忘记了吹箫！现在，它已逼近了我，它的鬃毛在阳光下熠熠生辉，像飘舞的旗帜。我就下意识地站了起来。谁知这一站却把它给惊吓了，它长嘶一声扬起前蹄，把一个白色的东西掀到了空中，就像一片白云自九霄而落。我大吼一声——虞！那马儿便像听见军中号令似的刹住了脚，与此同时我已向前大跨了一步，接住了那片白云，这时我才看清我托在手里的是个姑娘。这倒是让我始料不及。

姑娘很美，可能因为连日的长途跋涉，脸上略显出疲倦，她好一会儿才睁开眼，见了我自然有些害羞，就问：这是何地？我就说楚地。她突然变得有些感伤，说：我总算是到家了。姑娘说她离开楚地已有好些年，对这块土地都觉得陌生了。那会儿为了躲避战祸，她被家人送到了辽西郡那一带去放羊。我问父亲什么时候才能把找接回来？姑娘说，父亲就一下沉默了。好长一会儿才说，等你听见楚歌的旋律那一天吧！我就等了一年又一年，直到十多天前……

姑娘的叙述让我听了很不是滋味。我想她至今大概还蒙在鼓里，以为我们楚人的奇耻已雪。我不知该怎样对她解释，可对着这样一双明眸说瞎话又不是我项羽的专长。我就说，你听见还只是个前奏。她一下就明白了其意，默默点着头，然后又用宽容的眼光看着我，说：即使是前奏，那也是我们楚歌的前奏啊！楚歌若再不吹响，恐怕就失传了。这简洁的表白给我带来的鞭策却是异常巨大的，我从这姑娘眼中获取了男人最引以为自豪的东西，那就是信任。这一刻，我感觉自己像是爱上了她，可我毕竟还没有恋爱的体验与经历，还是显得有些局促。于是我就问她，你叫什么名字？姑娘说：你不是已经知道了吗？我正困惑，姑娘又说：你刚才不是喊了"虞"吗？我就叫虞。

我和这个叫虞的姑娘就这么认识了。这是我生命中的第一个女人，也是最后一个女人。反过来对她也一样。所以说我们是很幸福的。这并非我不好色，而是我从虞身上得到了女人的全部。她带给我的是一般女人所不能给予的，那就是一个男人的自信与尊严。关于虞的故事，太史公着墨吝啬，一笔匆匆带过。倒是几千年后戏台上出现了一出以她为中心的戏文，特别是经过一位叫梅兰芳的先生精彩表演，使虞的形象家喻户晓。但那个戏本身不得要领，演到最后倒像在挑拨我们夫妻关系似的。舞台上，虞趁我一不留神拔剑自刎，以此表示她对我的绝望。而真实的情况是，虞是在我的注视下从容自若地死去的，这个我后面再谈。

　　我和虞的相识就这么简单，但意义却是非同寻常。我不是夸耀这种不可思议的传奇性，我要说的是，她这一出现便结束了我内心长达八载的矛盾。那时我就觉得对自己的使命也是别无选择，我必须振作起来，去找我的敌人嬴政。我岂能让楚歌永远"前奏"下去？当天晚上，我就潜入了乌江，把那支漂亮的画戟打捞了上来。这真是天下独一无二的好兵器！它的造型在清冷的月光下是那样的漂亮，锋利而灵便，手感舒服，它使我再次向往传说中的那对青锋鸳鸯剑了。然后，我去找了我叔叔项梁。我对他说，我们该干了！那时候项梁正在喝酒，听我这一说，那双醉眼顿时就亮了，接着又暗淡了去，就问：你说我想做张子房，那么现在你不是想当荆轲吗？我说，不，你误解了我，我不是想去当刺客，我也压根儿看不起刺客这类角色。我是想公开亮出旗号，招兵买马，向嬴政宣战！项梁突然就哈哈大笑起来，说：你这口气可比你爷爷大多了，宣战？你拿什么宣战？

然后他又说：我看你是让那个拾来的丫头搞昏脑子了吧？

我很生气，一把掀翻了他的桌子，说：你可以侮辱我，但我不许你侮辱我的女人。你记住了！说完我就走了，走到院子里，顺手一挥画戟，便把那棵海碗粗的槐树给拦腰斩断了。

因为这点不愉快，我和叔叔一个夏天都没有说话。到了这年夏天快结束的时候，我听到了一个既兴奋又沮丧的消息——始皇帝嬴政果然行至沙邱就暴终了！

三

时间不经意地就过去了一年。嬴政死后本应由太子扶苏继位，结果遗诏让赵高李斯给篡改了，这两个奸臣联手害死了扶苏以及良将蒙恬，把那个荒淫无耻的胡亥扶上了台。我尤其憎恶李斯，他本是嬴政最信任的重臣，明知赵高与胡亥图谋不轨，却因想保住自己的利益，置人生大义于不顾，与那两个家伙同流合污。这个貌似正人君子的李斯和赵高那老狗还有所不同，赵高坏在表面上，很容易识破；李斯却坏在骨头里。嬴政干了那些坏事，其中不少与这个李斯有关。著名的焚书坑儒就是他出的坏点子。几年后，他儿子李由落到我手里，却让我另眼相看了。那时我想，虽是父子，但骨血却不是一脉相承。李斯能有这么一个为国捐躯的儿子，也算祖上还残存了一点儿阴德了。不过他这个做爹的是真的很不让我喜欢。

秦二世一登基，我就看出秦王朝的末日将至。所以我就对我叔叔项梁说，我们要想兴邦雪耻，机不可失！可项梁还是那句话：还没到时候。我知道他的意思是期待着更好的时机，暂时不做出头的椽子。项梁就是这么个人，既不安分，却也不轻举妄动。

那些日子我的生活由于虞的出现发生了很大变化。我们可以说是朝夕相伴形影不离。每个清晨，我们还是去乌江边上，但我现在不再吹箫了，而是沿着江岸去溜她带来的那匹乌骓马。这无疑是匹千里良骥，我很喜欢。但我有一点遗憾，就是我第一次与它相见时，竟把它给惊吓住了。我想这乌骓缺乏胆量，将来拿它作战恐怕困难。虞对此也觉得奇怪，她经验里这匹马很勇敢，是不好驯服的，于是她就说：或许是它遇见了真正的主人了吧。虞还说，你身上有一股子霸气冲撞了它，我想我们都是让这股子霸气征服的。很奇怪，从前我极不喜欢这个"霸"，现在忽然觉得这个字眼很迷人，我就告诉虞，有朝一日我要称王，就叫自己作霸王。虞似乎有些困惑，就问：你不是说你以后不想称王吗？我一下就沉默了，是的，这话是我项羽说的，我不想称王，我只想正正经经地做个好男人，做个优秀的军人。但是，将来天下打下来了，我不称王又该由谁来称王呢？尽管眼下一切都不成为现实，但对这个问题我还是深感忧虑。我希望将来能带着虞，骑着乌骓，浪迹四方，去过那种诗剑逍遥的生活。当然，这之前我必须完成苍天赋予我的使命，把暴秦给灭了。我想这件事应该不会拖得很久的。

这个早晨我又把箫吹响了。那时候我的女人正对着平静的水面梳妆，乌骓在距我们不远的地方吃草。这静谧而恬淡的画面令我感动。这大概是我有生之年短暂的美妙时光了。我情不自禁地站了起来，想从后面去拥抱虞。突然一阵风迎面刮了过来，天色也跟着阴沉了，似乎马上要下暴雨。这是个变化莫测的夏天。与此同时，我感到自己的视野越来越开阔，以至于连脑后的风景似乎都看得分明了。我知道，在此一刻我的重瞳又分开了。这已不再叫我吃惊。我吃惊的是另一件事，那是几百里外西北方的消息。我把箫交给虞，女人从我的脸上看出了不平静，欲言又止。然后我抄起画戟骑上乌骓就去找我叔叔了。

你知道吗？大泽那边起事了！

大泽？项梁显然还不知道大泽为何地，就从枕头下面找地图。

你别找了，我说，应该是在蕲县的西南。他们肯定是干起来了！

项梁这才发出疑问：你何以知道？

我看见的！

看见的？你能看见几百里之外？

他鄙视了我一眼，很不耐烦地走开了。我想这也不为过，我的重瞳大概也只有我自己知道，暂时还不会有人相信我。

但是第三天头上，我的预言被一个叫范增的老头证实了。这个从巢湖边上来的老者是一个看上去很沉稳的人，鹤发童颜，目光深邃。据说以前与我爷爷有过几次交往。他此番来吴中，就是通报大泽乡的情况的。那一伙戍边渔阳的人因连天大雨所困，于是就揭竿而起了，领头的叫陈胜，另一个叫吴广。他们动作很快，范增兴奋地介绍说，如今已占领了蕲县，号称是项老将军的队伍呢！

项梁一下就生气了，说：他们怎么能这么干呢？那口气就像是人家偷了他的宝贝。

范增说：天下百姓都知道胡亥不当立，当立的是扶苏，于是就自称是项燕的军队，势如破竹，为扶苏的冤屈鸣不平。

这时我就插了一句：这也只是暂时的幌子，我们要的结果是灭秦。

然而不管怎么说，项梁内心还是兴奋不已的。我想现在他所说的那个时机应该是到了。不多日，响应陈胜"张楚"的人多了起来。关于陈胜，我知道的情况很有限。某种意义上我们也算是老乡，我们祖先受封的项地，与他家乡阳城相距不远。据说他敢造反，客观上的原因是不能如期赶到渔阳，怕掉脑袋。而主观原因则是不信王侯将相会有种，对世袭分封表示拒绝。这当然很豪迈，但是也反映出他内心的虚弱与自卑。否则，他何以会把一块写有"陈胜王"的白绫塞进鱼腹？而且又唆使那个吴广夜晚装狐狸叫"大楚兴，陈胜王"，玩这种鸡鸣狗盗的小手段？这么做的目的岂不也是想俨然装扮成一个龙种？至于谎称我爷爷的旗号我就不说了。说实话，我看不起这个。这是个素质问题，所以陈胜一拿下蕲县，他就迫不及待地自称陈王了。这样的王能久吗？

几天后，我叔叔项梁接到会稽郡守殷通的传话，要他立即去城里一趟，说有要事面商。这可把项梁吓坏了，以为自己的谋反起兵之心为官方所觉察，便要我一道前往。他说：今天这事非同寻常，你得事事小心才是。然后又贴着我的耳朵说，若是情况不妙，听他的咳嗽为号。他只要一声咳嗽，我就必须把郡守杀了。后来的事也就是如此，到了衙门，项梁进去坐下不到一杯茶的工夫，就响亮地咳嗽起来。于是我就冲进去把那人的头砍了下来。可是从那死人的表情看，我觉得他不像是对我叔叔怀有什么恶意，再说室内也没有个埋伏，我就问是怎么回事？项梁支支吾吾，说：我刚才给茶水呛了喉咙。我很生气，质问他：那你为何不拦我一下？我这把剑下还从来没有过冤魂呢！项梁有些尴尬，拍着我的肩说：杀了就杀了吧。言毕，这项梁就整了整衣冠，一手提起还在滴血的郡守头，另一只手托着郡守的铜印，威风凛凛地走到外面，高声对那些兵士们说：弟兄们，我就是项燕将军的儿子项梁！今秉苍天之意，决心与东南的陈王联合抗秦，是江东的子弟随我来！于是大家都对他跪下了。那时我就站在他的身边，剑上滞留的血腥气使我的心情变得异常恶劣。我知道，我被这个做叔叔的玩了一把。也就是从这一天起，我被无边无际的梦魇缠上了身，时常半夜里惊醒，我甚至感到，我这血管里流着的已不是我们项家那种高贵的血液了。我为此沮丧不已。我记得从会稽城回来的那天晚上，我和虞又一次来到江边，我想用沙子好好洗洗手，我讨厌那洗不掉的血腥气！后来，我们都沉默了，月亮慢慢地在我们身后升起。

四

所谓的"张楚"在那年秋天还没有结束的时候就结束了。陈胜本人后来闹得众叛亲离，连他老丈人也拂袖而去，在一个雨夜被一个叫庄贾的车夫所害。这一点也不出乎我的意料之外，陈胜一介草民，一夜间被拥戴为王，那感觉就像马路上捡到了一大袋金子。他还能想到什么？蕲县拿下，在他看来江山就到手了大半，往后的日子里他除了享受就是多疑，动不动就大开杀戒，连一起滚稻草的弟兄都杀，能不垮吗？但是，如果没有这人的振臂一呼，天下抗秦的浪潮也一时掀不起来。

我们的队伍壮大得很快。到了秋天，已称得上是兵多将广了。各路好汉之所以投奔到我们项字旗下，凭借的还是我爷爷的德高望重。用你们今天的语言表达，就是这老人的号召力。这个事实既让我欣慰又让我感到压力。我们总不能躺在老人身上吃一辈子吧？另一件让我气恼的事是范增一手策划的，他固执地认为，陈胜之所以垮得那么快，是因为没有扶楚怀王的后人当王，这不得天下人心，于是他就建议项梁找来了怀王遗失在民间的一个孙子来称王。可这个孩子当时才十三岁，在乡下替人放羊，我们把他寻来，他还以为要他的命了，吓得尿了裤子。我就把范老头拉到一旁，我说：这小子连男女的事都不懂又如何担当得起兴邦灭秦的伟业？这简直就是儿戏嘛！范增说：将军，人生有时候就是一场戏呀！说完，他就对我诡秘地笑了笑，然后就去安排"楚王"的登基典礼了，忙得不亦乐乎。奇怪的是这个十三岁的孩子也竟有龙威，居然就获得了许多的人拥戴。对此我实在是大惑不解。我不禁想起陈胜以前搞的那些名堂，看来事情还真不是我想的那么简单呢。这样的时候，我便想起另一个人来。此人就是后来与我相争天下的刘季。人们习惯叫他刘邦或者沛公。我记得那是我们到了鲁地薛城之后，一个阴晦的下午，从丰乡来了一伙人，为首的就是这个刘季。因为有张了房的引见，我叔叔项梁便热情接待了他们。最初，我叔叔对这个从前的亭长很不以为然，简短的谈话中哈欠连天。后来张良对他私下讲了一件事，那就是民间广为流传的"斩白蛇"，所谓赤帝之子斩杀了白帝之子。这完全就是无稽之谈，明摆着的瞎话。就像张良当年自我吹嘘的汜水桥头的故事那样子虚乌有。但是却让项梁迅速改变了看法，他不仅委以重用还居然冲动地让我们兄弟相称。没有办法，我们这支队伍就是这么鱼龙混杂，鸟兽同群。和他们混在一起，我感到极不舒服。问题是对付暴秦，光凭我个人的力量是不可能的，我还必须与他们和睦相处。其实从这一天起，我就对这个刘季产生了厌恶，甚至想把他干掉。这个人纯粹是个光吹牛不干实事的混子，貌似忠厚，实则野心勃勃，总想着一步登天。但我必须以我的方式来解决。

我这点心思大概只有一个人清楚，就是谋士范增。我们只是心照不宣罢了。因为这个，我改称这老人为亚父。在那个无边征战的岁月里，我无时无刻不感到寂寞，只有两个人能给我宽慰，除了亚父，另一个就是我的女人虞了。

现存的这些所谓的典籍里，对我最大的忽视，就是把我写成了一个对江山十分贪婪而对女人很随便的男人。这非常遗憾，我无法接受。民间至今倒是传颂着过去范蠡与西施的缱绻情怀。对此我深为诧异，我不明白为了江山拿一个女人去做交易有什么可值得歌颂的！范蠡这个奸诈小人干出如此勾当不就是为了讨勾践的好吗？有趣的是，最后又是夫差的那封箭书使他彻底动摇，于是就制造了个双双投河的假现场蒙混过关，隐姓埋名，卷了一大笔钱带着那个狐仙一般的女人躲到定陶做起买卖了。范蠡骨子里也就是个商贾之徒。既然如此，何苦读那些书呢？读书人有时候也确实是自己把自己给糟蹋了，这当然不是全部，我们楚国的那位屈大夫就是好样的，他不抱美人而是抱了块石头，唱着歌子跳进了汨罗江。我说过，我的确幻想着与虞将来去过那种诗剑逍遥的日子。我们同骑一匹乌骓马，琴心剑胆地浪迹天涯，这才是人生。所以那时我就每天祈祷，希望早一天进攻咸阳，这个心愿一了，我的好日子就降临了。我已经很久没有吹箫了，每日战罢回到大帐，我浑身就显得毫无力气，疲惫不堪，我的双手沾满了敌人的血，使我很不情愿去亲近我心爱的女人。我不能不为此感到苦恼。虞当然看出了我的心思，她说：什么时候不再流血，这天下就算是太平了。这恐怕很困难，我说：即使是我将来一统了江山，我也不能保证我从此不再杀人。于是，虞就对我谈起了草原。她说她在草原的那些年，每天和羊群在一起，天高地阔，草原无边无际，有时候就觉得这似乎就是和平的景象。但是，胡人一来骚扰，她的兴致就立刻败了。有时我很绝望，虞说，我真不敢相信这天下还有一块和平的地方供我们去安生了。我就说：会有的，我会替你打出这么一个地方来。

　　我们不久就打到了雍邱，前来应战的是李斯的儿子李由。立马阵前，我突然从这位和我一般年轻的将军脸上看出了一种极为

复杂的阴郁，以至我不忍下手了。我感到这个人今天与其说是来
与我交战的，倒不如说是来送死的。我很快就意识到了什么，就
勒住缰绳，对他说：你最好还是投降吧，你不是我的对手。李由
说：我父亲是大秦的重臣，我是大秦的将军，你这么说是不是太
狂妄了？我说：李由，你不提你那个父亲我倒没什么，你一提我
可真生气了。你那老子活着的确是个祸害，他不比赵高那老狗好
多少。像你老子那么不知羞耻地活着，我不知道还有什么滋味。
我话音刚落，李由突然在马上哭了起来，他说：项羽，我今天就
是来替我父亲死的。你大可不必手软！我李由求生无望，难道求
死也无望吗？说着，他就策马朝我冲了过来。我开始躲闪了他两
个回合，我还在高喊着：李由，你投降吧！他根本不听，倒是越
战越勇了，眼泪却一个劲地往下掉。说实话，那一刻我还真是心
软了。我想我完全能猜出这个年轻将军的心思了，今天他就是前
来赴死的，他需要像军人那样很光彩的死去，他想以这种方式既
成全自己又挽回他父亲的人生败笔，他的选择无疑是对的。第三
个回合，我便一戟将他挑下，血顿时就在我眼前像礼花一样开
了。我立即下马，李由大概还剩下了半口气，我就蹲下去，把这
个即将要死去的人一把揽在怀里，对他说：将军，你对得起秦国
也对得起你父亲了，你走吧。李由的脸上慢慢显出了微笑，他用
最后一点力气对我说道：谢谢你了，项将军。

　　李由的死对我的震动很大。他使我目击了一次男人的尊严，
所以我将他的尸体清洗干净，白绫素裹送还给了秦人。但我不知
道就是这个军人与军人之间的举动使老李家遭到了大祸。几日

后，我听到消息，秦二世胡亥听信了赵高那老狗的谗言，认定了李氏父子叛变通敌，便把全家满门抄斩了！这让我惊讶不已，李斯该死，但不是这么个死法，这个习惯于察言观色见风使舵的人，丧失了做人的原则立场，干过不少坏事，如今这么个死倒让他平添了几分光荣。据说他在咸阳的大狱里还写了不少坦明心迹的美文，希望二世能免他一死呢。看来人对死的牵挂与生俱来，人对肉体的被消灭总是显得胆战心惊，人对死的恐惧远远大于对活着的检讨。也许他们本来就觉得活着属于天赐，是不需要检讨的。这是个问题。我已经死过了两千多年，我的阳寿不过三十一岁，但我觉得有些事还是需要说上它几句。这也就是我愿意通过一个叫潘军的人来发表这篇自叙的真实原因。我没有以正视听的意思，民间关于我的传说至今不衰，说明我至少还有值得一说的可能性。至于我的话是否可信，那是另一个问题。

五

雍邱一战，我们全胜告捷。本来按原定的计划应该一鼓作气地直逼咸阳。不料天降大雨，项梁的主力被困定陶，而我军也只能围着外黄不动了。这让我很是焦急，因为据说赵高已经把王离的军队从塞外调了回来，要与章邯部合并，这样一来，秦军的势力就壮大了，对我们将构成致命的威胁。于是在与亚父商量后，我派人给项梁送了封快信，建议他调整作战方案，集中兵力直取咸阳。但是，我的话没有奏效，反倒让他以为我好大喜功。他认为仅凭我们自己的人马是难以与章邯王离抗衡的，于是就派他的谋士宋义去说服齐国的田荣联合行动，同时又幼稚地认为，要等天晴之后才进攻，好像雨天不是打仗的日子而是喝酒的日子。我气坏了，也感到很苦恼，因为项梁现在不仅是我的叔叔还是我的上司，我必须听命于他。军人讲的就是一个服从，这是军人的光荣，却也是军人的悲哀。我很难相信这个自幼教我兵法的叔叔在几个胜仗之后怎么变得如此傲慢。连那个无能的谋士宋义都看出了他的危险，他本人却毫无觉察！我们只好等待着，大雨连天不歇，士兵们的斗志在松懈，而在定陶，此刻想必已是纸醉金迷了。我的重瞳在这一刻又重叠起来，远方的定陶上空飘荡着一块阴云。一种不祥的预感正在向我逼近，这是死亡的预感。

果然就在这天夜里，章邯冒雨偷袭了定陶。三十万大军如洪水猛兽般地把楚军的大营掀了个底朝天。那时候我叔叔项梁还在梦中逍遥自在，他仿佛听到的呐喊声成为他那美梦最佳伴奏，等他睁开眼，章邯的剑已把他苍老的脑袋砍下了。落下的头颅上面仍是一双惺忪的醉眼。项梁一死，楚军的阵脚立刻就乱了。无奈之下，我们只好撤回彭城。后人把这一举动视作一次迁都。没过几天，大臣们带着那孩子——就是新的怀王也到了。那孩子现在似乎也有些王者风范了，也开始习惯于指手画脚地发号施令。他听信了那几个谋士的高见，觉得把兵权完全交到我手上还不是时候，认为我只会狭隘地想着为叔叔复仇，而置楚国兴亡大义于不顾。可是他们又离不开我们项家的光荣旗号，还得利用它得到天下人的响应。他们也离不开我的作战才能。这又是他妈的政治了。于是，楚怀王做出了这样的决定，让我率部去救被章邯围住的赵国，而派刘邦去攻咸阳，并说：先入关中者为王。这显然是担心我抢了刘邦的饭碗，就是说，他们这伙人本是不信任我项羽的，他们对我除了利用还是利用。我当时并没有说什么，事后，我才对亚父说：作为军人，我当以服从军命为天职；作为项家后代，我当以匡复大楚的基业为己任，但我讨厌被人利用。我不喜欢有人对我玩政治手腕。亚父范增默默点了点头，然后说：将军，天下有许多事并不遂人愿，人有时候就是让人玩的。依将军的才智势力，你可以随时废了怀王，但是这样一来，天下的百姓就会对将军另眼相看了，因为项家的天职是振兴大楚，而不是取而代之。这是项家的宿命。这话真是说到我心坎里了，我想，既然命中注定我要被人利用，再说什么就显得多余了。

正说着，赵国的使臣前来求见。这个看上去一脸晦气的男人见面就扑通跪倒，泣不成声：将军，章邯已将钜鹿围了一月，若不出兵，他们就会死于秦军的刀斧之下，您可怜可怜他们吧！

这话听了叫我难受，我想一个软弱的赵国是经不起章邯三十万兵马的，他们的灾难就悬在了头上。我劝了那使臣几句，然后就去面见怀王了。我说得很坦率，我说要是我们像张耳陈馀之流那样见了秦军就退避三舍，那么赵国的灭亡只是早迟的事。如果我们连钜鹿的问题都解决不了，灭秦岂不是一句笑话？怀王思忖片刻，说将军有这番胆识令我钦佩，但为了保险起见，还是多去几个人吧。我就说：去多少人那不是我考虑的事，你决定好了。

结果第二天，楚怀王颁布命令，突然宣布宋义为上将军，美其名卿子冠军，统领一切。这个决定的荒谬在于，他们把一个瞎猫碰死老鼠的吹牛当成了未卜先知。就算怀王是个不懂事的孩子，难道作为上柱国的陈婴也如此的糊涂？居然相信宋义曾料定项梁会兵败定陶。我一听心里就直想笑，这个宋义是驰骋沙场的人吗？我知道，这不过是个借口，实际上是他们对我不放心。陈婴也许忘了，当初我们拿下薛城之后，是我叔叔项梁保荐他做了这个上柱国的，现在项梁一死，他倒不放心我了。我若想当楚王，一个陈婴又岂奈我何？这算不算以小人之心度君子之腹？人往往就是这样，你不提防我我倒没什么可顾虑的；你要是对我不放心，反倒叫我怒火中烧了。我项家可以被人世世代代地利用，但决不能叫人又利用又不放心！我后来之所以要把宋义给杀了，就是要以此表明我的立场。

宋义这个人实在很不知趣。你既然不懂军事就不要整天端出一副上将军的架子，动辄恶语威胁，扬言谁不听他的使唤就问斩。他就是不懂在我项羽旗下的人没有几个吃这一套的。大军开到安阳，一听说章邯王离在前面严阵以待，他就慌神了，按兵不动。这样一耗就是十多天，赵国的使者急得直哭，宋义居然还有心思喝酒。那使者又回头来找我，希望我能说服这位卿子冠军火速救赵。我就去对宋义说了，我说我们是去救赵的，像这么耗着不是个事儿。宋义鼻子哼了哼，不屑地说：论横刀立马我不如你项羽，论运筹帷幄你也不如我宋某人，所以怀王和上柱国举荐我来执掌帅印。他倒当真了！我知道这家伙打什么算盘，他是想让赵国和秦军拼得差不多时再乘虚而入，既交了差又保住了名声，这还是政治！以我的脾气，那天我就想把这小子杀了，然而亚父认为不妥，他说：时机不到，眼下正是天寒季节，又逢大雨，我们的军需很快就成了问题，到那时士兵们的情绪会与他宋义不利的，我们……

我们也乘虚而入？我打断他说，那样我们不也在玩政治吗？

亚父说：将军，打天下可是离不开这政治呀！

我承认亚父范增的话有道理，但是我感情上还是接受不了。这天晚上，我回到大帐显得异常的烦躁，虞在我身边也十分不安，她说：人这一生就是心灵磨难的一生，该忍的你还是要忍。我说我已经到了忍无可忍的地步了，再忍，我或许就不是我了！

虞说：除了动刀就没有别的办法了？

我没接话。过了会我听见女人轻叹道：这个世界不好，就在于总是用刀说话。

然而我还是又忍了一个月。这天，雨又来了，我一早就想去营帐里看看，刚出门，就被那位赵国的使臣拦住。那人用手指着天空说：将军，您知道这天上的雨是怎么来的吗？不等我回答，他就接着说：这是我们赵人的泪啊！望将军凭着一个军人的良知，帮帮我们赵国吧！说完，这个瘦弱的男人突然拔出我的剑从颈项横过，血溅得我几乎睁不开眼！好一个以死相谏的大义之人！我蹲下去用手抚下使臣不肯闭合的眼睑，拿起了他手中的带血的剑。闻声而出的虞此时已吓得面无人色，倚门呆立着。我看着她，对她说：看见了吗？这也是在用刀说话呢！

说完，我就直奔了宋义的大帐，那些卫士见我这来势就预感到今天会有好戏，并不拦我，反而对我投以关切的目光。我进去的时候，那卿子冠军正在喝酒，一边翻着一本破兵书。当他看到我手里的剑还在滴血，便像鸟一样地惊叫道：项羽，你想造反了吗？

我说：我不想造反，只想搬掉我行军路上的一块绊脚石。说着，我就将这奸人的头砍下了。等我拿着他的这颗小脑袋出来，外面的将士们全部列队整齐地站着，对我行注目礼。那一刻，我的双眼突然迸出了眼泪。在我一生七载的戎马生涯里，这样的场面是第一次也是最后一次。我用剑挑着宋义的头颅高声说：弟兄们，我们在安阳困守了四十六天，赵国的百姓已是望眼欲穿。救赵是为了灭秦，灭秦是为了兴楚，国家兴亡在此一举。日后若有小人说我项羽居心叵测，就拜托大家为我说句公道话吧！

大家说：上将军，我们跟定了你！

这个瞬间，我体会到了什么叫作军人的幸福。

六

宋义一除，往后的路就顺了。尽管那时我们的给养很困难，但是士气空前高涨。不出两日，我们渡过了漳河。那是我们也就只剩下了三天的口粮，后面的给养跟不上。于是我下令把锅砸了，船也沉了，横下一条心与秦军决一死战。后人称这个决定叫破釜沉舟，逐渐演变为一条成语，这多少让我感到几分得意。而我更得意的是，作为军人，我现在找到了感觉。我这时才真正体会到，我爷爷项燕为什么那么迷恋去做一名职业军人？这种快慰一般人是无法获得的。我听说两千多年后外国曾经有两个人达到了这个境界，一个叫拿破仑，另一个叫巴顿。据说他们的仗打得都很漂亮，但拿破仑打仗是为了当官，巴顿当官却是为了打仗。所以这两个人还是有着本质上的不同。我倒是更喜欢那个美国佬，而我的命运又远不及他那么如意。乔治·巴顿的仗打完了，他也就退出了历史的舞台，带着他心爱的狗去他的菜园子溜达了，我却不然，我还得没完没了地为这个打下来的江山操心——这实在是我的不幸啊。你们会慢慢体会到我这种感受的，我希望你们不要说我口是心非。

漳河被我们抛到了身后，钜鹿的城郭已呈现在我的视野中。这是公元前二〇七年的冬季，寒风凛冽，冷雨如注，我们的对伍还是一往无前。破釜沉舟的消息不胫而走，那章邯就慌了神了，认定我此番之行是来找他拼命的。这个人在阵前与我见过一面，自己不敢交手却让那个王离来会。不出五个回合，王离便被我一戟挑落马下身首异处。我就将这人的首级悬挂在辕门头，以振军威。但是我没有料到，为此引发了虞同我的第一次争吵。虞说：王将军是战死沙场的，他尽了一个军人的职责，他的死值得尊重。你这样对待一个以死报国的烈士不觉得愧对你项家高贵的血液吗？

我说：我憎恨秦国！

虞说：你们不过是各为其主，你可以消灭他，但你没有权利去侮辱一个烈士！

我突然吼叫道：他是我手下的败将，我想怎么处置他都可以！

虞愣愣地看着我，然后轻声说：我替你感到羞耻。

当夜，虞就不辞而别地离开了我。女人是带着一腔失望与怨恨回到彭城的。这是我丧失理性的季节，虞的话没有引起我的重视，反倒叫我越发地疯狂了。不久，章邯来降，我虽依从亚父的主张将过去私人的恩怨一笔勾销，但是我仍然担心他带来的二十万秦军会随时谋反，于是就在一个月黑风高的晚上下令将这些无辜的生灵全部活埋了。很多次，我对我这种暴行后悔不迭。我不明白像我这样的人怎么会变得如此的凶残？那是我一生中最大的败笔，也是噩梦真正的开端。我时常从噩梦里惊醒，在梦中，我看见那些冤魂在对着我放声大哭，然后又转为耻笑。他们所耻笑的是我的血液！在许多夜晚，我独自剩在大帐里，唯有青灯相伴。那呼啸的朔风，如哀丝豪竹般叫我心惊肉跳！我就想，我项羽何以变得这样？难道是我做了上将军的缘故？我大权在握，便为所欲为，假如日后我做了皇帝，那我和那个暴君嬴政又有什么两样？权力不是个好东西，它会使一个人的欲望无限膨胀，它会让人变得丧心病狂，它会使良知泯灭，它自然也会使一个贵族堕落成为流氓。

一天晚上，我叫来了章邯。几十天前，这个败军之将前来投降，那个时候我似乎还分得清天下国家的轻重，尽管我对一个降将内心是轻视的。我听从了亚父范增的劝告，觉得大敌当前理应将个人的恩怨抛于脑后。况且当初我叔叔的失败，也在于他本人的骄傲与轻敌。他其实是自己断送了自己。我记得当我走出大帐来迎接章邯时，这个人感动得热泪盈眶，对我五体投地。他说：

上将军如此宽大为怀，我章邯日后将随将军赴汤蹈火，在所不惜！那个时候，我颇有几分自豪感，觉得自己像个汉子，更像是项家的子孙。然而不久，我就对他起了疑心。我担心在入关之前章邯的人马会给我带来麻烦，于是就出现了上述的那惨不忍睹的一幕。翌日当章邯得知这个消息，他几乎是悲痛欲绝。我知道在他那泪眼昏花的目光中，我已经成了一个失信的小人。那目光毫无畏惧，大胆地透露出对我的轻蔑。现在这个人来到了我的面前，在进大帐之前，他自动摘下了佩剑。这个动作所表达的意思并非是消除我对他的防备，而是前来赴死的。这让我自惭形秽，更觉得此人值得敬重。于是我请他坐到我的面前，对他说：章将军，你知道我今天把你叫来是何意吗？

章邯沉默了片刻，跪倒在地：上将军，我知道，你是要我杀了你。

我默默点了点头，但是我内心很为震动，他何以能猜透我的心思？而我却居然想错了！后面将要发生的事则更叫我惊讶，在我就把剑递给了他之后，章邯突然号哭起来。

上将军，该杀的是我呀！章邯哭泣着说：将军如此坦荡，章邯不能不实言相告，我带来二十万兵马，就是预防不测的，这怪不得上将军多疑，实在就是章邯居心叵测，罪不可赦！说着，他就拿起剑准备自刎，我一把将剑夺下，感激地说：将军，我知道你这是替我开脱，请受我项羽一拜！

这件事我想永远是个悬念。我们正沉痛诉说着，亚父范增急急忙忙地跑来，见状很是诧异。但他带来的却是一个令我并不惊

讶的消息:

沛公已占领了咸阳。

七

两个月前,当我们还在安阳为救赵犯愁时,刘邦的队伍就已经到达了昌邑,久攻不下,这个人居然就放弃了,一路向西直奔而去。那时我就感到,此人是惦着出发前怀王的那句许诺:先入关中者为王。

刘邦这一路上与其说是打仗倒不如说是游说,沿途的城池只要交出来,他什么条件都可以答应。不过这一手还真挺厉害,他很快就在南阳得了手,封赏那位投降的郡守为侯。后面的就如法炮制了,也就果真连连奏效。这大概可以看作中国统治的一种经典手段。所谓攻心之术,我听说往后两千多年间效仿这手段的大有人在,不仅得了江山,还得了宽大仁义的美名。这与几年后刘某人扬言的三尺龙泉得天下不是一回事,倒应该说是凭借那三寸不烂之舌当了皇帝。

刘邦的运气不错。当他胆战心惊地向咸阳城接近时,咸阳城内已是祸起萧墙了。那老狗赵高最终还是杀了秦二世胡亥,企图以立二世的侄儿子婴为王作缓冲,不料机关算尽,反倒被先发制人的子婴所杀。那子婴原想仗着五万兵马死守峣关,与楚军作最后的一搏,却未知守军将领轻信了刘邦的许诺,不费吹灰之力就把他们全部剿灭。关于这一点,我自觉不好指责刘邦和他的军师张子房。他们以可耻的手段骗取了秦将的信任,那个人还在张罗着盟约签订宴席的规格，头已被周勃砍下了。这和我失信章邯坑埋秦卒是异曲同工。很多年过去了，每当我想起这函谷关下的这一幕，仍然还是感慨万千。我们这些争夺天下的人没有谁是按照游戏规则来玩的，我也不例外。这是我的耻辱。所以我们后来得来的天下总是显得岌岌可危，这是报应，苍天有眼。纵观这大千世界，每一次的江山易主政权更替，无不伴随着杀人流血失信背叛的小人之举。这不是我们中国的专利。外国也一样。倘若我记得不错，最典型的例子莫过于公元一九三九年的德国对邻国波兰的袭击。那个叫希特勒的家伙是你们这个世纪最下流的人，而另一个叫斯大林的在波兰的问题上也并不光彩，他趁德国人突袭之际，也大兵压进了波兰的东部，于是这个波兰一夜间就被他的两个毫无教养的邻居瓜分了。这当然也成了过去的一页了，但我还是要在此作一次提醒。

江山原本是可爱的，只因为这么一搞，就让人失望了。我的遗憾在于，两千多年前的那个时候还尚无一点觉悟。实话相告，范增带来的消息虽不让我意外，但还是让我内心产生了震动。我能想象得出，此刻刘季的算盘是怎样拨的。这个从前的亭长第一次亲眼目击了豪华的宫殿和如花似玉的嫔妃，对坐关中王的位子是多么的垂涎欲滴。而这个人的野心还远不限于作关中王，他心里寻思的是有朝一日做嬴政第二。尽管他现在把部队驻扎到了灞上，尽管他约法三章，这些都不过是虚假的摆设，他内心贪婪的欲火一刻也未熄灭过。

我们的尖兵在函谷关受阻，守备部队声称没有刘沛公的命令不得洞开城门。这让我气愤，我是上将军，怎么连入关的资格都作废了？只好派当阳君英布去攻了。不过片刻，函谷关便拿下了。这件事令我费解，刘季并没有站出来公开反对我，却又不许我入关，非叫我动手不可，是何居心？亚父的判断是，这是他刘邦的一次试探，想看看自己的手到底能够伸多长。我觉得此言有理，于是就叫部于新丰鸿门停下修整。我想，现在该是解决刘季的时候了。

你们所见到的史书上，对所谓鸿门宴的段落书写都是那么精雕细刻，绘声绘色。最著名的还是太史公司马迁的这篇《项羽本纪》。作为美文，我也非常欣赏这个精彩的段落。但是你们要是把它当历史读，那就有不小的问题了。

我说过我要除掉刘季已不是一日的考虑。从我自张子房那儿听见所谓斩白蛇那一刻起，我就做出了这个决定。我倒不是害怕此人，而是直觉到此人非同一般的小人。对于男人，贪婪不算毛病，也未必可怕。可怕的是那种什么都想要的男人。而既无真才实学又什么都想得到的男人无疑就是个祸害。这种人可谓欲壑难填。这种人不除实乃后患无穷。但是如何个除法长期以来一直困扰着我。我觉得凡事都该有个方式，杀人也不例外。而且在坑埋二十万秦卒之后，这个问题就变得越发重要了。我做了一件错事，我不能一错再错。眼下对于刘季，我的方式正在酝酿之中，也可以说是等待之中。我等待的不是时机，而是杀人的工具。

我说过我一直在渴望得到从前楚王遗失在民间的那对青锋鸳鸯剑。但是后来我才知道，刘季也怀有同样的心思。多年以来，刘季和我都在寻找这件神奇的武器。而现在我们的用途却大不相同。刘季想得到它是想从中得到某种神明的指引，好以此夺得天下。我呢，却想利用它把那个一心想登基做皇帝的人消灭掉。我觉得拿敌手喜欢的武器除掉敌手是一件值得快慰的事，也很合乎我项家的规矩。然而很遗憾，我派了几批人赴吴越地方寻找，都毫无下落。我等待的就是这个。在鸿门的这些时日，我心中出现了一种极其复杂的情绪。我知道剪除刘邦已到了刻不容缓的时候，可我仍然想按照我既定的方式行事。这天，我又带着我的箫来到了一面坡上。我到的时候，亚父范增已在那儿，从老人的背影看，他在此已伫立了许久。我就走过去问道：亚父，您在寻思什么呢？

亚父说：我在看。看咸阳城的上空那片云，龙虎之形且现五彩，这恐怕是个危险的征兆。

我笑了笑，说：这难道就是你所说的天子之气？

亚父沉默片刻，又说：上将军，对沛公此人，在薛城时我们就已心领神会，如今他侥幸先入关，我们射鹿，他倒拾起来就走，此事关系重大，你不能再迟疑不决了。

我说：我知道该怎么做。

正说着，我的一个堂叔项伯领着一个男人匆匆来了。那人见面就说，他是刘邦那儿来的，受左司马曹无伤所派。说着就交出了曹司马的密信。我对曹无伤毫无印象，猜想这又是范增的安排。不过，曹司马的这封信倒引起了我很大的关切，那信中说，刘邦正企图拜降君子婴为相国，开始谋划当关中之王的后事了！

这大概不会有错，这就是他刘季一贯的风格。但是，我最后还是一语不发地离开了。这个晚上我突然感到了一种莫名的孤独，似乎有点束手无策了。我并非害怕刘季，只要一声令下，咸阳城顷刻便会血肉横飞。但这不是我想要的结果呀！

或许是天意使然，就在我焦虑之际，我派去寻剑的人回来了，遗失民间的那对青锋鸳鸯剑展现在了我的眼前！这真不愧为王者之剑，让我想起传说中的英武少年眉间尺与那位神秘的黑衣人。我喜欢这个血性的复仇故事。我用食指慢慢拭过它的双刃，深信它会削铁如泥见血封喉。然后，我将它们安放在我的案几之下，眼前豁然开朗。而这时，帐外传来了急促的马蹄声。少顷，亚父和我那位堂叔项伯进来了。原来刚才黄昏那会，项伯以为我会明日发兵去攻咸阳，就快马加鞭地赶往灞上，对刘季通报了情况。亚父的神色明显地在指责项伯是个吃里爬外的家伙，就是说该军法从事。而项伯自有一番解释，他说之所以赶去报信也就没顾及到死，当年他亡命下邳，是张子房救了他，如今他不过是还这个人情而已。但他隐瞒了他和刘季已结为儿女亲家的事实。

项伯说：沛公不是你想象的那种人，他的部队入关以来可以说是秋毫无犯，他约法三章，军纪严明，如果我们对他们下手，有悖天理，也不像我们项家的为人。明天，他会亲口对你说清楚的。

亚父很不屑地看了项伯一眼说：曹司马的信上可不是这么说的！将军千万别自作多情。

我就摆了摆手，说：你们都退下，明日沛公来，我自有道理。我不许任何人再掺和这件事!

第二天的情况大致和太史公说的差不多。一早,刘邦就带着张良、樊哙、夏侯婴、纪信等人由灞上奔向鸿门。我敞开大帐,并叫陈平前去辕门外迎接。与此同时,我让项伯去负责安排今日的宴席。他明白我这意思,我就是要让他知道,我项羽不是个靠酒里投毒之类的手段来消灭敌手的小人。我最瞧不起的就是这个。男人做事得像个男人,何必要去学那个混吃骗喝最后硬着头皮去充好汉的荆轲?那不是男人的方式。我要这么干,你们今天就会觉得我和宋代的那个骚妇人潘金莲是一丘之貉了。所以后来的项庄舞剑令我十分恼怒,这准是范增的布置,太史公却把这笔账记在了我头上。当时的情况的确很紧张,于是我就对项伯说:一个人舞剑如同一个人饮酒,太乏味,你不如和项庄对舞。这是我的原话,不知怎的,太史公又把它写成了项伯的话。试想,我若不发话,项伯敢跳出来吗?他已经被昨日的泄密弄得魂不附体了,哪还顾得上公开替刘邦保驾?我叫他项伯出来,就是要遏制项庄的这份疯狂。我不允许任何人来玷污我项家的名声。我要刘季死,但要让他死得服气,也要让他像个男人那样去死,别给追随他的弟兄们丢脸。你沛公不是朝思暮想得到这把剑吗?我今天给你找来了。我们各执一柄,雄雌任选,然后我们当着众将官的面把账算清,接下来我们应该去一个空旷的地方进行决斗,胜者为王,败者也不失为一条汉子,这方式可算公平?如果你沛公贪生怕死,也可以不与我交手,但你必须许下承诺,从此退出这个舞台。我甚至可以陪着你一块退出。实不相瞒,我对这江山的兴趣是真的觉得冷淡了。我需要的是快马加鞭赶往彭城去找我的虞。

酒喝得差不多了，剑舞的表演也接近了尾声。我朝左侧的沛公看了一眼，他的额头上已渗出了一排虚汗，脸色苍白，目光暗淡。这个人还没与我交手就已经垮掉了三分。我的手不禁伸向案几的下面，稳稳地握住了剑柄，正欲抽出，一件意想不到的事发生了！

我对面的亚父范增，拿着他身上的那块玉玦对我再三示意：动手吧！

与我共事的将官都知道这老头有拿佩玉指挥杀人的习惯。往日只要他一举这东西，边上人就会猜到将有一颗人头落地了。可这个不明智的老人今夜竟然指挥到了我的头上！那我算什么？我这个二十七岁的上将军怎么能够听命于一个年过七旬的老叟的唆使，来干一个小人的勾当？这样一来，这场鸿门宴岂不成了阴谋的代名词？我岂不是彻底背叛了我的血液？

我精心安排的计划就这么让一个老人给搅了。

我咽下了这口气，一饮而尽。这也就是我后来把刘邦放走的真实原因。我知道时至今日，你们还是觉得鸿门宴从来就是个陷阱，是一次流产的阴谋，这真叫我欲哭无泪！我能说什么呢？我的解释似乎没有一点力量，但我必须强调，我所说的全是真实的。

八

往事如烟。时间虽然过去了两千两百多年，可我经历的那些事儿却在眼前停滞着，挥之不去。昨天夜里我又梦见虞了，她还是那么美丽，但她的表情却是哀怨的。黎明前，我听见了她的哭声，那是悠远而凄怆的悲声，如同楚歌的旋律，寄托着对我的无限思念与爱怜！我便从这悲声里惊醒而起，那时分，我的窗外是一弯残月。

我第一次听见虞的哭声是在我开进咸阳城的第三天。那天早上，我主要的事是接受秦王子婴的投降。我的本意是不想再捉弄这个柔弱的小男人，更不想取他的性命。但是这个人一见面就显出了一副媚态，声言只要饶他一命就感激不尽了，别无他求。我突然就对此人反感了。这并非是我的喜怒无常，我是觉得这个人实在没有一点骨气。我就问：听说上次你面见沛公，是抬着棺材去的，脖子上还缠着一条白绫？

子婴被问得不知所措，就盲目地点了一下头。

我又问：那么你今天见我怎么就取消了这些安排？

子婴这才感到不妙，就问：上将军是要我死吗？

我说：我不喜欢你投降，你知道为什么吗？因为你好歹也算是一国之君，尽管你在位不过四十六天。君王是一个国家的象征，你来投降其实就意味着全体秦国人都成了亡国奴。阁下觉得这妥当吗？

子婴一下就沉默了。过了会，这个人泪流满面地说：上将军，子婴今日实在是替先人受过，再说什么也是多余了，你就发落吧！

我说：不对，你是替整个秦国捐躯，而我也不想发落你。我不会像嬴政那样去杀一个手无寸铁的人。我讨厌的是你的投降。

说完这话，我就拂袖而去了。走了很远我还听见子婴的哭泣。等我移师阿房宫时，有人告诉我，那子婴已被人剁成了肉酱。然而这件事留下的阴影却在我心里盘桓了许久。我想这子婴也是命中注定要落到这番下场的，他要不继承王位，情形会是另一个样子了。这么一想，我便对那死人感到了几分悲哀。继之我便想到自己，同样也是逃脱不了命运的安排。我的征战对我们家族是重要的，而对于我本人却索然无味。我干的是我不感兴趣的事，也可以说很无聊，但之于国家又显得举足轻重。我就想，一个人的使命或许是神圣的，但未必都有兴趣。从这个意义上看，我和这个子婴无疑就是同病相怜了。

这个晚上我陷入一种前所未有的孤寂之中。我仿佛看见我的魂魄像无边无际的汪洋中的一个岛屿。那岛屿是黑色的，在凄凉的月光下闪着寒光。没有人理解这块沉默的黑色石头，而它也不能自行沉没。它的身躯上记录着潮起潮落，而它的见证又是那么无力。我就这样想着，慢慢地睡去了。不久，我听见了一个女人的哭泣。

这分明就是虞的哭泣。是我的女人发自心底的呼喊。我惊坐而起，四下全是黑暗。清冷的月华在阿房宫的铜柱上颤动着，给我的感觉却是不寒而栗！白天的时候，我还曾设想派人去彭城把

虞接到这世上最奢华的宫殿来，与她对酒当歌，共度良宵。而我
在刚才的梦中听见的却是她如泣如诉的悲声！这声音使我内心震
颤，它仿佛是子规的语言，带血的语言……

太阳映红了骊山。在这个朝露浓重的早上，我骑着我心爱的
乌骓来到了骊山的面前。这座并不伟岸的沙丘之下，埋着曾经不
可一世的秦始皇。我又一次想起楚南公的话：楚虽三户，但亡秦
必楚。如今秦朝已灭，大局已定。我也算对得起我的祖宗了！我
想我的事情做完了。现在，这始皇帝的坟冢已在我的马蹄之下，
咸阳城霞光普照，炊烟袅袅升腾。那豪华无限的阿房宫镶嵌其
中，闪耀着灿烂之光，但这该是最后的风景了。关中虽好，而我
不能久留。阿房宫举世无双，但我会付之一炬！我要烧掉的不是
一座奢华的宫殿，而是我项羽心中的一座坟墓。我是江东的子
弟，那里有我的父老乡亲，那里，我的女人在等待着我回家。

于是在这天的黄昏，我下达了焚烧阿房宫的命令。我的命令
立刻遭到了一些人的反对，这其中就有刘邦。他说：上将军，这
阿房宫耗尽了天下百姓的钱财，把它烧了可不好向天下人交
代呀！

我说：不对，阿房宫耗尽的是天下百姓的血汗，我烧它就是
祭奠这些劳苦大众。

说完这句话，我就走出了这座宫殿。亚父范增紧随而来，他
这才问我：将军果真要烧了这阿房宫？

我说：军中无戏言。

范增说：我想知道将军做这件事的动机。

　　我说：很简单，我害怕在这宫里待久了，嬴政会借我的身子还魂。

　　范增沉吟道：看来将军的志向果然不在这江山之上，令老朽钦佩。但是，不知将军是否想过，这打下的江山交到谁手里才合适呢？难道将军还真的把那十五岁的孩子当成真命天子？

　　我说：亚父尽管放心，既然我项羽不想做皇帝，我自然也就不会容忍别人坐享其成。天下乃大家的天下，一个人掌管就是独裁，嬴政败就败在这个上面。所以我愿禀告怀王与大臣，将这天下重新分配；不作大，而作小，在原先的六国基础上还可再分。

　　后来的史学家对我做出的这项选择是持否定意见的，认为秦嬴政好不容易统一的中国，到了我项羽手上却又把它重新实行了分封，这是历史的倒退。我说过，我这个历史人物面对历史是个门外汉，我不好就此发表看法。我只能说我个人不喜欢皇帝这个称谓，我也看不出你们这以后的历史上出了几个好皇帝。很长时间以后，有个叫孙文的男人彻底铲除了这个词汇。这是很了不起的壮举。而我在当时的情况下，实在是想不出谁能管理得好这个天下，我只能表明我没有称帝的欲望。所以我划分出了十八个区域，封了十八个王。我也不想排斥异己，要不然，刘邦何以能成为汉王？在这个问题上，我和范增意见相左，在他看来，鸿门宴上我的手软是大错，如今封其为汉王那就是特错了。于是他总爱重复那句话：你等着吧，有朝一日我们会成为他刘邦的俘虏的！那时我还觉得这是危言耸听，我觉得从前刘季不过是一个亭长，所辖十里，如今统治巴山蜀水与汉中，难道还不满足？鸿门宴上我没有灭他，但我自觉已粉碎了他的野心，挫败了他的锐气，我的目的也就达到了。我记得虞说过：不要用刀说话。我想，一个人的欲望总是受到良知道德约束的，刘季最清楚他自身的分量，他的确杀过一条蛇，但那蛇不是白帝之子，那就是一条最普通的蛇，稍有胆量的男孩都能办到。

我们的楚国也划成了四块，即西楚、衡山、临江和九江。我只要了西楚，定都彭城。这以后，人们就称我作西楚霸王了。那时我就想，我这下也算是功德圆满了，自由的日子似乎伸手可触。我记得在班师回彭城的路上，我有了一种身轻若燕之感。与此同时，我的重瞳又一次重叠到了一起，于是我看到那遥远的地方，我的女人在向我招手。我一鞭落下，乌骓撒开了四蹄，于灿烂的阳光下卷起了一阵黑的旋风。这应该是公元前二〇六年的春季，太史公从这时起就按汉的年代纪年了。其实刘邦登基是在四年之后，他后来这么一改，似乎显得汉代的日子长了不少。时间是个奇异的现象，人生如梦，草木一秋，一个朝代和一个人的生命一样，从诞生的那一天起就预示着死亡。发展的本质就是生死交替，这是规律。刘邦在位八年，也还是死了。他的阳寿有六十三年，一倍于我还要多。但我一点也不遗憾。

九

历史学家从来就认为我陷入所谓四面楚歌的局面实际上是这个时候形成的。认为自打这公元前的二〇六年开始，我的境遇在每况愈下了。这话当然也有几分道理，然而真实的情况还不是这个样子。我不是一个能对天下负责的人，我只能对自己负责。我们项家从来就没有这个规矩。我的本意已经向你们表明了，我不是那种吃不到葡萄就说葡萄酸的人。我随时可以吃这葡萄，但没吃之前我就猜到它是酸的，所以不吃。这不是文字上的噱头，是重要的区别。重新分封之后，我也没怎么指望从此天下太平。我的想法很简单，也可以说很幼稚，我希望他们自己管理自己的地盘，为老百姓干几桩好事，即使闹，也不要把手伸到别人的土地上来。但是，情况偏偏就不是这么回事。

我回彭城不久，原定带着虞去乌江那边寻猎，过几天轻松的日子，还未出门，亚父范增就匆匆赶来了，说齐国的田荣撵走了齐王田都，又杀了胶东王田市，现在联合昌邑人彭越把济北王田安也杀了，田荣自立为齐王。亚父说：一个田荣就把整个齐国的天给闹翻，这个事的影响坏透了，必须严惩不贷。

没过几天，心藏怨恨的陈馀也在常山兴风作浪，赶跑了他的老友张耳，与代王歇沆瀣一气，赵国也乱了。

这多少有点出乎我的意料之外。我原想日后要作乱的非汉王刘邦莫属，尽管张子房再三对我表明，说汉王已烧了蜀路的栈道，发誓不再回头，我还是心存警惕。果然，在我平息齐赵战乱之初，刘季便向三秦运动了。这就是史书上记载的"明修栈道，暗度陈仓"，采取的是声东击西，倒是让久经沙场的雍王章邯上了圈套，兵临咸阳城下，章邯蒙羞自尽。接着，塞王司马欣和翟王董翳相继投降了，一时间，刘邦获得了空前的壮大。等到这年的秋季到来之前，响应刘邦的各路人马会师洛阳，他们下一个目标就是直指西楚之都的彭城。他们向我宣战了，这很正常，我倒觉得是件十分开心的事。我就对亚父说：当初在鸿门宴上，我原想和刘季进行体面的决斗，结果你老人家急着对我三示玉佩，把局搅了。我希望这回你最好与我配合默契，光明磊落地除掉刘邦这个贼子。

亚父说：霸王，你是个很标准的军人，但有时候也有几分书呆子气，历来战争都是只讲结果而不论手段的，你大可不必考虑什么规矩。

我就说：我天生就是个讲规矩的人。没有规矩何以成方圆？当初坑了章邯那二十万秦卒还一直是压在我身上的一块巨石。

那些日子我真的很兴奋。说实话，连天的征战令我厌倦，但是真的偃旗息鼓了，我又觉得有点寂寞。范增说这一点上我又很像我爷爷项燕。于是我开始沉醉于制订作战方案，严阵以待来犯之敌。我甚至觉得，解决我和刘邦的问题现在已是最后的机会了。有一天，尖兵来报，说刘邦的汉军全穿上了白衣，连赤色旗上也系上了白帏，声称为刚死的义帝发丧。我一听就气愤了，本来你刘邦来挑战是一件很正常的事，你不安分，要打，我只好奉陪。可你不惜以诬陷我来征战，这就他妈的是王八蛋的伎俩了！历史上的义帝死于赴长沙的道途，相传是被九江王英布的人所杀，此事与我毫无关系。现在刘季却一口咬定说英布接受了我的密令。真是荒唐！一个人做事总是有目的的，天下实行了重新分封，所谓的义帝不过是个摆设，就像后来出现的西方大不列颠帝国的女皇，我凭什么要杀那个十几岁的孩子？即使我要杀，我可以在彭城就下手，公开下手，又何苦密令英布呢？再者，这个英布又不是我的心腹之人，我怎么向他下达所谓密令？他不是很快就投降了你刘邦了吗？他干嘛不把我那份"密令"呈到你汉王手上，作为见面礼呢？刘季这一手很高明，即讨了个师出的名分，又振作了军威，还可以笼络天下人心，可谓一石三鸟。但就是太下流了。兴兵发丧可谓用心险恶。我被这流氓彻底激怒了！我想，这回我的手是不能再软了。

在经过周密部署后，我决定暂时放弃彭城，先让他刘邦的出手，我后发制人。结果睢水一战下来，汉军死伤者达三十余万，那些尸体横七竖八的堆在河里，几乎筑成了一道肉坝，迫使河流改道。这些战死的将士临死还穿着一色的白衣，现在他们是自己给自己发丧了。他们都是些好青年，倘若他们的汉王野心有所收敛，他们会娶妻生子男耕女织，过上祥和的日子，现在却成了炮灰。望着夕阳下的睢水河，我第一次感受到了什么叫残阳如血。这凄惨的景象连我的乌骓都看不下去，它向着北面仰天长嘶了三声。那是山东。

然而，刘邦逃脱了！

无论后人作何评价，穷寇莫追还是我恪守的原则之一。这或许不符合政治家的逻辑，但体现了一个职业军人的道德观。那时我想，如果你刘邦秉性不改，总有一天你还会落到我项羽的手上。我是不是很自负？是的，作为军人，我从来就是自负的。

我和刘季的这次交手，从我这方面看，唯一的损失就是让这家伙跑了。不过我又很佩服他，在如此混乱的局面下居然在亡命途中纳了妾，收了戚夫人，也算是大将风度了。他得了新人，却把旧妇和老爷子留给了我。我的手下曾多次提出把刘太公和吕氏杀了。我说：我和刘邦只是两个男人之间的事，与其他人没有关系。我也不认为这是楚与汉的问题。我有这么一个敌人，哪怕是假想敌，也算是圆了我作为军人的一个梦想了。没有敌人，军人那该多么寂寞。我本以为天下重作分封之后可以带着我的女人去云游四方，可刘汉王不让我歇着，我当然就要奉陪到底。这样到了第二年的春天，我们就对刘邦据守的荥阳城实行了包围。我倒要看看这回他刘季如何逃脱。没过几天，张子房递来了消息，说汉王准备投降了。既然如此，我也只好鸣金收兵。亚父范增却不同意，他认为这肯定又是张良的诡计，主张打进去。他说：刘邦虽然目下陷入了困境，但他还有大片的河山在手，还有韩信的几十万兵马可搏，他怎么可能附首称臣呢？我就笑道：我和刘邦之间本来也就不是什么君臣的关系，我只要让天下人知道，他刘邦尽管有萧何张良那样的谋士，尽管有韩信那样的骁将，但最终也照样不是我项羽的对手。我要的就是这个。

亚父就说：那你当初对秦王子婴怎么是那个态度？

我说：这不同。刘邦是我的敌手，交战的结果非亡而降，很正常的。子婴是作为秦王朝最后的象征而存在的，他虽然没有野心，但投降就是苟且偷生，使全体的秦国人蒙羞。他必须一死对他的国家有个交代。

亚父长叹道：这老夫可就不懂了！同样是你的敌人，一个不战而降你却要他死；一个和你战了几年打你不过，你却愿意接受他的投降，这是什么逻辑？

我说：这是我的逻辑。

亚父也不想再辩，但从这老人颤动的白胡子看，他对我的看法越发地强烈了。他历来就主张痛快地杀了刘邦，然而他哪里知道，这个刘邦的存在对我该是何等的重要。第二天傍晚，受降的仪式开始了。等围困在荥阳城里的妇儒老人出来后，刘邦的车子就缓缓而来了。远远看见刘邦神情安然地坐着，亚父就说：汉王豆腐倒了，架子却还端着，俨然王者风范。听他这一说我忽然就觉得不对，定睛一看，就发现这是刘邦手下的将军纪信。这纪信真是好汉，不由我说，他就点燃了自己，于火中高喊：霸王，汉王已脱险，你收兵吧！天下最后还是汉家的！

我什么也没说，被眼前这悲壮的景象所感动。我当时离纪信的自焚现场只有一丈开外，我能听见烈火撕毁皮肉的清脆声响。我内心感叹道：好一个壮士！

等我掩目转过身时，亚父范增已经不见了。

十

我和亚父范增的矛盾由来已久了。自打鸿门宴那次起，这矛盾就越发加剧。我完全懂得这老人的心思，这些年跟着我着实费了不少心。他的确算是个高人，尽管我们观念上很不和谐。我欣赏并尊重他这种老人，张子房不能与他同日而语。范增老谋深算但从来不出诡计，他讲信用，也不靠装神弄鬼来美化自己的过去。所以他的离去让我很伤感。后来我听说他病死在归乡的途中，我忍不住地哭了一场。我是个孤儿，自幼父母双亡，靠叔叔项梁一手拉扯大。项梁战死定陶，亚父便是我最后的长辈了。如今他也走了，我不能不感到悲痛！我听说现在的史书上认为，我是受到叛臣陈平的挑拨离间之计，对范增和钟离昧产生了怀疑，才把这老人气走的。这可能吗？我项羽能对一个老人恩将仇报那我就不能叫项羽了。但我承认，范增老人是让我气走的，是失望而归。这是我们共同的遗憾。即使这一回他不走，到了割鸿沟为界时，他还会拂袖而去的。亚父对我最大的意见是责怪我的轻信，而他的离开又让后来的史学家们认为我多疑——一个轻信的人会多疑吗？

还有人说，我之所以落到楚河汉界这步田地，与当初不重用韩信这个人关系甚大。我承认，自从高密潍水一战韩信挫败了大将龙且并斩了龙且本人的首级，楚汉两家的军事形势的确发生了一些变化。然而即使这样，我对自己以前的决定仍不后悔。我第一次见到韩信对这个青年的印象很好，凭直觉我就感到此人日后是不可多得的将才。但是不久我就听说了他那至今广为传颂的"胯下之辱"的那一幕，心便霎时凉了。忍是一个男人的美德这句话或许不错，但是这个人为求一忍而不惜出卖自己的尊严，就让我觉得可怕了。甚至让我厌恶。一个男人倘若连尊严都可以舍弃那他还有什么不可舍弃的呢？所以后来他为求自己化险为夷，竟然拿他最亲密的朋友钟离昧的头去讨主子刘邦欢喜，也就不足为奇了。我讨厌"大丈夫能屈能伸"这种表达方式，我敬慕的是刚正不阿与宁折不弯的男人气概。比如说那位救主自焚的纪信将军，比如说后来那位宁死不屈的田横将军以及困守海岛集体殉国的齐国五百壮士。这种虽死犹生的男儿风范理当万世流芳。

相形之下，他韩信也不过是叱咤风云的苟且之人罢了。他最终落到吕后之手却是出乎我的意料之外。

当时战局的微妙之处就是韩信的左右彷徨，他既畏惧我，又不肯轻率地背叛刘邦，自己私下还打着三分天下的算盘。韩信据守齐国按兵不动，急坏的不只是刘邦一个人，我也急。我总觉得这时候进攻广武多少有点乘虚而入的意思。若不打，又怕贻误战机。人言韩信善战，他却始终不敢与我进行正面接触，反倒把我好战的胃口吊起来了。我倒是真的犯了难了。就在此时，张子房给刘季出了新招，派一个姓侯的家伙送来求和信。

那信写得极其诚恳，也称得上情真意切，一看便知是张子房的手笔。这封求和书的核心部分是提出割位于荥阳东南的鸿沟为界，以东归楚，以西属汉，此后双方互不侵犯，和好如初。但真正打动我的却是，楚汉两家几年的交战，殃及百姓众生苦不堪言，停止战争乃燃眉之急。这倒是一下击中了我内心最软的地方。想来也是，我们为权力之争，最终倒霉的还是广大无辜百姓。至于说什么我和他刘季今后仍旧兄弟相称，我看就显得多余了。我从来就没有把这种人看作兄弟。什么是兄弟？那起码也该是情同手足，何以同室操戈？

这一天，虞正好从彭城来到了军营。我就让她看了刘邦的这封求和书，想听听她的意见。她看过之后沉默了片刻，才感叹道：要是你们从今往后真按这信上讲的去做，天下也就真的太平了，老百姓会指望过上好的日子。

我说：男人看重的是诺言，讲的是信义。

说着，我就签字了。我觉得我这个签名很漂亮。

虞说：你很得意是吗？

我笑而不答。

虞又说：如果是你出面求和，你肯吗？

我说：这不可能，胜利者从来是不主动苟和的。

虞就叹道：你这个人的悲剧就在于你一贯的胜利。其实某种意义上，我很愿意看到你的一次失败。我想这对于一个军人，才算得上完整。

这话倒叫我一时糊涂了。

翌日早晨，我让所有的文臣武将一律身着便装，列队于大营的辕门两侧，等候刘邦的人到来。同时我吩咐钟离昧把刘家的老爷子和吕氏领出来，打算就此交给刘邦。钟离昧说：霸王，这么一来我们就再没有什么赌注了。这话叫我不悦，就责怪了他几句。我说我本来就不是拿他们当人质的。前些日子我们攻打广武，我在城下对刘邦喊话，让他出来把老父妻子领走，可他害怕是计，不肯出来。我就说：刘季，你居然连父亲妻子都不要了，你难道就不怕我一怒之下把他们杀了？

钟离昧说：这事我在场，当时汉王竟然说，你我是兄弟，我的父亲也就是你的老子，你杀他就等于杀你老子，我还正等着你分我一杯羹呢。刘邦这样说不乏机智，但我听起来很不舒服。

我就笑了，说：这就是标准的刘汉王！你后来射他一箭，我明明看见正中了他的右胸，他却说是射在了脚上，这算什么玩意儿？

钟离昧问道：霸王，你看清楚了？

我说：不会错，我这双眼睛与众不同。

我没有多作解释。这时，外面响起了鼓角声，刘邦一行人马到了。他们也换上了便服，收拾的还真体面。我自然要迎上去，还不到跟前，刘邦就对我施了大礼，说：籍兄，我感谢你给了我这个面子，从今往后我们按章办事，以行践约，老账就一笔勾销了吧。

我还礼说：和谈是结束战争的典范，有你这句话，我很满意。

然后我就叫钟离昧把太公和吕氏交给了刘邦。不料那太公对儿子扬手就是一耳光，骂道：畜生！你还有脸来见我！你今天是不是来分我这身老骨头的？吕氏也跟着大哭起来，说刘邦不仅不来搭救她反倒趁机纳了妾。这一闹，使得原本肃穆的和谈仪式变成了一出戏文。幸亏张子房及时将他们拉开了。这个瞬间，我和这个神秘莫测的张良对视了一眼，子房把目光虚了过去。

接下来，是双方互换文书。整个仪式进行不过半个时辰，就完了。我本想留他们共进午餐，刘邦说他急着要赶回咸阳，日后再聚。我说：这也好，我们在外面也待了不少时日，士兵们思乡心切，我们得回彭城了。

刘邦又对我施礼，这回是感谢我对太公与吕氏的照顾，他说：家父贱内在楚打扰已久，如此大恩容我将来图报。

　　我笑着摆了摆手，说：汉王言重了。我不过是尽了本分。你我的事只能由你我解决，与他们原本就没有关系嘛！

　　其实我心里在说，只要你刘邦按你说的去做，就是对我最大的回报了。为了表示诚意，我当即下达命令：全军将士整装待发，明日开赴彭城！我的话音刚落，鼓号齐鸣，一片欢呼。我望着这些江东子弟，心中突然感到十分内疚：他们跟着我南征北战，每一次战斗都要有人舍弃性命，他们图的什么？他们既不能封王又不能受地，所求的仅是有一个和平的日子，而我却不能给予。对于他们，战争是通往和平的一条险径，但绝非他们的前途。我的心越发地沉重了。

　　这天晚上，我和虞相对坐于大帐内，红烛高烧，久违的楚歌从营中飘荡而至，将士们在联欢，明天，他们就要踏上归乡的路途了，他们的家人在期盼着团聚。我给虞斟上酒，然后轻声地问她：你知道此刻我在想什么吗？

　　虞不答，也不饮酒，只是一往情深地看着我。

　　我拿起那把画戟挥舞起来，只见烛光像礼花一样五彩缤纷。等我舞毕，虞才站起来说：是不是突然仗打完了，你感到寂寞了？

　　我说：仗打完了我不遗憾。我遗憾的是自我起事以来，大小战斗经历了七十余次，却没有遇见一个真正的对手。

　　虞想说什么，却终于没有说。

　　我抚摸着这把上天赐予我的画戟，心里不禁涌出了几分忧伤。我对女人说，等回到彭城，我要带她骑着乌骓再去乌江边上过几日。我说那时我会把这件心爱的兵器送回到它原来的地方，上天赋予我项羽的使命，我已经完成了。

虞把那杯酒敬于了我。

十一

这两千多年来，我一直在想，对于人尤其是对于一个男人，最无耻的事大概莫过于背信弃义了。如果天下由一个既不信守诺言，又不准备践约的家伙控制着，这天下必定黑暗无疑。人不要脸是什么坏事丑事都能干得出来的。对于我，历史上的楚河汉界是我对历史的一个交代；而对于刘邦，应该是羞耻的标识。我履行了诺言，而这个小人却撕毁了协定。就在我们行至垓下之时，刘邦派韩信的人马对我们实施了包围。据说最初打这个算盘的还是那个一肚子阴谋诡计的张子房，他对刘邦说，鸿沟之约不过是个幌子，也可以看作是缓兵之计，如果汉王想一统江山，这时候调兵遣将打项羽一个冷不防则是千载难逢的良机。就这样，刘邦调动了韩信、彭越、英布、臧荼等几路兵马向我扑来。我知道，我的处境很危险，陷入重围按兵不动，粮草给养只能维持到一个月。我只能选择突围。但在这之前，我需要同那位号称智勇双全的大将韩信会一下。倘若我死在他的枪下，我死而无憾。我甚至感谢他成全了我，让我像个军人那样地度过生命的最后时光。

于是第二天，我策马来到了阵前，对着汉军的大营喊道：让你们大将军出来，项羽在此恭候了！

韩信果然就出来了。和几年前相比，这个人确实有了一些大将风范，神色也比较镇定。他对我拱手作揖道：霸王，别来无恙？

我笑道：我现在该称你齐王了，但我更愿意把你看作一个军人。

韩信说：我本来就是一个军人。

我说：可你怎么连军人起码的德行都忘了呢？你见过连战表都不下就偷袭的军人吗？

韩信迟疑了一下，说：霸王，军人是以服从命令为天职的。我是汉王的部下，他的命令我自然要执行。

我说：韩将军，这大概就是我们的不同了。我是发布命令的，你是执行命令的，但是，我心里十分清楚，你是个极善于把握时机的人。我兵临荥阳时，你的汉王朝思暮想地盼你来解围，你却借故推脱，仅此一点，你不及纪信的忠诚。现在你来劲头了，我想这或许是两方面的原因吧？其一是你刚得了封地，成了名副其实的齐王；其二是你深知我将士疲惫，粮草短缺，桃子不摘自落，你轻而易举地就捞到了功勋与美名，可这对于军人是不是很不过瘾呀？所以说，我今天和你交手，无非是两个结果——不是你成全我就是我成全你。我很愿意把我的头交到你手上，但不会轻松地让你拿。怎么样，我们开始吧？这或许是我项羽最后的一仗了，我希望我们玩得漂亮一些。也好让后人大书特书一番。

我说完，就勒住缰绳，在等待着他先出手。这时候我的重瞳再一次重叠起来，我似乎看见了韩信内心深处的虚弱与怯懦。这个人说穿了还是挂记着死，他怎么也舍不得把刚分封到手的几个县邑再交还给刘邦的。于是我的希望落空了，我期待已久的激烈搏杀很快就演变成了一场乏味的追剿。韩信和我交手还不到五个回合，就玩起了金蝉脱壳，一溜烟地向山里钻去了。我后来听说，这个背叛军人灵魂的男人居然说，他目是想诱敌深入，好一举聚歼之。倒是那些助威的士兵给我留下了不错的印象。他们不阻挡我，像退潮似的闪开了一条路。他们的脸上刻着复杂的表情，他们想为我的武艺的欢呼喝彩，但又怕伤了他们大将的面子，于是他们就用一种含糊的声音表达这种不可抑制愿望，他们叫喊着：呜嗨——呜嗨——

　　这很像我们楚歌里的和声。我的画戟如风呼啸，我仿佛在指挥着这壮美的和声齐唱，同时我也被深深地打动了。这大概就是你们后来听到的四面楚歌的前奏吧?

　　楚歌是在午夜之时响起的。那是我刚刚卸下盔甲，吩咐马伕去给乌骓洗个澡。像往日一样，虞已在大帐里给我摆好了酒菜。虽说我们的处境很不妙，但是女人并没有表现出意外的惊慌。她甚至看上去是平静的，好像眼下的局面和平常差不多。几日前，当我们得知刘邦撕毁鸿沟之约时，女人第一次现出了愤怒，当时她说：沛公年长你许多，怎么德行如此之低下呢? 她也就说了这一句。

　　我坐到虞的面前，说：真没劲，连韩信也混成了这样!

　　虞说：是的，我看了都觉得没劲。

　　想来也觉得好没趣味，我说，怎么我老遇见这号人呢?

虞这才问道：你打算怎么办？

我不假思索地答道：突出去好了。

虞说：你认为能突出去吗？

我说：不成问题的。我可以背着你突出去。

虞沉默了一会儿，说：我不想这样。

我说：不想？难道我们还坐以待毙不成？

虞说：对，我在考虑死。

这颇叫我吃惊，这个问题我还没考虑呢。我就扶着她的肩说：别这么想，我们突出去，我们不是说好了去乌江边上泛舟狩猎吗？

虞说：我觉得活着很累，也很乏味，因为我总要面对着那些我所不耻的人，而且还是男人。而且这些人最终都要成为统治者，要行使管理我们的权力，我无法忍受的就是这个。

我打断说：所以我要与他们决战到底。

虞说：没有决战。即使你杀了这个刘邦，还有另一个刘邦要做皇帝；即使是你自己做了皇帝，你又如何能保证你和刘邦毫无两样呢？你忘了吗，几年前你当了上将军不久，一夜之间就坑了章邯二十万的秦卒？什么使你变得残暴？是权力。是独裁。这是无法改变的。

我一下没话了。

虞接着说：我做这个选择，还有另一个意思。就是不想连累你。

我说：这从何谈起？

虞说：你别太大意了。韩信今天虽然败了一仗，但不会一败再败，他会一直拖着你，一直拖到你草尽粮绝，他拖得起。我曾经想过，你的悲剧在于你是个常胜将军，打遍天下无敌手，但是现在，我不希望你因为我而成为他韩信的俘虏，那种人不佩接受你的投降。如果你是我心爱的男人，你就必须突出去！

这时候，我们听见了四面的楚歌声，像大潮一样由远而近。那是真正的楚歌，其声悲壮而悠扬，仿佛自九天而落。这歌声寄托着我们楚人最简单的理想，就是正义与和平。歌声从楚营传到汉营，响彻云霄。我们情不自禁地走出帐外，今夜的月色散发出清冷的寒意。虞依偎着我，轻声说：你听，这是为我以壮行色呢！

说完，她抽出我的佩剑，刎颈而去了。她的暖血喷射到我的脸上，与我的泪水溶成了一体。我很悲痛，但更多的是为此生拥有这样一个女人而自豪。我慢慢把虞放倒，然后小心地裁下她的首级，用我的衣服包好，再将她系到身上。

我下达了突围的命令。我说：弟兄们，让我们唱着楚歌上路吧！

十二

我必须告诉你们的史学家，垓下突围与你们对我的美化不一样。试想，面对韩信三十万兵马，我一枝画戟能挑得开路吗？我是做好战死的准备的，结果却没有死。我的画戟上几乎没有溅上一滴血。就是说，汉军并没有怎么拦我，或者说只是象征性地拦了我一下。如果我这么说还欠妥当，那么后来我到了乌江边上，怎么恰好就碰见了那位乌江亭长呢？而且他还早备好了一只轻舟。他怎么能料定我要到此？太史公用心可谓良苦，非要借我之口来为我的死寻一个合适的托词，说我感叹是天要灭我，说我之所以不渡江东是无颜见江东父老。这似乎很具戏剧性，是个巧合。可我作为当事人不同意这种牵强附会的解释。我深知这是有人事先的安排，不希望我就这么给刘邦方便。这个人是谁？我不知道。我一直把他视为你们心中的那个人。这个人无疑是轻视刘邦的，至少他不信任刘邦以及刘邦们。如果按西方人的解释，这个人或许就是上帝。上帝之手总是看不见的，但每回伸出来都非常及时。

然而这回我让上帝失望了。我违背了他的意志。

当我从乌江亭长手里接过船时，我要做的是把我心爱的坐骑乌骓送了上去。于是那亭长就急了，他几乎是用哀求的语气对我说：霸王！江东虽小，但仍有千里江山，数十万兵马可用啊！你还是尽快过江重整旗鼓吧！

我笑了笑，说：老人家，问题是我是个不爱江山的人啊。再说，我就是重整了旗鼓，东山再起了又当如何？再去与刘邦玩吗？要玩也行，但总得有个游戏的规则吧？如果我也不讲这规则了，岂不是两个流氓在闹得天下不得安宁吗？

那老人就此沉默了。过了会，他便消失得无影无踪。

那个时分，天已经微白，曙光在乌江上闪烁着。我徘徊在江岸边，心情渐渐变得有些沉重。八年前，我就是在这个地方看见远方那团广博的绿色的。然后，我又发现了现在握在我手中的这把举世无双的画戟。它安静地躺在江底的白沙里，我竟将它打捞而起。这事仿佛就发生在昨天。现在，我需要把它送回它的原处。于是我扬手奋力一掷，送走了我的武器。但就在此时，一种极不舒服的感觉缠绕着我。我想自己从二十三岁起事，大小战役经历了七十六次，竟然还没有遇见一个真正的对手。作为军人，这不能不说是个遗憾。现在，我的画戟已离我而去，我的坐骑也离我而去，我最爱的女人也离我而去了！这世界仿佛只剩下了我一个人。

忽然，我听见了一个声音在轻轻地呼唤着我——

项羽，你听见了吗?

我说：我听见了。

我是谁?

你是我的虞!

你不该有所抱怨。

我没有抱怨老天对我不公……

其实，有一个对手一直在跟着你。那才是你真正的对手。

我知道，我刚刚知道……

那就好……

虞! 虞! 虞——

虞的声音消失了。而此时，我看见我的乌骓立在船头回首对我一声嘶鸣，然后纵身跳到了湍急的江水之中。我知道，我该与这个一直紧跟着我的对手进行最后的决战了。我抽出我的佩剑——当初的鸿门宴上，这本来应该是解决我和刘邦的手段，此刻却变成了我完成人生的助手。看来我的重瞳实在是不算什么。我头顶上还有一双亮眼——那是天的眼。从这个意义上，太史公认定是天在杀我，倒也自圆其说了。

我很轻松地就把我的头颅割下了。我最后的感觉是记得我的血很烫，带有微咸。

不久，吕马童和王翳他们赶来了。他们找到的是一具无头的尸体。他们没有找到我的头，当然也不可能找到虞的首级。这一对头颅去了哪里只有苍天知道。于是，他们只好把我的尸体当场就瓜分了，因为他们的汉王已悬赏，这具残尸却足以保证他们一辈子的荣华富贵。据说乌江的岸边还流淌着我和虞的鲜血，江浪竟没有把它冲刷干净。

第二年春天，这块地方开出了一片不知名的红花。有一天，一个老人领着他的小孙女到这儿散步。那孩子就问：爷爷，这些漂亮的花儿有名字吗？

老人思忖了片刻，说：有。她叫虞美人。

1999 年 8 月 22 日初稿于北京天坛之侧

9 月 2 日改毕于合肥寓所